ISAAC D

LEANDRO PILEGGI

Copyright ©2019 Leandro Pileggi
Todos os direitos dessa edição reservados à AVEC Editora.

Nenhuma parte desta publicação poderá ser reproduzida, seja por meios mecânicos, eletrônicos ou em cópia reprográfica, sem a autorização prévia da editora.

Editor: Artur Vecchi
Diagramação: Vitor Coelho
Ilustrações de capa e internas: Levi Tonin
Revisão: Gabriela Coiradas

Dados Internacionais de catalogação na Publicação (CIP)
(Câmara Brasileira do Livro, SP, Brasil)

P 637
Pileggi, Leandro
    Isaac D / Leandro Pileggi; ilustrações de Levi Tonin. – Porto Alegre : Avec, 2019.

    ISBN 978-85-5447-040-1
        1. Ficção brasileira
        I. Tonin, Levi   II. Título

CDD 869.93

Índice para catálogo sistemático:
1.Ficção : Literatura brasileira 869.93

Ficha catalográfica elaborada por Ana Lucia Merege – 467/CRB7

1ª edição, 2019
Impresso no Brasil/ Printed in Brazil

AVEC Editora
Caixa Postal 7501 • CEP 90430-970 – Porto Alegre – RS
contato@aveceditora.com.br
www.aveceditora.com.br
Twitter: @aveceditora
Instagram: /aveceditora
Facebook: /aveceditora

LEANDRO PILEGGI

Capítulo 1

1

Quando Isaac colocou os pés para fora do ônibus naquela noite cinzenta, a única coisa que conseguiu pensar foi na idiotice que fez ao escolher aquela cidade fria como uma geladeira para fazer faculdade.

— Boa noite, aqui é a parada da Independência? — perguntou Isaac para uma mulher que devia estar na casa dos trinta e poucos anos e vestia um grosso casaco de camurça.

— Sim, sim. — A mulher se resignou a responder.

Isaac estava prestes a perguntar se, por um acaso do destino, a mulher e seu belo casaco saberiam como chegar ao cruzamento da Rua Monte Cristo com a Avenida D'Artagnan Dumas pelo transporte público, porque ele não conhecia a cidade e tinha pouco dinheiro para gastar com o translado.

Talvez, se o jovem cavalheiro tivesse perdido menos tempo formulando uma frase educada e simplesmente cuspisse as palavras como algum bárbaro selvagem, a mulher e seu casaco não tivessem ido embora sem nem ao menos olhar o rosto dele. Talvez não tivesse feito diferença, Isaac estava começando a perceber que as coisas na cidade grande eram um pouco diferentes do que no interior.

Ele pegou a mala no bagageiro e fez a pergunta elaborada anteriormente para um homem alto que batia com um martelo de borracha nos pneus do ônibus.

— Ali, logo ali à direita na estação. — Foi só o que respondeu.

Confuso e com frio naquela plataforma cinza, o jovem Isaac cogitou pedir um carro por um aplicativo que todos diziam ser muito útil na cidade grande, o Uber. Contudo, lembrou-se dos avisos da tia Betânia. Ela o alertara de que, se ele pegasse carona com motoristas desconhecidos, acabaria estuprado e morto por algum desses malucos que só vivem na cidade grande. Desistiu, não queria ser morto e, muito menos, violado por algum maníaco, por isso, resolveu se aventurar à direita na estação.

Para sua surpresa, "à direita na estação" não era uma definição vaga. Logo à direita, havia uma escada fina que rolava sozinha para onde ele supôs ser o centro da terra. Ele jamais desceria por aquela passagem estreita por livre e espontânea vontade, mas, logo acima da escada, estava uma placa verde com os dizeres *Estação Sul – linha azul*.

À medida que descia pelas escadas rolantes, Isaac começou a conjeturar que talvez fosse um sujeito claustrofóbico. Sentia o estômago revirar e o coração acelerar a cada centímetro que adentrava o interior daquela perturbadora caverna de concreto. O pavor inédito fez o jovem se virar e tentar subir em direção à entrada, contudo, pouco conseguia avançar contra a medonha escada robótica. Naquele momento, Isaac quase começou a correr. Porém, o medo novo de ficar preso embaixo da terra foi subjugado por um medo antigo e muito mais poderoso, o medo de estar fazendo um grande papelão. Então, quando começou a ouvir as gargalhadas fantasmagóricas dentro da própria cabeça, corou de vergonha e aceitou a vontade do ser metálico que o impelia para baixo. O embaraço foi tanto que ele até esqueceu que acabara de se tornar um sujeito claustrofóbico.

Longe das escadas e caminhando pelo labirinto subterrâneo, Isaac constatou que teria mais chances de vencer um motorista do Uber maníaco do que encontrar sentido naquele inferno cinza. O lugar era tomado por plataformas de embarque, escadas e trilhos de trem. Nada daquilo fazia sentido. Ele não entendia as linhas coloridas no mapa da cidade, na verdade, não entendia nem os mapas da cidade e, por alguns segundos, sentiu vontade de sentar e chorar.

É claro que ele não sentaria e nem choraria, não tinha a mínima dúvida de que o tio Ben levantaria do túmulo para lhe dar umas boas palmadas se ele fizesse isso. "Homens não choram" dizia o tio, "homens acordam cedo para arar o campo e voltam para casa à noite com um sorriso no rosto sem nunca reclamar, assim são os homens".

— O que o tio Ben faria? — perguntou Isaac em voz alta sem nem ao menos perceber.

— Quem tem boca vai a Roma — respondeu imitando o sotaque do tio.

— Não tem muita gente aqui para perguntar — disse Isaac, ainda falando sozinho. — Talvez aquele homem dormindo sob o papelão possa me ajudar. Quem sabe, se eu lhe der comida, ele me dê atenção.

"Reciprocidade é a chave de um casamento feliz", dizia tio Ben; "Você deve dar para receber, filho, esse é o segredo". Até aquele momento, Isaac nunca compreendeu bem as palavras do tio, entretanto, agora elas começavam a fazer algum sentido.

— Desculpe incomodá-lo, senhor. O senhor está com fome? — perguntou Isaac para o homem que dormia cercado de papelão.

O mendigo não respondeu, apenas se virou sonolento e encarou o jovem rapaz com desconfiança.

Isaac percebeu o desconforto no olhar daquele homem e continuou:

— Eu tenho aqui alguns sanduíches que a minha tia preparou. Sabe, ela é meio exagerada e fez muitos, e eu pensei que nós poderíamos dividir.

O mendigo sentou e, com um olhar perplexo, disse:

— Obrigado meu jovem, eu estou mesmo com muita fome.

O olhar do homem foi de perplexidade a puro espanto quando aquele jovem que se vestia como o protagonista de algum filme do Sérgio Leone sorriu e, sem nenhum rodeio, sentou ao seu lado nos papelões.

— Aqui, pode pegar — disse o jovem, abrindo uma vasilha repleta de sanduíches. — Estão frios, mas, mesmo assim, são muito bons, eu garanto.

— Você não é da cidade, não é? — balbuciou o mendigo, com a boca cheia de pão.

— Não, senhor. Vim do outro lado do país, de um lugar onde nunca faz menos de vinte e cinco graus, nem mesmo à noite. Eu me chamo Isaac — disse o jovem, estendendo a mão para o homem.

O pobre mendigo lutou bravamente para não engasgar com um pedaço generoso de salame, há séculos não lhe perguntavam o nome, muito menos lhe estendiam a mão, havia até se esquecido da cordialidade dos seres humanos.

— Jorge — disse, por fim. — Eu me chamo Jorge.

Isaac sorriu satisfeito e não disse mais nada, era muita falta de educação falar durante a refeição.

Demoraram um pouco mais de dez minutos para comer todos os lanches, e, ao final, Isaac perguntou ao seu novo e bom amigo Jorge se, por acaso, ele saberia como chegar ao seu destino.

— Então você veio para estudar na universidade federal, não é? — disse Jorge, sorrindo.

— Como o senhor sabe? — perguntou Isaac.

— Já conheci muitos jovens como você em outra vida garoto — respondeu Jorge. — Mas nesta vida você é o primeiro, sim, sim, o primeiro. O prédio que você procura fica atrás da universidade e, para falar bem a verdade, está caindo aos pedaços, porém é barato e muitos estudantes vivem lá.

— Então o senhor sabe como chegar — disse Isaac, animado.

— Claro, me dê papel e caneta que vou escrever para você não se perder, garoto do interior.

Capítulo 2

11

As coisas realmente estavam melhorando, pensou Isaac já a bordo do trem subterrâneo. O velho na estação desenhara um mapa preciso e anotara tudo o que ele deveria fazer para chegar ao seu destino, com uma caligrafia que daria inveja a Carlinda, sua professora no primário.

"Tome cuidado garoto", dissera Jorge; "As pessoas aqui na cidade grande se preocupam muito em proteger seus bens materiais, muito mesmo, tanto que nem percebem quando a vida lhes rouba a alma. Tome conta da sua, rapaz, tome mesmo".

E Isaac pretendia tomar mesmo, estava feliz com a sua alma, na verdade, estava muito feliz, só estaria mais se não se sentisse dentro de uma câmara fria de um caminhão frigorífico. Não conseguia entender o porquê de tantas pessoas insistirem em viver amontoadas em uma cidade com o clima tão inóspito.

Após seguir rigorosamente as instruções de Jorge, Isaac chegou ao seu destino, um prédio com não mais de dez andares que era muito, muito velho. Ainda do outro lado da Rua, Isaac viu dois rapazes entrarem no prédio e gritou para eles segurarem a porta, porque não tinha a chave. Eles ouviram e viram Isaac parado do outro lado da pista com uma mala na mão. Agora, se entenderam que ele era um calouro recém-chegado que não possuía uma chave da portaria, não ficou claro porque o rapaz mais alto e loiro gritou:

— Vai se foder, otário. — Enquanto levantava o braço que não carregava a caixa de cerveja para o alto e mostrava o dedo do meio.

Isaac pensou seriamente em correr por entre os carros na avenida e fazer o rapaz alto e loiro engolir o dedo pela bunda. Sabe, um homem de verdade não leva esse tipo de desaforo para casa. De onde ele vinha, viu gente perder uma mão por muito menos. Contudo, apesar de não ter exatamente uma natureza pacífica, Isaac era bondoso e não percebia a maldade, a menos que ela o atropelasse e não parasse para prestar socorro. Logo, preferiu dar ao loiro o benefício da dúvida, talvez o rapaz tivesse achado que ele era algum tipo de criminoso.

Ofensas perdoadas à parte, o fato era que Isaac agora estava do lado de fora do edifício sem conseguir entrar, e ele queria muito, muito mesmo conseguir entrar, porque estava com muito, muito frio.

— Que droga! — exclamou enquanto sentava encostado na porta do prédio.

Aquele era um lugar estratégico para um cochilo. Se alguém precisasse entrar ou sair do edifício, teria que acordá-lo. Porém, antes de se entregar ao cansaço, tentou ligar para Ricardo mais uma vez. Caixa de mensagens.

Isaac conheceu Ricardo em um grupo da universidade na internet, estava precisando de um lugar para morar e ele tinha um quarto disponível em seu apartamento, a um preço bem acessível. Infelizmente, nunca conheceu Ricardo pessoalmente e esta era sua primeira aventura na cidade grande.

"Que belo começo!", pensou antes de dormir. "Espero não morrer congelado antes de alguém aparecer".

Capítulo 3

III

Nos sonhos, Isaac se transformava em outros seres. Às vezes, esses seres eram pessoas como ele, só que diferentes. Muitas vezes, essas pessoas estavam em bares bebendo ou na cama transando. Outras vezes, eram animais. Já tinha perdido a conta de quantos animais diferentes se transformara, de todos, preferia os gatos. Gostava de ser um gato porque os gatos não pensavam muito, agiam por instinto, simples assim. Os cachorros já eram mais complicados, quando era um cachorro, ficava confuso com facilidade, sem saber o que fazer para ganhar mais comida de seu dono. Uma vez, até se transformou em uma planta, era uma linda e majestosa palmeira. Ele achou ótimo ser uma palmeira, pois as palmeiras olham o mundo com certa imponência, como se não fizessem parte da mesma realidade dos outros seres.

Para Isaac, esses sonhos em que ele se metamorfoseava não eram estranhos. Estranho era quando sonhava com ele mesmo, fazendo coisas que realmente fazia no dia a dia, como quando sonhava que estava arando a terra ou tocando o gado. Nesses sonhos, era comum ele acordar com uma tremenda dor de cabeça, pensando em como o sonho fora estranho. Bem, esse não era o sonho que ele estava tendo agora, sonhava um bem normal.

No sonho, ele era um ser resplandecente de luz azul e voava sobre a cidade, que agora parecia tingida por neon. Já sonhara com esse ser muitas outras vezes, mas nunca de maneira tão límpida. Sentia-se magnífico, sentia-se poderoso.

Em determinado momento, Isaac notou que estava sendo seguido pelas sombras dos edifícios. As sombras se esticavam formando imensos tentáculos negros e o perseguiam em alta velocidade e em grande quantidade. Então, como astro luminoso experiente em voos urbanos que era, manobrou por entre os prédios ainda mais rápido, como se desafiasse as trevas para uma corrida de obstáculos.

Isaac sentia um imenso perigo vindo daquelas sombras, e isso, ao contrário do que deveria, não provocava terror, mas trazia prazer. Estava em êxtase, sua luz brilhava os cento e onze tons de azul nomeados e outros milhares de tons inomináveis ao mesmo tempo. Estava tão imerso nas sensações que demorou a notar que, além das sombras, a terra, a chuva, as nuvens e até a eletricidade o perseguiam também.

Todas as entidades apresentavam formas diferentes e utilizavam meios específicos para pegá-lo. A eletricidade parecia um microcosmo de estrelas e se teletransportava por qualquer lâmpada para tentar apanhá-lo. Não era rápida o bastante, nenhuma das entidades era, nem a terra que corria pelo concreto dos edifícios ou a chuva que vinha como flechas do céu. A entidade que chegou mais próxima de conseguir foi uma nuvem, isto porque era fina como linha e quase invisível... quase.

Tudo estava maravilhoso até a lua começar a cantar. Ao ouvir aquele som celestial e furioso, Isaac sentiu todo o êxtase ir embora e, em seu lugar, brotar um absoluto terror. O terror não funciona em seres de luz do mesmo modo que funciona em humanos; seres de luz pouco parecem humanos, eles lembram gatos, agem por instinto.

    A gloriosa e divertida corrida pela cidade foi substituída por uma selvagem barbárie abarrotada de violência e insanidade. Toda a limpidez que aquela experiência tinha foi tomada por névoa, e tudo que conseguiu notar, antes de acordar, foi que sua cor não era mais o azul resplandecente. Estava banhado em vermelho sangue com tons variados de preto.

Capítulo 4

IV

Isaac acordou apavorado pela primeira vez em seus dezoito anos de existência, e não foi por causa do sonho, eles são assim mesmo, confusos oníricos e tudo mais. Isaac despertou até um pouco inquieto por ter sentido medo. Nunca antes sentira medo em um sonho, nem mesmo quando era um animal bem inofensivo. As lembranças do sonho deixaram de ter importância logo que ele percebeu que não estava mais dormindo na calçada em frente ao prédio, estava em um luxuoso quarto, sobre uma gigantesca cama e coberto por um cobertor branco e fofinho que só podia ser feito de algum material alienígena.

Sem sombra de dúvida, acordar naquele belo quarto era infinitamente melhor que acordar na calçada dura e gelada da fachada do velho prédio universitário, mas, mesmo assim, Isaac ficou muito assustado, mas ainda não apavorado. Apavorado ficou quando ele notou aquelas mãos peludas, aquele peito peludo e, principalmente, aquela enorme barriga peluda. Passou as mãos no rosto e na cabeça e constatou o óbvio, não era mais Isaac, era outra pessoa, uma pessoa que mais parecia um lobisomem obeso e careca.

Isaac queria gritar, e talvez até tivesse gritado se não fosse aquele estranho movimento por baixo das cobertas. Antes de conseguir gritar, ou de ao menos entender o que estava acontecendo, uma mão quentinha e macia agarrou as suas partes mais íntimas.

— Acordou cedo, amor — disse uma voz feminina que vinha do outro lado da cama.

— Haaaaaaaa! — Foi tudo que Isaac conseguiu responder.

— Que bom, então temos mais tempo para brincar antes das crianças acordarem! — disse a voz, enquanto saía de baixo das cobertas e se revelava uma bela mulher, uma belíssima mulher.

— Você está pelada! — exclamou Isaac, chocado.

A belíssima mulher olhou para a coisa gorda e peluda que era Isaac e disse, achando graça:

— É claro que eu estou pelada, você sabe muito bem o que eu penso sobre dormir de roupa.

Isaac não sabia. De onde ele vinha, todos dormiam com muita roupa, era como um mandamento não escrito, a variedade de insetos, aracnídeos, serpentes e outras criaturas horrendas que podiam entrar no seu quarto de noite não cabiam em uma folha de caderno. Contudo, achou melhor não argumentar sobre isso naquele momento, visto que seu novo eu gordo e peludo também estava pelado. E tudo o que conseguiu dizer foi:

— Haaaaaaa!

— Amor, você está se sentindo bem? — perguntou a belíssima mulher, com um semblante preocupado no rosto.

Era agora, Isaac elaborou um ótimo argumento, um argumento perfeito. Ele explicaria toda a situação sem parecer um lunático e, de quebra, convenceria a belíssima mulher a colocar alguma roupa.

Não foi isso o que aconteceu. Poucos segundos depois de Isaac abrir a boca, a mulher se lançou sobre ele com selvageria e disse para falarem disso depois, que agora deveriam aproveitar o tempo que tinham a sós.

Foi difícil, foi muito difícil. A belíssima mulher nua começou a roçar as suas partes íntimas nas partes íntimas dele, em um movimento firme, suave e intenso ao mesmo tempo. Isaac estava pronto, ah, como estava pronto! Nunca antes na vida estivera tão pronto, mas isso era errado. É claro que ele já fizera isso centenas de vezes nos sonhos, no entanto, sonhos eram diferentes. Nos sonhos, ele era apenas um copiloto. Nos sonhos, não existia esse calor todo. Nos sonhos, as mulheres não tinham cheiro. Nos sonhos, ele não sentia a necessidade de agir como um animal.

— Não! — gritou Isaac mais alto do que gostaria, enquanto rolava para fora da cama e caía de cara no chão.

— Que droga, Benji! Você enlouqueceu? — disse a belíssima mulher, furiosa enquanto saía da cama.

Isaac não respondeu, não queria responder, na verdade nem conseguia responder. Toda a sua energia estava focalizada em apagar aquele fogo que emanava do meio de suas pernas.

— É bom você ter um ótimo motivo para estar agindo deste jeito, Benji — disse a belíssima mulher, já não tão furiosa após voltar do banheiro.

— Eu tenho — disse Isaac, ainda imóvel no mesmo lugar onde caiu. — Pode acreditar que tenho.

Após conseguir acalmar o ímpeto que brotava de sua virilha, Isaac levantou do chão enrolado no cobertor fofinho. A belíssima mulher já não estava mais no quarto e, por um momento, cogitou se atirar pela janela para tentar acordar deste sonho ultrarrealista. O problema era que ele sabia que não estava sonhando, por mais maluco que tudo aquilo fosse e, por mais justificativas que tentasse criar na sua cabeça, ele sabia que aquilo realmente estava acontecendo.

A vida no campo não é lá muito complicada, na verdade, é bem simples. Você acorda bem cedo, dá tudo de si no trabalho e, com sorte, ao final do dia, sobra algum tempo para uma atividade que não envolva a musculatura física. Com isso, Isaac se tornou uma pessoa simples e extremamente prática. Então, superada a questão do sonho, Isaac resolveu tratar aquela manhã estranha como uma manhã estranha qualquer e foi tomar um banho. No caminho do banheiro, resolveu refletir sobre outra questão tão misteriosa quanto a troca de corpos. Por que aquela belíssima mulher estava casada com essa coisa redonda, peluda e careca?

A primeira coisa que Isaac pensou: por causa do dinheiro. A coisa redonda deveria ser muito rica e seduziu a belíssima mulher com presentes muito caros. Isaac estava satisfeito com aquela resposta até entrar no banheiro e se olhar no espelho. Nesse momento, percebeu que, embora gordo, careca e com um semblante cansado, o homem tinha feições muito bonitas, e aquilo o perturbou. Por que alguém bonito e rico estaria tão acabado?

A fim de solucionar aquele mistério, resolveu tentar explorar as lembranças daquele homem. Imaginou que, como já controlava o corpo, deveria conseguir encontrar as memórias em algum lugar. E ele estava certo.

Descobriu que Benjamim era profundamente apaixonado pela belíssima mulher, que, no caso, se chamava Fátima. Eles se conheceram em uma festa no último ano da faculdade e foi amor à primeira vista. Benjamim era um homem bonito e esbelto na época, e conseguiu um ótimo emprego sem muito esforço. Já Fátima encontrava muita dificuldade em arranjar qualquer trabalho, principalmente por ser mulher. Na época, não era comum, e talvez hoje ainda não seja, empresas contratarem engenheiras mulheres, essa era vista como uma atividade estritamente masculina.

Foi um ano difícil, Fátima estava com depressão e Benjamim precisou trabalhar em dobro para conseguir dar conta de todas as despesas sozinho, mas ele deu conta, e mais, prometeu para si e para Deus que nunca mais veria aquela mulher triste, que faria das tripas coração para dar a ela uma vida de princesa. Mesmo que ela não quisesse ter uma vida de princesa, ainda que tudo o que ela quisesse era ser tratada de maneira igual pelo mundo. Infelizmente, Benjamim não podia mudar o mundo, tudo o que podia era tentar deixar a vida um pouco melhor com algum luxo.

Benjamim trabalhava mais de doze horas por dia há mais de dez anos e todo o seu tempo livre era gasto com a família. Nada de atividades físicas, nada de social com os amigos, sua vida era trabalho, Fátima e as gêmeas Ana e Beatriz. Claro que essa rotina maluca acabou com seu corpo e com sua saúde, claro que ele tinha consciência de que parecia ter no mínimo quinze anos a mais que sua mulher, ainda que tivessem praticamente a mesma idade. Claro que ele percebia os olhares das pessoas na rua, claro que ouvia os buchichos, claro que sabia que todos pensavam que Fátima estava com ele por causa do dinheiro. A questão é que ele não ligava, ele amava aquela mulher e sabia que ela o amava também, tinham duas filhas lindas e a vida estava ótima, obrigado. Pouco importava os outros, que se danassem os outros, Benjamim pensava.

Isaac estava se sentindo muito mal mesmo. Primeiro porque percebeu que fazia parte "dos outros", um seleto grupo formado por noventa e nove por cento do planeta que insiste em julgar as pessoas tão facilmente pela aparência. Segundo, porque viajar naquelas memórias foi mais alucinante que cortar a cidade em forma de astro luminoso. Sentia-se tonto, sentia-se muito, muito enjoado.

"Nada melhor do que um banho quentinho para lidar com o mal-estar matinal", pensou Isaac. Após o banho, daria um beijo em sua belíssima esposa e se desculparia por antes; depois, ia comer cereal e brincar com as suas filhas antes de ir trabalhar. Estava começando a ficar de bom humor e, sem o enjoo, sentia-se ótimo, sentia que era Benjamim.

Depois de comer muito mais cereal com as gêmeas do que deveria, Isaac/Benjamim estava se sentindo culpado. Havia prometido a seu cardiologista que ia maneirar nos triglicerídeos, na gordura *trans* e no glúten. Não fazia a menor ideia do que eram essas coisas, mas tinha a mais absoluta certeza de que aquele cereal colorido continha todas elas. A culpa passou logo depois de receber um longo e caloroso beijo de sua esposa. Era importante cuidar da saúde, sim, mas também era importante aproveitar os pequenos prazeres da vida.

Aquela manhã muito normal para Isaac/Benjamim estava particularmente agradável, estava. Quando ele entrou no carro, podia jurar ter visto um elefante vestindo um elegante terno branco pelo espelho retrovisor. Bem, não era um elefante completo, a cabeça era de elefante e o corpo, humano. Na verdade, não todo o corpo, as mãos não pareciam mãos, pareciam garras.

A visão perturbadora fez Isaac/Benjamim sair cantando pneu do estacionamento, contudo, assim que deixou o condomínio, parou de pensar na figura perturbadora que viu. Estava muito atrasado para ficar perdendo tempo com elefantes de terno, logo teria uma reunião importante e não tinha ensaiado direito o sabão que passaria nos seus diretores comerciais.

Os trinta e cinco minutos que Isaac/Benjamim levou para chegar à sua vaga preferencial na empresa e mais os dez que demorou até conseguir entrar no elevador foram suficientes para elaborar uma bela comida de rabo motivadora. Depois daquele discurso, todos os diretores voltariam com a faca nos dentes para seus setores. Ele estava satisfeito. Infelizmente, a satisfação durou pouco.

A porta do elevador demorou a fechar porque as pessoas não paravam de entrar e Isaac/Benjamim pôde ver todos os detalhes daquele homem-elefante de terno desta vez. A pele da coisa era mais escura, o número de presas estava errado e os olhos pareciam feitos de pedra negra. Resumindo, aquela feição era muito mais assustadora do que a de um elefante tradicional, e o pior: a aberração, por algum motivo, tinha o olhar fixo nele.

A bestialidade estava parada no meio do *hall* de entrada e todos podiam vê-lo, mas ninguém parecia dar a mínima para isso, porque as pessoas desviavam dele, e um sujeito pomposo, no elevador, perguntou, só para puxar conversa com uma jovem mulher ao lado, o porquê de o elefante estar parado ali.

— Estranho. — Ela respondeu. — Será que ele está perdido?

Nesse momento, Isaac/Benjamim acordou do delírio e voltou a ser só Isaac no corpo de Benjamim. Ele sabia, ah se ele sabia, aquele monstro estava atrás dele! A porta fechou, o elevador subiu, e Isaac sentiu de novo uma vontade louca de gritar.

Capítulo 5

Isaac viveu a vida toda no campo. As pessoas no campo tendem a ser bastante supersticiosas. Seu tio, por exemplo, sempre contava histórias de homens com diabos dentro de garrafas, e a tia plantava arruda em volta de toda a casa. Entretanto, ele nunca foi supersticioso, gostava mais das histórias contadas pelos professores que vinham da cidade do que as narradas pelos compadres na hora da ceia, como aquela sobre Darwin e a evolução das espécies, ou a de Pitágoras e as pirâmides.

Infelizmente, nenhum teorema ou fórmula matemática poderia ajudá-lo a lidar com o homem-elefante que o perseguia pela cidade. Talvez, se tivesse prestado mais atenção nas mandingas da tia, saberia como enfrentar essa situação, não tinha a menor dúvida de que a tia Betânia conhecia alguma simpatia capaz de lidar com homens-elefante.

Infelizmente, ele não sabia. Tudo o que sabia era que precisava sair do prédio agora, mas não pelo elevador, não, o homem-elefante estaria esperando na entrada se ele fosse por ali. Isaac saltou no quinto andar junto com várias pessoas e correu rumo às escadas. Ignorou completamente Artur, um de seus secretários, que perguntou para onde ele estava indo com tanta pressa. Sentiu-se muito mal por aquilo, Artur era um ótimo funcionário e, com certeza, chegaria longe se fosse bem orientado.

Isaac lutou com todas as suas forças contra aqueles sentimentos de empatia. Ele não era Benjamim, aquela vida não era sua. Perdeu feio a batalha. Estava se sentindo culpado por fugir do trabalho e faltar àquela reunião tão importante.

Cruzando o quarto lance de escadas, Isaac percebeu que os sentimentos de Benjamim eram seu menor problema, o corpo de Benjamim era o grande vilão. Ele estava suando tanto que arrancou o blazer e o jogou pela escada. Estava ensopado, com o coração martelando e sentindo muita falta de ar. Por um momento, teve certeza de que teria um ataque cardíaco e cairia duro no chão antes de alcançar o fim das escadas.

Felizmente, após duas paradas para respirar, Isaac conseguiu chegar aos fundos do prédio. Agora só precisava contornar o edifício e ir até o estacionamento. Isaac parou de correr, não queria chamar ainda mais atenção, nem Deus sabia o tanto de problemas que ele causara ao coitado do Benjamim.

Isaac estava quase chegando ao carro quando sentiu aquela coisa esquisita no ombro. Ele não precisava olhar para saber que era uma tromba, embora tenha olhado assim mesmo. A coisa cinza-escura pousava pesada no ombro, era fria, lisa e tinha a consistência similar à da barriga de um jacaré, além de cheirar como água velha de poço.

Naquele único segundo que a tromba do homem-elefante ficou em contato com a sua pele, Isaac viu algo que seria indescritível se ele não estivesse familiarizado com as teorias de Stephen Hawking. Aquilo era um buraco negro, só que não no espaço. Estava bem ali, entre o carro vermelho e a moto verde, era magnífico e assustador, mais assustador que magnífico, na verdade.

Isaac desejou com todas as forças estar em seu corpo verdadeiro. Após passar a vida toda no rancho fazendo trabalhos braçais, era mais forte que um touro e podia dar conta fácil de dois ou três peões com o dobro da sua idade. No entanto, mesmo naquela forma gorda, ele não daria vida fácil para aquele elefante, ele ainda possuía a técnica e a experiência de dezenas de brigas.

Tudo se passou naquele único segundo. Isaac usou o cotovelo esquerdo para atacar logo abaixo da tromba, em um lugar onde deveria estar o pescoço do monstro. O movimento serviu para três coisas: primeiro, para machucar um pouco a criatura; segundo, para afastar a coisa e dar espaço para o principal golpe; e terceiro, para que ele pudesse virar rapidamente o corpo. E ele virou, o homem-elefante se afastou grunhindo algo que não era nem uma voz humana e nem um bramir de elefante e ficou a uma distância perfeita para um direto potente que acertou no início da tromba, exatamente entre as peculiares presas de marfim.

O homem-elefante berrou e foi ao chão com um olhar confuso no rosto. Decerto, não esperava ser atacado de forma tão rápida e agressiva; elefantes não devem ter muitos inimigos naturais.

Tomado pela fúria e pela adrenalina, Isaac quase continuou a investida. Iria chutar a criatura várias e várias vezes e, depois, arrastá-la pelas presas e atirá-la na avenida para ser atropelada. Só ele sabia o quanto podia ficar violento durante uma briga, era como se dentro dele vivesse uma versão monstruosa de si mesmo. Contudo, essa versão brutal não era burra, não estava em seu corpo e sabia que não teria o vigor necessário para continuar. Então, ele correu, deixando o homem-elefante estirado no estacionamento.

Isaac atravessou a avenida por uma passarela suspensa e chegou a um parque abarrotado de pessoas. Nesse lugar, correu por cerca de cinco minutos, tentando não fazer um caminho óbvio. Olhou para trás, procurando seu perseguidor e acabou esbarrando em alguém, e ambos foram ao chão.

Ao som de muitos pedidos de desculpas, Isaac se levantou, estava zonzo, mas, por algum motivo, não sentia mais o cansaço. Então, virou-se para a pessoa que atropelou e ficou chocado ao ver Benjamim caído, quase morrendo de falta de ar.

Isaac olhou para suas mãos e viu aquelas unhas compridas e vermelhas; quase desmaiou. Não podia desmaiar, não estava seguro ainda, então continuou andando porque não conseguia correr de salto alto.

Capítulo 6

VI

Isaac era uma mulher. Por alguns minutos, ficou tão desnorteado que esqueceu que estava sendo perseguido por um elefante e tudo o que conseguia pensar era no tio Ben. Conseguia ouvir a voz dele, cristalina, dentro da sua cabeça.

— Então, você é desses rapazes que vai para a cidade grande e acaba virando uma mulher, hein? — dizia o tio.

— Não, tio — respondia ele. — Não é isso que você *está* pensando.

— Tudo bem, filho, as pessoas sempre fizeram coisas estranhas neste mundo, a diferença é que hoje, na cidade grande, elas se soltam mais — insistia o tio.

— Mas tio, isso foi um acidente, eu não queria... — respondia Isaac, aos prantos.

— Não precisa chorar, filho, nós sempre vamos te amar, mas vamos tomar cuidado ao contar para a sua tia, ela pode acabar surtando — dizia o tio, consolando-o.

Isaac estava prestes a responder ao tio quando o salto quebrou, e ele teve de voltar a atenção para o mundo real para não partir a cara no chão. Se isso não tivesse acontecido, era bem provável que ele passasse a próxima hora e meia argumentando com a própria consciência.

Com um sapato quebrado, Isaac resolveu caminhar descalço pelo parque, e isso foi libertador. O parque era um lugar enorme e cheio de árvores, e ele não imaginava que existissem lugares como aquele naquela selva de concreto. Se sua cabeça não estivesse doendo tanto, ele até teria aproveitado aquele momento.

Infelizmente, a enxaqueca foi apenas o começo de uma série de dores com que ele não estava nem um pouco familiarizado. Uma dor lancinante atingiu a parte inferior de seu abdômen e bastou poucos segundos para irradiar até as pernas também. Era pior do que levar um coice de uma mula, e Isaac se sentou em um banco com as mãos em volta da barriga. Como se aquilo não bastasse, ele acabou ficando enjoado e colocou as tripas para fora ali mesmo.

— Meu Deus, eu estou morrendo — disse Isaac, em voz alta.

— O que está acontecendo, mocinha? — perguntou uma senhora, que vendia pipoca a poucos metros dele.

— Eu não sei — respondeu Isaac. — Acho que eu fui envenenado. Eu vou morrer.

— Essas meninas de hoje são muito dramáticas — respondeu a senhora, aproximando-se. — Você não tem nenhum remédio para cólica aí na sua bolsa?

— Cólica? — falou Isaac, chocado. — Isto não pode ser cólica.

E não podia mesmo. Isaac sabia muito bem o que era cólica, praticamente todas as mulheres reclamavam disso. Contudo, era impossível para qualquer pessoa fazer qualquer atividade com aquela dor. Não podia ser cólica.

— Nessa idade, você já devia estar acostumada, menina — disse a senhora, pegando a mão de Isaac. — Qual o seu nome?

Isaac estava prestes a responder "Isaac", mas se deteve a tempo, aquilo soaria muito estranho. Por um momento, começou a buscar nas memórias da moça um nome e, novamente, se deteve. Lembrava-se muito bem do que aconteceu quando mergulhou nas memórias de Benjamim e não queria sair passeando no parque se sentindo uma jovem de vinte e poucos anos. Talvez a moça estivesse indo se encontrar com o namorado. A visão foi assustadora demais e Isaac se afastou o máximo que pôde daquele poço de memórias.

— Margarida — mentiu Isaac. — Eu me chamo Margarida.

— Que belo nome — disse a senhora. — Está se sentindo melhor?

Isaac já ia dizer que não, que aquilo não era cólica coisa nenhuma e que tinha a mais absoluta certeza de que morreria nos próximos trinta segundos. Não teve tempo de dizer nada disso, um barulho ensurdecedor explodiu do nada e o fez pular do banco na mesma hora.

— O que é isso? — perguntou Isaac, assustado.

— Isso o quê? — perguntou a mulher de volta.

— Isso, esse barulho horrível — respondeu Isaac.

— Ah, isso! — disse a senhora. — Devem ser as cigarras, embora elas não costumem cantar nesta época do ano.

Para Isaac, aquele som assustador parecia tanto o canto de uma cigarra quanto um apito lembrava uma buzina de navio.

— Ali — disse a senhora, apontando. — Olhe ali as cigarras.

Isaac se orgulhava muito de ser um sujeito valente. Quando tinha oito anos, ateou fogo em uma cachopa de marimbondo que tinha quase o seu tamanho porque todos os adultos estavam com medo de serem atacados. Contudo, quando colocou os olhos nas supostas cigarras, quase mijou nas calças, quer dizer, na saia.

— Meu Deus, senhora, não existem cigarras desse tamanho, isso é ridículo — disse Isaac, enquanto se afastava da árvore, da senhora e daquelas monstruosidades.

— Não entendo vocês, jovens, só acreditam no que está na internet — respondeu a senhora, balançando a cabeça em negação. — Se não existissem, elas não estariam ali na árvore, não é?

Isaac correu, e como ele correu! Tinha certeza de que estava quebrando algum recorde de velocidade, talvez todos os recordes. A senhora ainda tentou acalmá-lo e gritou:

— Não precisa ficar com medo, Margarida. Cigarras não picam.

Não importava, ele não precisava olhar para trás para saber que as três bestialidades – que de cigarras não tinham nada – vinham atrás dele. Na verdade, as asas pareciam as de uma cigarra, eram transparentes e voltadas para trás, mas só. As criaturas tinham mais de um metro e meio, eram negras, com várias garras, e olhos na lateral da cabeça como os de um camaleão; contudo, o pior era que, apesar de tudo, os monstros, assim como o elefante, pareciam humanoides.

À medida que as coisas voadoras se aproximavam, o barulho ia aumentando. Isaac esperou até que os monstros chegassem perto a ponto de ele sentir o vento na nuca para se jogar rolando no chão. Viu as coisas passarem reto em alta velocidade, não esperou que elas dessem a volta, levantou e correu para o outro lado. Podia ver a rua e precisava sair daquele parque.

Capítulo 7

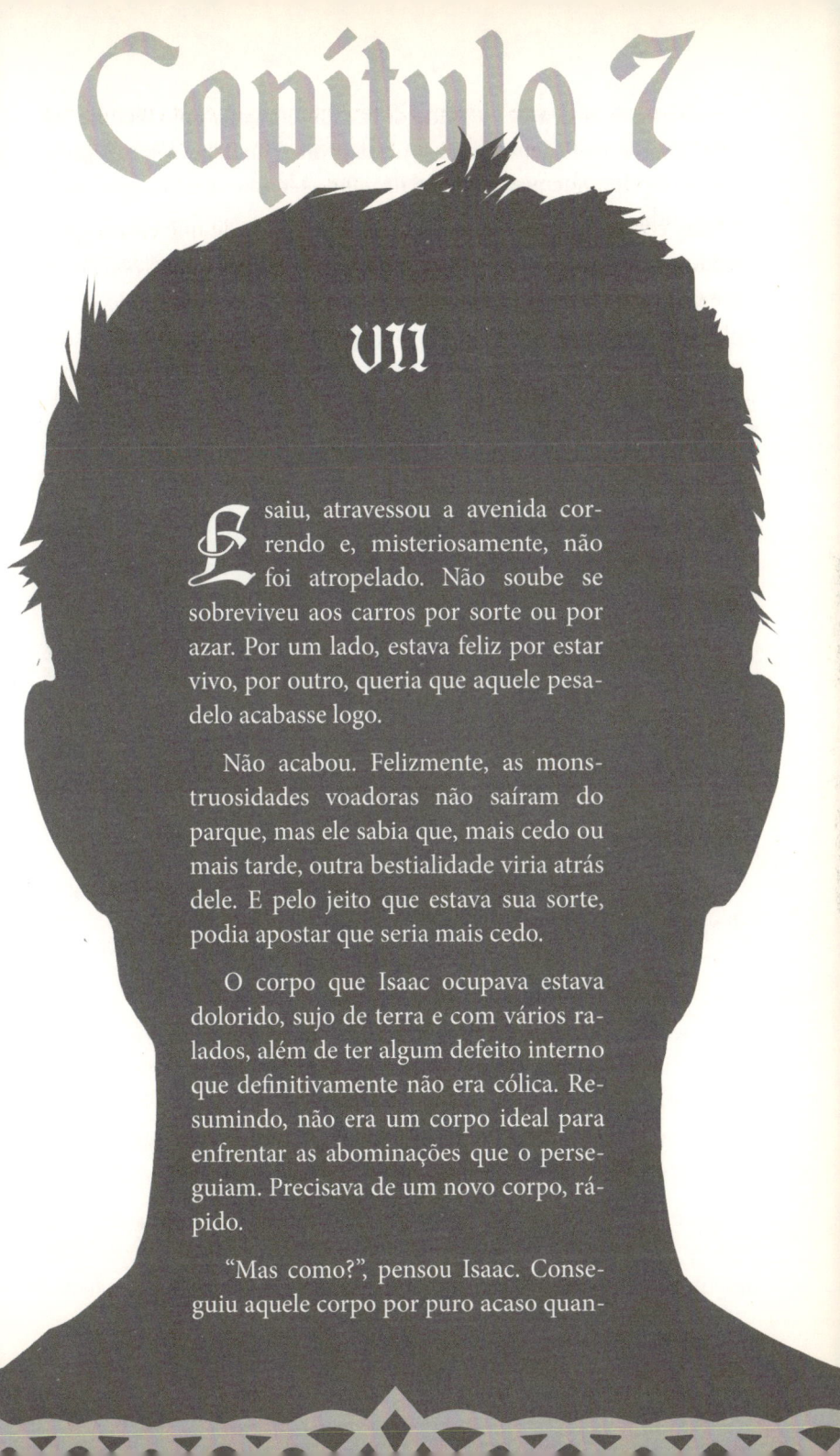

VII

Ele saiu, atravessou a avenida correndo e, misteriosamente, não foi atropelado. Não soube se sobreviveu aos carros por sorte ou por azar. Por um lado, estava feliz por estar vivo, por outro, queria que aquele pesadelo acabasse logo.

Não acabou. Felizmente, as monstruosidades voadoras não saíram do parque, mas ele sabia que, mais cedo ou mais tarde, outra bestialidade viria atrás dele. E pelo jeito que estava sua sorte, podia apostar que seria mais cedo.

O corpo que Isaac ocupava estava dolorido, sujo de terra e com vários ralados, além de ter algum defeito interno que definitivamente não era cólica. Resumindo, não era um corpo ideal para enfrentar as abominações que o perseguiam. Precisava de um novo corpo, rápido.

"Mas como?", pensou Isaac. Conseguiu aquele corpo por puro acaso quando esbarrou na moça. "O segredo deve estar em bater em alguém com força", concluiu. Procurou, na multidão que caminhava na calçada, por um biótipo adequado para enfrentar as loucuras daquela manhã de segunda.

Começou a seguir um sujeito alto de pele escura que parecia bem adequado para a tarefa. Cogitou pular em cima dele com todo o impulso possível, mas desistiu porque aquela atitude chamaria muita atenção. Resolveu, então, bater nas costas do homem com as duas mãos abertas, usando o máximo de força.

Não deu certo. O homem negro se virou, assustado e pronto para quebrar no meio seu agressor. Felizmente, ao colocar os olhos na moça maltrapilha, desistiu.

— Desculpe — disse Isaac, fingindo embaraço. — Eu pensei que era outra pessoa.

— Tudo bem — disse o homem irritado. — Mas cuidado aí, você é bem forte para o seu tamanho.

Isaac estava prestes a pedir desculpas de novo, mas o homem se virou, ignorando-o e foi embora. Isaac não conseguia entender aquilo. "Qual o problema das pessoas da cidade grande?", pensou. "Por que é tão fácil para elas ignorar outro ser humano?"

Ele não entendia, e também não era hora para entender, precisava tentar de novo, precisava pensar em outro jeito de trocar de corpo. Então, voltou-se para a multidão novamente e começou a procurar outro corpo adequado.

Não teve tempo para encontrar um corpo adequado, a poucos metros dele, algumas pessoas vinham rapidamente em sua direção, o que seria absolutamente normal, visto que estava em um lugar com grande fluxo de gente. O problema era que as pessoas em questão não tinham rosto.

Isaac não conseguia correr, a calçada estava abarrotada demais. Tudo o que podia fazer era passar entre as pessoas, esbarrando e se desculpando. As pessoas sem rosto estavam encurtando a distância, ele não entendia como aquelas coisas que não tinham sequer olhos podiam segui-lo com tanta precisão, mas estavam e iriam apanhá-lo logo se ele não fizesse nada.

Ele fez.

Isaac sabia que não conseguiria escapar correndo, então, agindo por puro instinto, levantou a mão e tocou levemente o ombro da pessoa a sua frente, sem nem ao menos se preocupar se era um corpo adequado, se era um homem ou uma mulher.

Em um piscar de olhos, Isaac avançou alguns metros e percebeu que a troca fora bem sucedida, era um homem de novo. Sem pensar muito, tocou a pessoa a sua frente e de novo avançou alguns metros. Era isso, aquele era o único jeito de correr por aquela multidão. Ele tinha uma chance de escapar.

Isaac continuou trocando de corpos sem pensar. Tudo o que fazia era levantar a mão e tocar a pessoa a sua frente, e de novo, e de novo, e de novo. Parou de contar depois do sessenta e sete, não precisava de distrações, atravessaria a cidade toda assim se fosse preciso, tudo para ficar o mais longe possível daquelas malditas pessoas sem rosto.

Após avançar quilômetros em poucos minutos, Isaac estacou. Não por vontade própria, é claro, ainda pretendia cruzar dezenas de quilômetros antes de parar com a incessante troca de corpos. Contudo, não conseguia mais levantar a mão, na verdade, não conseguia mais mexer nenhuma parte do corpo, estava completamente paralisado.

"Se estou paralisado, por que o corpo continua andando?", perguntou a si mesmo.

— Porque eu estou com um pouco de pressa — soou uma voz feminina dentro de sua cabeça.

— Aliás, — continuou a voz — quem é você? E o que está fazendo no meu corpo?

Capítulo 8

VIII

— Não vai me responder? — perguntou a voz feminina que compartilhava o corpo com Isaac. — Eu sei que você ainda está aí, eu consigo te sentir.

Não é que Isaac não quisesse responder, queria sim, e muito, porém, se nem ele estava entendendo aquela situação absurda, como conseguiria explicar para outra pessoa, outra alma, outra consciência, outra alguma coisa. Aquilo não fazia sentido.

Isaac afastou toda a confusão e resolveu agir como ele mesmo, não precisava complicar ainda mais o que já estava complicado até demais. Então disse, ou melhor, pensou como se estivesse dizendo.

— Mil perdões, senhora ou senhorita, se é que é uma mulher. Eu me chamo Isaac e não queria ser indelicado e invadir seu corpo sem a sua devida permissão. Juro que não é da minha índole fazer tal coisa. Contudo, homens desesperados tomam atitudes desesperadas. Eu estava sendo perseguido por pessoas sem rosto, veja bem, pessoas que não tinham rosto, e, em uma atitude impensada, acabei entrando e saindo do corpo de várias pessoas para conseguir ganhar alguma distância. Assim acabei preso aqui com você. Gostaria de deixar claro que só estava correndo porque as pessoas não tinham rosto, porque, se tivessem, eu jamais correria de uma briga.

— Nossa! Você sempre fala desse jeito? — perguntou a voz.

Isaac estava prestes a se desculpar eloquentemente por ter se desculpado eloquentemente. Por sorte, percebeu a tempo que seria uma tremenda idiotice.

— Não — disse Isaac. — Só quando não sei o que dizer.

— Humm — disse a voz feminina. — Eu me chamo Katarina e sou um pouco nova nesse lance de *golens*, nem imaginava que eles podiam ser invadidos assim. Por que os *Slenders* estão atrás de você?

— *Golens*? *Slenders*? Do que você está falando? — perguntou Isaac, ainda mais confuso do que antes.

— Você não sabe de nada mesmo, hein? — respondeu Katarina, achando graça. — Isso, eu, quer dizer, agora nós. Isto é um *golem*.

Isaac pensou que aquela que se dizia Katarina não falava coisa com coisa, que devia ser lelé da cuca e que precisava sair rápido desse corpo para não enlouquecer também. Então lembrou que Katarina podia ouvir tudo o que ele pensava.

— Desculpe — disse envergonhado.

— Você é uma figura, sabia? — disse Katarina. — Vou falar de novo. Eu sou um *golem*.

— Certo — disse Isaac, ainda envergonhado.

— E aquilo ali na frente — disse Katarina, levantando o braço e apontando o dedo — é um *Slender*.

Capítulo 9

IX

O *Slenders*, ou o que quer que fosse aquela pessoa sem rosto, estava parado do outro lado da rua, a uns vinte metros de distância, e mesmo que não tivesse boca, Isaac podia jurar que estava sorrindo.

— Por que você não está correndo? — perguntou Isaac.

— Porque não nos deixam sair da vila a menos que consigamos lidar com um ou dois *Slenders* — respondeu Katarina.

— Isso quer dizer o quê? — perguntou Isaac, confuso.

— Você é muito inseguro — disse Katarina. — Relaxa! Quer dizer que ele não vai se meter comigo ou com a gente.

— Eu não sou inseguro coisa nenhuma — esbravejou Isaac. — Você que é muito cheia de si. Se ele não vai se meter com a gente, por que está vindo na nossa direção, hein?

— Não sei, Isaac, mas posso perguntar se você quiser mesmo saber — disse Katarina, com deboche. — Será que ele consegue falar sem a boca?

Isaac tentou argumentar, mas era impossível porque aquela que se dizia Katarina gargalhava estridentemente. Por que ela não está com medo? Por que não corre? Decerto, enlouqueceu de vez, pensou Isaac. Precisava fazer algo, precisava tomar o controle daquele corpo e fugir, mas como? As memórias.

Por algum motivo, Isaac pensou que, se entrasse no poço das memórias de Katarina, poderia tomar o controle do corpo. E ele não podia estar mais enganado. Tudo o que conseguiu foi uma enxurrada de informações desconexas que iam de assassinos psicopatas sendo entrevistados na cadeia a castelos medievais, passando por naves espaciais e, por mais louco que possa parecer, dragões.

— O que você pensa que está fazendo? — indagou Katarina, sem nenhum humor. — Eu não te dei permissão para entrar aí.

— Desculpe — disse Isaac. — Você não parava de rir e o monstro sem rosto já está perto.

— O *Slender* não é desculpa para essa invasão — continuou Katarina, ainda mais irritada. — Eu estou te fazendo um favor deixando você se esconder aqui. E é assim que você retribui?

Isaac não sabia o que dizer, estava se sentindo culpado. Tão culpado que parou de se incomodar com a coisa sem rosto que estava a sua frente. Queria que ela chegasse logo e acabasse com toda aquela loucura de uma vez.

— Ninguém vai acabar com loucura nenhuma — disse Katarina, confiante. — Eu já disse que o *Slender* não é problema.

Aquela pessoa sem rosto, ou melhor, o *Slender*, levantou o braço fino e esticou aqueles dedos finos em direção ao pescoço fino de Katarina e, por consequência, ao pescoço fino de Isaac também. Ele não pôde ver, e isso não importou muito, sentiu um sorriso malicioso se abrir no rosto de Katarina no momento em que ela deu aquela rodada para o lado no último segundo. Os dedos do *Slender* fecharam no nada e ele passou reto. Isaac mal pôde entender o que aconteceu em seguida e, decerto, nem o pobre *Slender*. Ainda rodando, Katarina saltou muito alto, muito alto mesmo, e acertou um chute incrivelmente elástico na nuca da coisa sem rosto.

Aquele movimento era impossível, aquela velocidade era impossível, aquela força era impossível, tudo ali era impossível. O corpo de Katarina levantou mais de um metro e meio no ar, e a força do chute atirou o *Slender* a mais de dez metros de distância, como se ele fosse um boneco de pano.

— Muito bem, mocinha. — disse uma voz grossa atrás dele. — Assim esses tarados aprendem a não se meter com vocês.

Katarina se virou sorrindo para o homem careca no ponto de ônibus e respondeu:

— Eles nunca aprendem, moço, nunca mesmo.

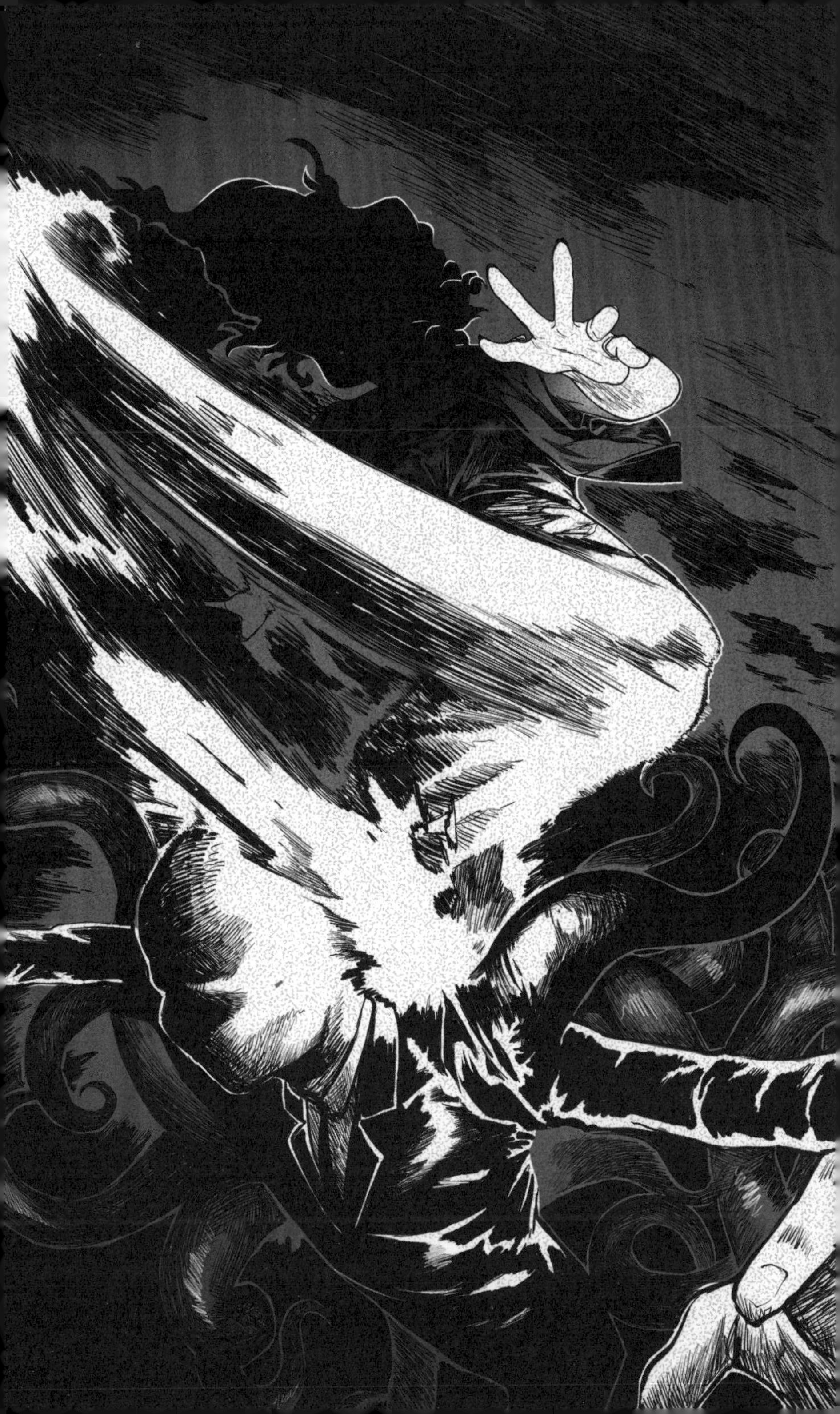

Capítulo 10

X

— Meu deus, isso foi incrível! Você por acaso é faixa preta em UFC ou coisa do tipo? — quis saber Isaac, impressionado.

— UFC não é uma arte marcial, xuxu, é só uma organização que promove torneios de MMA ao redor do mundo — explicou Katarina.

— Tá, tá. Entendi — disse Isaac, ainda sem entender. — Quais artes marciais você pratica? — tornou a perguntar, muito interessado.

— Nenhuma que exista no Mundo Pequeno, mas sempre joguei muito *The King of Fighters* e tive aulas de balé clássico durante quase toda a minha outra vida — respondeu Katarina.

Mundo Pequeno, *The King of Fighters*, outra vida... a resposta de Katarina estava cheia de informações confusas e estranhas. Mesmo assim, Isaac só conseguiu prestar atenção em uma coisa.

— Balé? — perguntou ele, ofendido. — Se não quiser falar, tudo bem, só não precisa ficar debochando de mim assim!

— Não estou debochando, docinho — disse Katarina, em um tom que pareceu muito com um deboche. — Você não sabia que o Van Damme foi um ótimo bailarino na adolescência?

— Ah, claro! — disse Isaac tentando, sem sucesso, parecer debochado. — Então as aulas de balé deram a você superforça e supervelocidade. Agora tudo faz sentido.

— Você é muito irritadinho, sabia? — disse Katarina, e voltou a andar apressada.

— Não sou! — respondeu Isaac, sabendo que era. — Só não gosto que as pessoas façam pouco caso de mim.

— Já disse que não estou fazendo, xuxu. O balé me deu o reflexo e a flexibilidade. A força e a velocidade vieram depois — disse Katarina.

— Depois de quê? — perguntou Isaac.

— Depois de morrer, é claro! — respondeu Katarina, como se aquilo não fosse nada.

— Ahn? — grunhiu Isaac.

— Aliás, — continuou Katarina, ignorando aquele grunhido — como você morreu?

— Eu não morri — disse ele, em tom solene.

— Não? — perguntou ela, com ironia.

— Não — respondeu ele, sem ironia.

— Então o que está fazendo aqui? — perguntou Katarina, em um tom que Isaac não soube identificar se era ou não ironia.

— Eu não sei — respondeu ele, presumindo que era ironia.

— Onde está seu corpo então? — tornou ela a perguntar.

— Também não sei — voltou ele a responder.

— Poxa, xuxu, você não sabe de nada mesmo, hein? — Katarina gargalhou e aquilo o irritou profundamente.

— Sei que estou sendo perseguido pelos mais diversos monstros desde que acordei no corpo de outra pessoa — disse ele. — E mesmo não sabendo de nada, como você diz, nenhuma dessas criaturas conseguiu me pegar.

— Como assim diversos monstros? — perguntou Katarina, sem nenhuma ironia. — Tem alguém atrás de você além dos *Slenders*?

— Pode ter certeza que tem! — Isaac respondeu orgulhoso, sem saber bem o porquê de estar orgulhoso. — Antes de topar com as pessoas sem rosto, eu fui expulso do parque por aberrações voadoras que não pareciam deste planeta.

— Os *zi-gos*? Estranho, eles não incomodam os humanos — disse ela, pensativa.

— Com todo o respeito, moça — retrucou Isaac. — Aqueles desgraçados não queriam me incomodar, queriam arrancar a minha cabeça dos ombros, isso sim, e o pior é que nem era só a minha cabeça que eles iriam arrancar.

Após uma pequena pausa, Katarina disse:

— Eu sou relativamente nova nisso também, mas, até onde eu sei, os *Zi-gos* são pacíficos.

— Aqueles não eram. Não mesmo — disse Isaac. — Mas o pior era o elefante. Tudo começou com aquele maldito elefante de terno.

— Agora é você que está dizendo bobagens, *honey*. Que história é essa de elefante de terno? — perguntou Katarina, com um tom humorado.

— Então você sabe o nome de todas essas monstruosidades, menos o do pior, que ótimo, hein! — disse Isaac, forçando um sarcasmo. — Aquele maldito elefante estava me esperando e me seguiu por quilômetros até o trabalho do Benjamim.

— Olhe aqui, Isaac. Você passou por muita coisa pelo visto, mas eu garanto que não existem elefantes de terno, pelo menos não por aqui — disse ela. — Não nos deixam sair a menos que saibamos tudo que podemos encontrar aqui fora.

— Se não acredita em mim, é só olhar no poço das minhas memórias — falou ele. — Eu dou permissão para você entrar.

— Eu não posso fazer isso, lindinho — respondeu ela.

— Por que não? — indagou ele.

— Porque não, ué. Ninguém que eu conheço pode fazer isso, nem mesmo a Boss. Se ela pudesse, não teria tantos problemas com espectros problemáticos — respondeu Katarina.

— Quem é Boss? — indagou Isaac.

— A criadora — respondeu Katarina. — Você já vai conhecer. Nós chegamos.

— Chegamos onde? — Quis saber ele.

— Aqui, onde nós moramos — respondeu ela.

— E o que é isso? — Isaac perguntou, confuso, enquanto apreciava uma grande e velha porta de madeira.

— Isso, meu amiguinho confuso e perturbado, é a Nova Ulthar.

Capítulo 11

XI

— Pronto, aqui nós já estamos seguros — falou Katarina. — Pode sair.

Isaac pensou por alguns segundos naquela ordem. Estava cansado daquele jogo de perguntas que não levavam a lugar nenhum. Contudo, não conseguiu entender o que Katarina quis dizer com "pode sair".

— Eu quis dizer que você pode sair do meu corpo já — respondeu ela, mesmo sem ele perguntar. — Eu estava protegendo você dos *Slenders*, mas eles não chegam tão perto da vila, então pode sair sem medo. Relaxa, a Boss vai explicar tudo pra você já, já.

Após longos segundos, período em que ele tentou não pensar em nada, Isaac disse por fim:

— Eu não sei como sair.

— Deve ser do mesmo jeito que você entrou, docinho. Como você fez? — perguntou ela.

— Eu estava em um corpo, toquei o seu com a mão direita e vim parar aqui — respondeu ele.

— Certo — disse ela. — E antes disso?

— Estava em outro corpo — respondeu ele.

— Por quantos corpos você passou? — perguntou Katarina.

— Eu parei de contar por volta do setenta — respondeu, envergonhado.

— Meu Deus! Ok, e como você entrou no primeiro? — Katarina tornou a perguntar.

— Não faço a menor ideia, dormi no meu corpo e acordei em outro, simples assim — respondeu ele.

— Isso não faz muito sentido, sabia? — disse ela.

— Muita coisa não está fazendo sentido hoje, sabia? Aliás, seria mais fácil se você me contasse como faz para entrar e sair dos corpos, assim eu poderia ter uma ideia de como tentar — disse Isaac, já perdendo a paciência.

— Eu não posso entrar e sair do corpo de ninguém. Quando morri, vaguei em forma de espectro sozinha por muito tempo até ser encontrada pela Boss — respondeu Katarina.

— Por acaso, essa forma de espectro se parece com um ser resplandecente de luz? — perguntou Isaac.

— Não mesmo — respondeu Katarina. — Um espectro é como fumaça de pensamentos. Por quê?

— Por nada — disse ele. — O que fazemos agora?

— Vamos entrar assim mesmo e torcer para que ninguém esteja na rua e queira puxar conversa. É meio difícil parecer normal com você dentro da minha cabeça. Eles são muito receptivos, mas não sei não se vão gostar de saber que tem alguém entrando de fininho — explicou Katarina.

— Entendo. Primeiro as damas, então — disse Isaac, tentando fazer piada.

Se a piada funcionou, Isaac não soube dizer, porque Katarina não esboçou nenhuma risada. Tudo o que fez foi empurrar a porta com as duas mãos. Isaac ficou decepcionado. Após todas as loucuras daquela manhã, esperava que a porta se abrisse magicamente sozinha, com muitas luzes saindo dela.

— Você acha que aqui é a entrada para Nárnia por acaso? — perguntou Katarina.

— Eu não sei o que acho disso ainda — retrucou Isaac. — E também não sei onde fica essa Nárnia.

— Onde fica??? — gritou ela. — Que absurdo! Em que mundo você vive?

— Na verdade, eu vim de uma pequena comunidade rural próxima a...

— Xiu! Vamos entrar.

Isaac até ficou ofendido com a interrupção brusca de Katarina, era muita falta de educação interromper uma pessoa daquele jeito. Contudo, no segundo que colocou os olhos naquele lugar, aquilo deixou de ter importância.

A porta de madeira dava para uma ladeira de paralelepípedos de mais de quatrocentos metros de comprimento e com uns dez de largura. De cada lado daquela estranha rua, uma série de casas de dois andares se enfileiravam germinadas. As casas eram pintadas com cores alegres que iam do azul ao amarelo. Todas seguiam o mesmo padrão de arquitetura, mas eram diferentes. Algumas possuíam sacadas, outras só as imensas janelas quadradas, umas eram mais finas e outras mais largas, mas, no final, todas eram lindas. Isaac conhecia um pouco de história e de arte e teve certeza de que aquelas eram construções barrocas que remetiam ao século XVII ou XVIII.

Isaac sabia que devia ficar quieto, mas queria muito dizer que aquele lugar era incrível.

— Eu sei que é. Agora tenta ficar quieto porque você está me distraindo — disse Katarina.

Ele não respondeu. Não porque ficou irritado, e sim porque estava tentando fazer uma piada. Apesar de todos os inconvenientes óbvios de não ter um corpo, estava apreciando a sua relação com Katarina. Nunca fora tão íntimo de alguém, e sentia uma necessidade ilógica de fazê-la rir. Infelizmente, não estava conseguindo, mas isso não ia impedi-lo de continuar tentando.

— Tudo bem, Isaac — disse Katarina. — Você é engraçado, sério mesmo, mas se continuar com esses devaneios malucos, eu é que vou acabar enlouquecendo.

Isaac riu. As pessoas do rancho não tinham aquele senso de humor. Estava prestes a fazer uma observação que julgou muito engraçada, mas notou os gatos e acabou esquecendo.

— Por que vocês têm tantos gatos aqui? — perguntou ele, curioso.

— Não maltratam gatos na Nova Ulthar — respondeu ela. — Algo sobre uma lenda da antiga Ulthar. Aí eles se amontoam aqui.

— Hum — disse ele. — São realmente muitos gatos.

— Eu sei — respondeu ela. — Você se acostuma.

— Não preciso me acostumar, eu gosto de gatos — disse Isaac, com sinceridade. — Onde estão as pessoas daqui?

— Ou dormindo ou saíram — respondeu ela. — Nós chegamos.

Ao final da ladeira, um grande casarão de três andares fechava a rua. Era de longe a maior construção daquela estranha vila e também a mais assustadora. Era cinza com vermelho e toda entalhada com símbolos desconhecidos para ele.

— Vamos entrar — disse Katarina. — A Boss já deve estar acordada.

E ela estava, mas não sozinha.

Assim que passaram pela porta, Isaac pôde ver a mulher, que Katarina chamava de Boss, sentada, fumando uma cigarrilha muito da esquisita ao lado do que parecia um enorme cobertor de pelos brancos em um sofá antigo. Tinha a pele marrom, um volumoso cabelo cacheado e os olhos cor de âmbar. Definitivamente, era a coisa mais bonita em que Isaac já pusera os olhos na vida, parecia que fora esculpida à mão por algum artista renascentista.

— Ela é linda mesmo, mas dá pra parar de babar? Preciso explicar a situação agora — disse Katarina.

Isaac já ia responder quando Katarina o ignorou e foi em direção à Boss.

— Boss — disse Katarina.

— Bom dia, minha menina. Voltou cedo hoje — cumprimentou Boss, sem prestar muita atenção em Katarina, enquanto continuava alisando com as mãos o grosso e estranho cobertor de pelos.

— Aconteceu uma coisa e tive de voltar — disse Katarina. — Um *Slender* me atacou. Quer dizer, não era eu que ele queria, e sim outro espectro, então eu o defendi.

— Muito bem, garota! — disse Boss, olhando para Katarina com um largo sorriso. — Mostrou para aquela coisinha asquerosa quem manda por aqui?

— Mostrei sim — respondeu Katarina, orgulhosa. — E com um golpe só.

— Você é um talento que só aparece uma vez a cada geração — disse Boss, ainda sorrindo. — Agora, onde está o espectro?

— Aqui — respondeu Katarina.

— Aqui onde que não estou vendo? — perguntou Boss, enquanto tirava as mãos do cobertor e passava os olhos pela sala.

— Ele está aqui dentro do meu corpo — respondeu Katarina. — Ele entrou para se esconder, estava muito assustado.

Isaac ficou indignado e começou a dizer que não estava assustado coisa nenhuma, mas Boss deu um salto do sofá e o emudeceu. Ela era alta, muito alta, e, mesmo sendo linda, não era ela que prendia a atenção dele, e sim o imenso cobertor, que, por algum motivo, começou a se mexer sozinho.

— Espectros não invadem corpos, Katarina! — exclamou Boss, em um tom muito sério.

— Não? — perguntou Katarina, assustada.

— Não — respondeu Boss, assustando. — Você que gosta desses filmes e livros fantásticos, pode me dizer que entidade invade o corpo de outras pessoas?

Isaac sentiu Katarina engolindo em seco e pôde ver um brilho nos olhos de Boss. No entanto, logo desviou a atenção para o cobertor, que agora estava em pé. Aquilo era um gato, um gigantesco e bestial gato branco que tinha quase o tamanho de um boi.

— Demônios — respondeu Katarina. — Demônios.

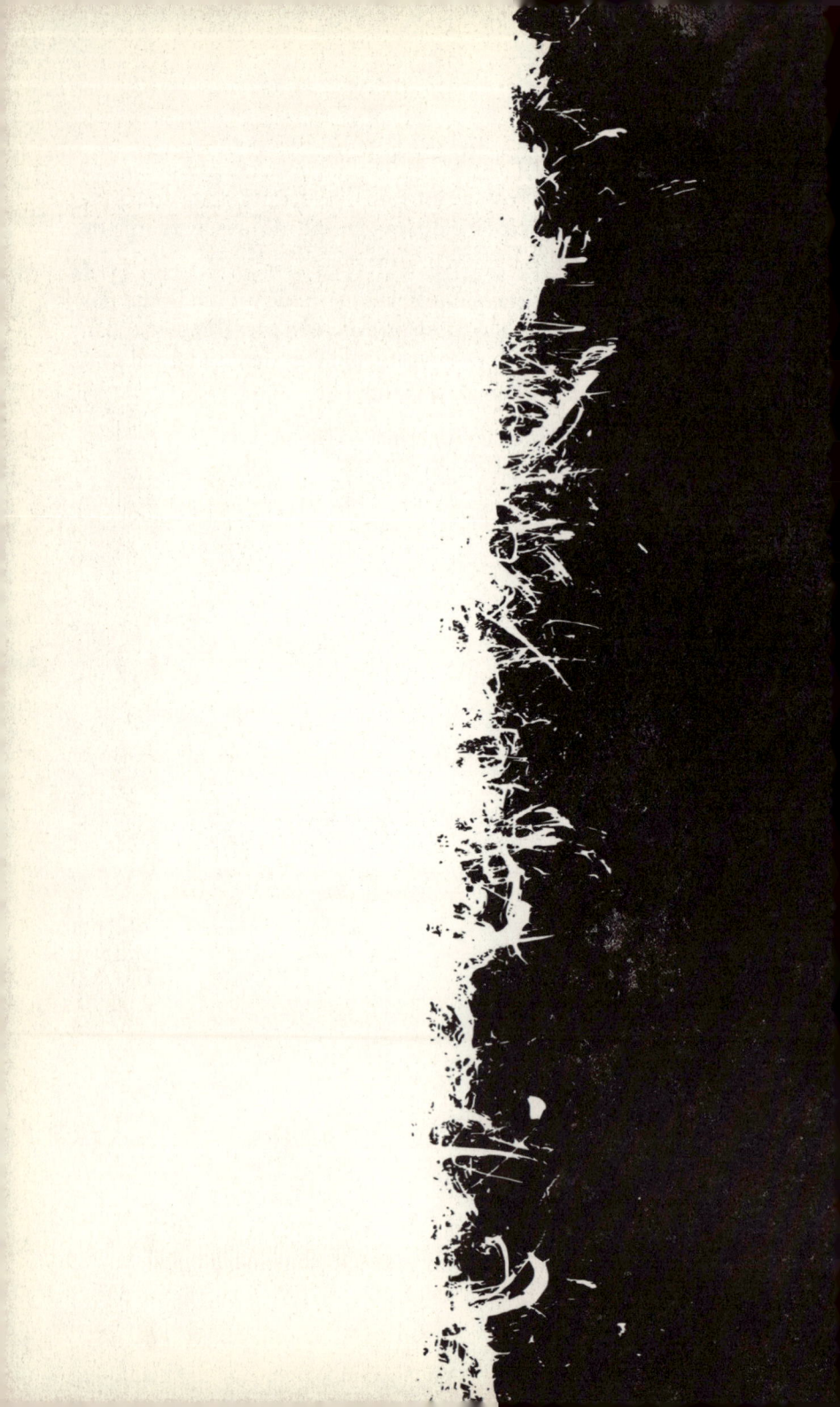

Parte 2

Capítulo 12

XII

Matheus Miller nunca foi um sujeito complicado, mesmo que vivesse em um período complicado. A virada do século XIX para o século XX foi particularmente complicada para sua família, em especial para o pai, Afonso, e a mãe, Virgínia, e talvez um pouco menos, mas ainda assim complicada, para os irmãos mais velhos, Carlos e Natanael. Contudo, Matheus era muito jovem para ter ciência de toda aquela complicação. E para ele, aquilo tudo não foi nada complicado.

Se Matheus fosse uma criança mais articulada, talvez uma palavra melhor que "estranho" viesse à sua cabeça naquela manhã de terça-feira, quando voltou para casa após passar algumas horas na escola paroquial. Infelizmente, ou felizmente, Matheus não era, e tudo o que conseguiu pensar foi que a situação era estranha, nem boa nem ruim, só estranha.

O garoto costumava ser o primeiro a chegar em casa, e isso era ótimo porque podia contar para sua mãe tudo o que aprendera na escola antes que seus irmãos chegassem e começassem a aporrinhá-lo. Matheus foi o primeiro Miller a frequentar uma instituição de ensino, seu pai e seus irmãos sabiam assinar o próprio nome e nada mais, sua mãe, nem isso. O motivo era simples: não existia nenhuma escola paroquial na região até dois anos antes. Nessa época, os irmãos, assim como quase todos na região, já trabalhavam na propriedade do coronel Ramiro e não tinham o mínimo interesse naquilo que a escola paroquial podia oferecer.

Estranha então foi aquela manhã, quando, ao chegar ao barranco do torto e avistar a sua casa, Matheus viu toda a sua família reunida em volta de uma grande carroça. A mãe disse que ele iria com ela e com seus irmãos para a cidade, e que seu pai ficaria para lutar uma grande guerra por vingança.

Matheus ficou dividido. Ele queria muito conhecer a cidade, os padres e professores falavam coisas incríveis sobre tal lugar. No entanto, não sabia se queria fazer isso sem o pai. Carlos e Natanael não ficaram divididos. Ambos queriam guerrear por vingança junto com o pai e tentaram argumentar que Ramiro também era chefe deles, que eles também tinham direito àquela vingança. Os argumentos foram em vão, e Virgínia arrastou os dois aos berros ladeira acima, rumo à cidade.

A cidade era um lugar confuso e cinza, além de, é claro, ter um cheiro muito desagradável. Matheus estava preocupado, pois, em toda a sua curta vida, nunca vira tantas pessoas diferentes quanto no primeiro minuto na cidade, e pensou, naquele momento, que seria muito difícil guardar o nome de todas elas. Contudo, ele tinha um caderno e um lápis e lhe pareceu uma ótima ideia anotar o nome de todas as pessoas ali.

Os primeiros nomes colocados no caderno foram os da tia Antonieta, do tio João, da prima Lucrécia e do primo Adauto, mas logo se juntaram a eles os nomes de todos os vizinhos, dos leiteiros e das pessoas da casa chique em que sua mãe trabalhava. Logo, quando as aulas começaram, Matheus não tinha mais espaço para colocar o nome de ninguém no caderno e, movido por puro desespero de não conseguir guardar os nomes dos coleguinhas, começou a chorar.

A professora Rosa foi muito prestativa. Primeiro, porque não brigou com Matheus por causa do choro e, segundo, porque, após descobrir o motivo daquela lamúria, deu a ele um caderno novinho, que era ainda maior que o outro, só para ele conseguir anotar o nome de todos na escola. E foi exatamente isso que ele fez. Após três meses, já havia anotado o nome de todos os alunos e funcionários. Entretanto, ainda levava o pesado caderno para a escola para anotar o nome dos alunos novos que sempre apareciam.

Os anos passaram e Matheus se acostumou muito bem à vida na cidade, tão bem que quase não se lembrava de ter vindo do campo. Ainda sentia falta do pai, como todos ali na casa. Afonso nunca retornou da guerra por vingança, os boatos contavam que espetou e matou quatro com seu punhal e que os inimigos, apavorados, gastaram todas as balas que tinham para conseguir matá-lo e, por isso, ficaram indefesos contra o resto dos peões. Grande herói, diziam os boatos, um homem de verdade.

Embora Matheus sentisse saudades do pai, acostumou-se logo com seu novo pai, Afrânio. Seu novo pai era um sujeito engraçado e rechonchudo que era dono do mercadinho da vila. Afrânio era letrado e foi o responsável por apresentar o rico e mágico reino da literatura para Matheus. Infelizmente, seus irmãos não se acostumaram com o pai novo e não se interessavam nem um pouco pelo reino da literatura. Na verdade, eles se recusavam a tratar o homem com o mínimo de respeito, era bem provável que lidassem com os ratos que, por vezes, invadiam o estoque com mais sutileza.

Enquanto Matheus prosperava nos estudos e mergulhava mais e mais no mundo da literatura, Carlos e Natanael prosperavam em atividades um pouco mais violentas, primeiro no ramo da intimidação e extorsão. Depois, vieram os furtos e, por fim, montaram uma pequena milícia urbana, denominada por eles de "os herdeiros de Ramires".

A mãe há muito desistira de domesticar os filhos. No início de toda aquela rebeldia, varava as noites em claro de preocupação. Agora, Virgínia, no máximo, alertava Carlos e Natanael que acabariam presos por causa de todas aquelas atividades marginais. Talvez ela estivesse certa a respeito do destino dos filhos. Se o mundo fosse quadrado e a vida uma linha reta, Matheus se tornaria um bom escritor e Carlos e Natanael seriam punidos pelas autoridades por seus crimes. Bem, todos sabem que o mundo não é quadrado e a vida está bem longe de ser uma linha reta.

Em 28 de julho de 1914, estourou a guerra das guerras e o destino dos grandes países se tornou o acaso daqueles três irmãos. Carlos e Natanael ficaram muito felizes com aquele fatídico incidente porque, enfim, lutariam a guerra que a mãe havia negado a eles. Em todos aqueles anos na cidade, nunca antes foram vistos com a genuína alegria que esbanjavam quando partiram para o fronte.

Matheus, pelo contrário, não estava nem um pouco alegre, na verdade, estava petrificado de medo. Franzino e de índole boa, não possuía nenhuma das características necessárias para se tornar um grande herói de guerra como o pai. Sabia, pelos livros que lia, que não duraria uma semana no combate. Infelizmente, todos os jovens foram convocados para servir o país e, felizmente, graças ao seu novo pai, conseguiu servir de uma maneira diferente.

Como Matheus era muito bem instruído, Afrânio conseguiu, por meio de uma barganha, um cargo para ele de comissário de bordo em um grande paquete que servia de correio para o exército. Com esse esforço, todos da família se acalmaram por achar que aquele doce jovem estaria longe dos horrores da guerra, e isso até certo ponto foi verdade. Contudo, horrores indescritíveis de ordem alheia à guerra aguardavam Matheus no Pacífico.

Capítulo 13

XIII

— Que conversa é essa de demônio? — esbravejou Isaac na cabeça de Katarina, após se recuperar do choque que o imenso felino provocou. Por alguns segundos, cogitou que o felino era, na verdade, alguma espécie de leão ou de tigre albino por conta dos olhos vermelhos, mas descartou a ideia quando o animal se moveu com aquela peculiar graça sobrenatural, que só pertence aos gatos domésticos, e roçou aquele corpo gigante e peludo com leveza em Katarina antes de sair da casa.

— Eu fui possuída por um demônio! — exclamou Katarina, aterrorizada, para Boss. — E agora ele está gritando na minha cabeça.

— Calma, minha criança — disse Boss, sorrindo. — Anjos e demônios são reflexos espelhados do Mundo Pequeno, no mundo maior nada é preto no branco, não existe maniqueísmo aqui.

— Mani o quê? — perguntou Katarina.

— É o dualismo religioso — adiantou-se Isaac em responder. — A crença de que existem apenas dois lados, a luz representando o bem e as trevas representando o mal.

Enquanto Isaac explicava educadamente o significado daquela palavra estranha, Boss dizia que era um absurdo Katarina perder tanto tempo lendo, assistindo e jogando aquelas porcarias se não estava aprendendo nada de útil com aquilo. Katarina preferiu prestar atenção em Isaac, mesmo ele sendo um demônio.

— Eu não sou um demônio — disse ele, em tom firme. — Eu sou um rancheiro, e se a minha vida voltar para os trilhos, talvez eu me forme professor.

— Boss — disse Katarina, interrompendo o discurso acalorado de Boss. — Ele insiste que não é um demônio. Disse que é um rancheiro e que quer ser professor.

Boss olhou para Katarina com um olhar perplexo e falou:

— Você não prestou atenção em nada do que eu disse agora?

Katarina balançou a cabeça em negativa e disse:

— Estava conversando com o meu demônio.

Isaac estava prestes a dizer de novo e, dessa vez de forma bem eloquente, que não era um demônio coisa nenhuma, mas Boss se adiantou e ele acabou se perdendo no discurso.

— Não existem demônios, Katarina — disse Boss. — Muito menos anjos. Isso são crendices do Mundo Pequeno sobre coisas que as pessoas não entendem a respeito do mundo maior.

— Mas, você disse... — tentou argumentar Katarina.

— Eu disse para você entender que isso que está no seu corpo não é uma pessoa do Mundo Pequeno e sim algo do mundo maior — explicou Boss.

— Então o que ele é? — quis saber Katarina.

— Não faço a menor ideia — respondeu Boss. — Nunca uma entidade invadiu um de meus *golens*.

Isaac já estava perdendo a paciência com aquela conversa absurda de Mundo Pequeno, mundo maior, entidades e *golens*. Queria ir embora, estava perdendo seu primeiro dia de aula.

— Você tem certeza, Boss? — perguntou Katarina. — Eu consigo sentir ele e ouvir seus pensamentos. Ele é um garoto do interior que só quer ir para a faculdade, ele até fala engraçado.

— Até que enfim você teve bom senso — disse Isaac, agradecido.

— Tem certeza de que ele não está escondendo nada? — perguntou Boss. — Ele pode estar te manipulando.

— Certeza absoluta, Boss! — respondeu Katarina, confiante. — O Isaac não conseguiria esconder nada de mim e, muito menos, me manipular.

Isaac pensou que, infelizmente, aquilo era verdade e Katarina riu.

— Por que ele não se mostra então? — perguntou Boss.

— Ele não consegue — respondeu Katarina. — Não sabe como.

— Hum — disse Boss.

— Você pode ajudar? — perguntou Katarina.

— Você tem certeza de que quer que eu ajude? — perguntou Boss de volta. — Nós já tivemos problemas antes, você sabe.

— Claro que tenho! — respondeu Katarina. — Mais certeza impossível! Eu confio nele, ele é engraçado.

Isaac ficou feliz com aquela demonstração de confiança, principalmente porque também confiava nela e nem sabia direito o porquê.

— Então eu vou ajudar por enquanto — respondeu Boss. — Vamos lá para baixo.

Isaac concluiu que as pessoas na cidade grande eram muito literais. Lá para baixo significava exatamente isso, Boss foi até um cômodo do outro lado da sala, puxou um alçapão secreto e desapareceu no buraco. Katarina a seguiu pela escuridão, e se Isaac tivesse uma espinha, teria sentido um arrepio subindo por ela. Ele não conseguia ver nada, mas deduzia, pelo movimento do corpo, que estava descendo um lance gigantesco de escadas em caracol com degraus irregulares e muito espaçados.

— Estamos indo encontrar Lúcifer lá embaixo? — perguntou Isaac, tentando descontrair.

— Sem gracinhas, Isaac — respondeu Katarina. — Eu coloquei a mão no fogo por você aqui.

Isaac queria muito conversar. Conversar ajudava a tratar aquela situação ridícula como algo menos ridículo. Tudo bem que ele já imaginava que sua vida fosse mudar um pouco na cidade grande, mas aquilo tudo era muito mais do que ridículo. Contudo, evitou pensar em todas essas coisas ridículas, mesmo não conseguindo ouvir todos os pensamentos de Katarina como ela ouvia os dele, conseguia sentir que ela já estava ficando puta da vida com esses pensamentos ridículos.

Quando chegaram ao final do lance de escadas, o lugar todo se iluminou com o que parecia dezenas de velas se acendendo imediatamente. O curioso é que não eram velas e as chamas que brilhavam não eram de fogo e muito menos eletricidade. Eram malditos trecos brilhosos voadores, e Isaac até teria prestado mais atenção neles se o restante do cômodo não fosse igualmente bizarro.

Sem dizer nada, Boss se aproximou de um grande jarro que ficava no único canto da câmara que não possuía um buraco e tirou dele um punhado de lama negra. Em seguida, jogou a lama em uma velha bancada de madeira que ficava ao lado e adicionou um pó cinza que deixou a consistência da lama diferente, mais firme, como argila.

A posição que Katarina escolheu para ficar não favorecia muito a visão, e Isaac não conseguiu ver o que Boss estava fazendo com aquele barro todo. Como Katarina não demonstrava interesse em conversar, aproveitou o tempo para apreciar a medonha câmara subterrânea. O lugar era realmente bizarro, não existia nenhum tipo de alvenaria ali. As paredes eram de terra, o chão era feito de terra, o teto, bem, terra também. Até a escada em caracol era feita unicamente de terra. As portas não eram portas, eram buracos grandes o suficiente para duas pessoas passarem lado a lado, e existiam vários deles naquela câmara, o que dava o indício de que aquele subterrâneo era um labirinto colossal de túneis, mais ou menos como um formigueiro gigante.

Isaac pensou sobre todas as coisas estranhas que aconteceram até então e não descartou a possibilidade de topar com um enorme cupim ali. Katarina riu alto e Boss falou "xiu".

— Fica frio que não existem cupins gigantes aqui — disse Katarina. — Embora não possa garantir em outros lugares.

— Já é alguma coisa — retrucou Isaac. — E o que você pode me dizer sobre os trecos brilhantes voadores?

— Não tem muito que dizer — respondeu ela. — São *Mizus*, e eles vivem nos túneis.

— Hum — respondeu ele, nem um pouco satisfeito com aquela resposta.

— Olhe — disse ela. — Eles brilham, vivem nos túneis e adoram pessoas, e por isso são muito úteis. Não tem muito que pensar sobre eles.

Isaac discordava. Pensar sobre as coisas era um dos grandes prazeres da vida, rejeitava todas as explicações cômodas e fáceis. Como quando seu tio disse que as estrelas eram vaga-lumes que ficaram presos no manto do céu, aquilo era ridículo mesmo para uma criança. Então pesquisou tudo o que pôde sobre astronomia na biblioteca da escola.

— Bioluminescência — disse Isaac, orgulhoso. — Esses *Mizus* devem funcionar de maneira semelhante aos peixes abissais.

— Deve ser mesmo — respondeu Katarina, sem interesse.

Isaac ficou confuso. Ele tinha uma ótima teoria para o funcionamento dos trecos voadores e ela não queria nem saber.

— Não mesmo, docinho — disse Katarina. — Tudo o que preciso saber sobre os peixes é que eles ficam ótimos com limão.

Isaac tentou argumentar, mas ela ficou rindo e zombando dele. "Que absurdo!", pensou ele, "quanta falta de cortesia!"

— Relaxa, xuxu — disse ela, ainda zombando dele. — Você é muito estressadinho!

Antes que ele pudesse responder, Boss se virou para eles e mostrou o que estava fazendo. Isaac percebeu algo estranho dentro dele. Tinha até se esquecido de que Boss estava junto com eles fazendo alguma coisa, na verdade, tinha esquecido até que não tinha um corpo. Como é possível alguém se adaptar tão rápido a toda aquela maluquice?

— Chega de filosofar sobre a vida, Isaac — disse Katarina. — Isso é importante.

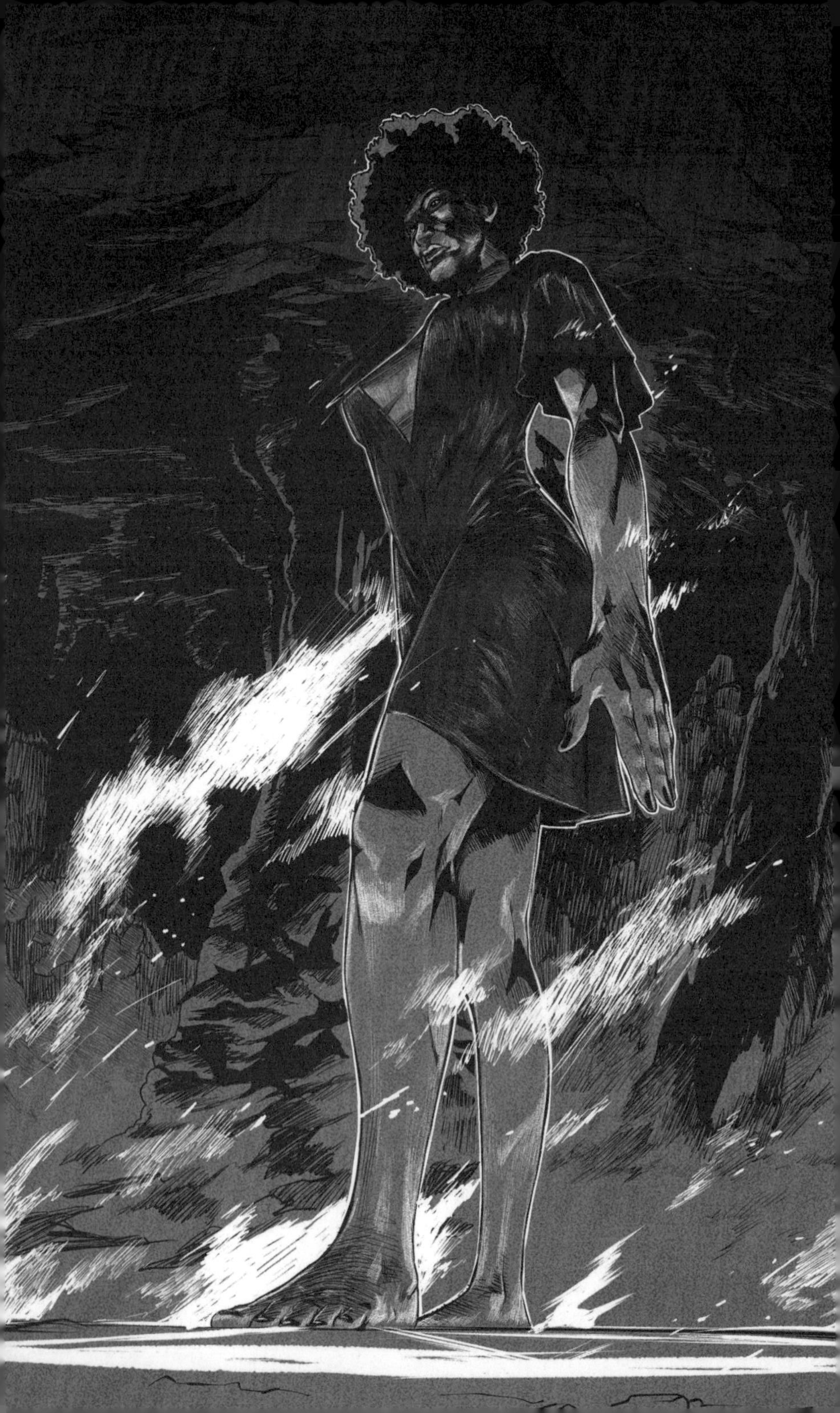

Capítulo 14

XIV

Boss tinha nas mãos uma escultura de não mais de trinta centímetros que lembrava vagamente um ser humano.

— Alguém está precisando urgente de aulas de artesanato — disse Isaac.

Katarina não respondeu, mas ele percebeu que ela estava segurando um riso e ficou satisfeito.

Boss colocou a escultura medíocre em pé no chão e, com um cajado de madeira, riscou um círculo em volta dela. Depois outro... e outro... e outro. Então começou a preencher os círculos com rabiscos que deviam ter algum significado. Por último, riscou três linhas retas formando um triângulo entre todos os círculos.

— Vê se me lembra de trazer a minha tia aqui da próxima vez — disse Isaac. — Ela vai adorar aprender umas mandingas novas com a sua chefe.

— Meu Deus, Isaac! — exclamou Katarina, indignada. — Isso não é mandinga. Boss é uma criadora.

— Claro que é! — disse Isaac. — O que é uma criadora? — perguntou Isaac.

— Uma pessoa muito especial que pode criar vida — respondeu Katarina. — Contudo, é um poder limitado porque é impossível criar a alma, aí é que entram os espectros.

— Ah sim, agora tudo faz sentido — disse Isaac, pensando que nada daquilo fazia sentido.

— Você vai entender, já, já — disse ela.

— Pronto — falou Boss. — Pode entrar no círculo, Katarina.

Katarina entrou no círculo, tomando cuidado para não pisar nas linhas ou nos símbolos e ficou em frente ao boneco de barro.

— Isaac, — falou Boss — olhe para a escultura, essa é sua nova chance, esse é seu novo eu. Eu não sei se você é quem diz ser, e já fui enganada antes. Contudo, confio no julgamento da minha jovem pupila, ela tem um bom coração e espero sinceramente que você também tenha.

— Eu sou o que eu sou — disse Isaac a Katarina.

— Eu sei que é — respondeu ela para ele.

— Ele entendeu — disse Katarina, em voz alta, para Boss.

Boss acenou a cabeça em sinal de positivo e continuou:

— Nesta segunda vida, Isaac, você não precisa ser a mesma pessoa que foi na anterior, você pode escolher. Pode voltar como homem ou renascer como uma mulher. Pode voltar com a mesma aparência de antes ou com uma totalmente diferente, tudo depende da sua autoimagem corporal. Então, mantenha-a em mente e não tire a atenção do boneco. Eu vou começar.

Isaac estava um pouco tenso com toda aquela cerimônia e esperava que algo bem sinistro fosse acontecer, mas o que aconteceu não foi sinistro, e sim muito bonito. Boss começou a cantar e, mesmo que fosse um idioma desconhecido, era a canção mais linda que ele escutara na vida. Os símbolos no chão ganharam cores que iam mudando conforme a música e a voz de Boss iam mudando também. No início, era lírica e suave e agora estava tão grave e opressora que nem parecia a voz de uma mulher, na verdade, nem parecia a voz de uma pessoa. Ainda entoando o cântico, Boss ajoelhou fora do círculo e juntou as duas mãos em frente ao peito, não como se estivesse rezando, mas como se estivesse fazendo muita força, como se estivesse tirando uma queda de braço com ela mesma. Então, as separou e enfiou as duas na terra dentro do círculo até a altura dos cotovelos. A caverna toda sacudiu e o solo seco se transformou em barro molhado. Das linhas e dos símbolos coloridos brotou uma névoa ainda mais colorida, que brilhava como a aurora boreal.

Isaac não ficou assustado, na verdade, ficou admirado, aquilo era mais bonito que um pôr do sol nas montanhas negras. O boneco começou a absorver o barro molhado do solo da caverna e a crescer, chupando os símbolos brilhantes no chão para dentro dele. Após todo o espanto inicial, Isaac começou a visualizar sua autoimagem. Primeiro, pensou que queria voltar exatamente como antes, estava muito satisfeito com seu corpo, mas então uma luz se acendeu na consciência, havia algo que ele queria diferente.

Agarrou aquela imagem com todas as forças enquanto era arrastado para o solo e depois puxado para o imenso boneco de barro. Tudo ficou preto. Isaac agora estava nadando, sozinho e sem pensar em nada, em águas escuras e silenciosas. Tudo o que existia ali além da água era um imenso pilar que se erguia do fundo da água até o infinito do céu.

Isaac abriu os olhos e viu uma linda e pequena mulher de cabelos vermelhos a sua frente.

— Katarina? — perguntou ele.

— Muito prazer — respondeu ela.

Capítulo 15

XV

— Nada mal, hein! — disse Katarina, com um sorriso no rosto.

Isaac levantou as mãos, tocou o rosto e o cabelo, e sentiu um estranhamento seguido de euforia. "Deu certo", pensou ele. Nunca antes tivera um mísero pelo no rosto, e achava de verdade que nunca iria ter, o que era um problema porque ele aparentaria ter quatorze anos para o resto da vida, e ele não queria parecer um menino de quatorze anos para sempre. Contudo, agora sentia uma bela barba que fechava todo o rosto.

Ele estava em êxtase, e não só pela barba, pelo cabelo também. Isaac sempre teve vontade de fazer um corte moderno, com o cabelo raspado dos lados e comprido em cima, não muito, só o suficiente para mudar um pouco o visual e não parecer um sujeito tão certinho. Infelizmente, no rancho, os homens tinham que manter o cabelo bem curto e as mulheres, o cabelo bem longo. Tio Ben dizia que o cabelo comprido atrapalhava no trabalho. Isaac até tentou argumentar, algumas vezes, que se o cabelo estivesse só um pouco maior, do tipo que ele pudesse fazer algum penteado maneiro, não atrapalharia ninguém. "Deixe essas preocupações para as mulheres, filho", dizia o tio, "homens têm outras preocupações, assim são os homens".

"Desculpe tio", pensou Isaac, enquanto passava as mãos no cabelo, que não estava muito grande, mas raspado dos lados já dava todo um ar descolado que ele nunca teve.

— Nada mal mesmo — disse Katarina, levantando a sobrancelha.

— Você gostou? — perguntou Isaac, sorrindo. — Eu não tinha barba e meu cabelo era supercurto antes.

— Ah sim — disse ela. — Gostei também, mas eu não estava falando disso, estava falando disso — falou e imediatamente olhou para baixo com um sorriso perturbador no rosto.

Isaac seguiu o olhar da moça e sentiu o coração parar de bater no peito. Ele estava pelado.

— Vocês podem se virar, por favor? — disse Isaac, mais vermelho que um bom tomate enquanto tentava tapar a sua intimidade com as mãos. Estava tão envergonhado que mal conseguiu pensar sobre as várias tatuagens que cobriam seu corpo.

Katarina que não parava de rir, se virou para Boss e disse:

— Eu não falei que ele não podia ser um demônio, Boss?

— Veremos — respondeu Boss, com um leve sorriso no rosto.

Boss se levantou, foi até um velho armário de madeira, que estava atrás dela, e tirou dele alguns trapos que deviam ser roupas, embora não parecessem.

— Antes de eu te dar isso, Isaac, diga como você morreu — inquiriu Boss.

Mesmo naquela situação bizarra e sentindo mais vergonha do que em qualquer outro momento de sua vida, Isaac não conseguiu esconder o desapontamento por aquela pergunta e soltou bruscamente o ar do peito.

— Eu não morri — disse ele, com um tom desanimado. — Já falei isso para Katarina.

— Então, agora você vai falar para mim — respondeu Boss, bem séria. — Como tudo isso aconteceu?

Isaac ficou ligeiramente intimidado pelo tom de voz agressivo da mulher e percebeu que, ao contrário de Katarina, ela não aceitaria uma explicação resumida. Teria de contar a história toda nos mínimos detalhes. Então contou, começou com o dia em que ficou sabendo que passou no vestibular e terminou quando foi tragado pela terra e apareceu nu em um corpo todo tatuado, barbudo e cabeludo em frente a duas belas mulheres. Omitiu a parte dos sonhos, é claro, não havia o porquê de aquela mulher estar interessada nos sonhos dele, ela não parecia uma psicanalista.

— Você tem certeza que era um elefante? — perguntou Boss, ainda com o tom sério.

— Mais certeza impossível — respondeu ele. — Até acertei alguns belos golpes nele quando ele encostou aquela tromba imunda em mim e me mostrou aquele buraco negro.

— Isso é mau — disse Boss. — E não faz sentido — continuou Boss.

— Ele deve ter morrido enquanto dormia, Boss — disse Katarina. — Isso não é incomum.

— Não — respondeu Boss. — Mas todo o resto é — acrescentou Boss.

"Morri dormindo", pensou Isaac, estava muito frio e eu devo ter congelado. Uma tristeza pesada como a verdade caiu sobre seus ombros. "Que maneira tola de morrer!", continuou pensando. E continuaria pensando nisso pelas próximas duas semanas se um chumaço de pano não tivesse atingido a sua cara com força.

— Vista isso e vamos subir — disse Boss. — Mais tarde vou averiguar essa história.

Isaac vestiu a pesada túnica com alegria. "Até os mortos precisam de roupas", pensou ele. Não queria andar por aí assombrando a cidade pelado. Isso era coisa de fantasmas pervertidos, e ele não era um fantasma pervertido. "Serei um bom fantasma", concluiu. "Um ótimo fantasma!"

Subiu as escadas caracol imediatamente atrás das mulheres, mas foi ficando para trás à medida que batia com a canela nos degraus. Aquilo era mais difícil do que parecia, e pensou que se tivesse que descer naquela escuridão, rolaria a escadaria abaixo e morreria de novo.

Conseguiu sair daquela toca, voltou para a sala e encontrou as duas mulheres no sofá mexendo no celular. Pensou que aquela cena era ridícula. Por isso, disse:

— Isso é ridículo!

As duas mulheres olharam para ele como se esperassem que ele continuasse, e ele continuou:

— Primeiro, vocês deveriam estar fazendo coisas de fantasma, seja lá o que fantasmas fazem, e não se comportando como a família Silva, que só ficam no celular e mal conversam entre si.

— Fantasmas?! — disse Katarina, em um tom que Isaac não soube discernir se era uma pergunta ou uma exclamação. Talvez as duas coisas.

Preferiu ignorar aquilo e continuou:

— Agora que morri e não passo de uma assombração, por que meu corpo espiritual dói tanto quanto o anterior quando me machuco? Minhas canelas estão latejando de tanto esbarrar naqueles malditos degraus. Será isso uma dor fantasma?

Isaac começou a rir sozinho do trocadilho que fez sobre membros fantasma e dor fantasma. As duas mulheres se entreolharam e arquearam as sobrancelhas.

— Isaac — disse Katarina. — Você não é um fantasma, nem nós somos.

— Mas vocês falaram que eu morri — disse ele, interrompendo o riso.

— Sim, mas a morte não é bem o que você acha que é — disse Katarina. — Senta aqui que a Boss vai explicar.

Isaac andou até uma poltrona, se esparramou sobre ela e perguntou:

— Boss, você pode me explicar o que está acontecendo?

— Posso — respondeu Boss. — Mas, primeiro, o meu nome não é Boss, é Sarah. Katarina me chama de Boss por causa de algum videogame, mas você pode me chamar de Sarah.

Capítulo 16

XVI

— Então, Sarah? — perguntou Isaac. — O que é tudo isso?

— Isaac, — começou Sarah — o mundo em que vivemos é muito maior e mais complexo do que conhecemos em nossa primeira vida. A morte não é o fim, nada realmente tem um fim, tudo o que existe se transforma e segue um fluxo natural, ou, às vezes, antinatural, para outra existência. Então, quando uma pessoa morre, um ciclo se encerra sim, mas, ao mesmo tempo, outro começa, e um caminho se abre para que o espectro, que antes foi uma pessoa, continue sua jornada de maneira natural.

— Esse caminho é o buraco negro que o elefante me mostrou? — interrompeu Isaac.

— Sim e não — respondeu Sarah. — Mas não me interrompa mais, com um pouco de esforço você vai entender tudo. O caminho que se abre é sim o que a ciência chama de buraco negro, mas, como todas as coisas que pertencem ao

Mundo Grande, ele chega distorcido nas pessoas do Mundo Pequeno. Assim, um fenômeno que acontece sempre e bem diante dos olhos de todos é associado a algo que só ocorre na imensidão do espaço bem longe deles. A esse mecanismo, que protege a saúde mental das pessoas do Mundo Pequeno, damos o nome de *bolha de realidade*.

— Então é esse mecanismo que faz as pessoas enxergarem os monstros voadores do parque como simples cigarras? — perguntou Isaac.

— Exatamente — respondeu Sarah. — A bolha de realidade é uma característica genética de toda a raça humana e serve tanto para proteger quanto para alienar toda a espécie, e apenas na morte o espectro se liberta dessas amarras cromossômicas e pode vislumbrar o mundo em sua totalidade. No entanto, como todos os mecanismos genéticos, a bolha de realidade também tem falhas e pode acontecer de alguns indivíduos poderem espiar o mundo maior ainda em vida. Quando isso ocorre, a pessoa pode usar mecanismos internos, externos, químicos ou psicológicos para bloquear aquelas impressões que para ela são bizarras e até alienígenas.

— E, quando todos esses mecanismos não conseguem bloquear isso, o que acontece? — perguntou Isaac.

— Na maioria das vezes, a pessoa enlouquece completamente e pode vir a tirar a própria vida — respondeu Sarah. — Contudo, pode acontecer de ela não enlouquecer e descobrir um pouquinho dos segredos do universo. Agora, o que as pessoas fazem com esse conhecimento varia muito. Umas aplicam essa inspiração na ciência e descobrem, enfim, que a terra não é plana, ou desvendam totalmente a física por trás do funcionamento de um buraco negro, mesmo que não consigam entender "ainda" para que ele serve. Outros criam novas religiões, novos ídolos, novos deuses. Alguns ainda se abstraem totalmente da realidade e desenvolvem mundos fantásticos como fizeram Homero, Dante e Tolkien, ou criam músicas tão belas que são compreendidas em qualquer idioma.

— Hum — disse Isaac, pensativo.

— Continuando, — falou Sarah — quando uma pessoa morre, um

caminho se abre para ela, e esse caminho é o que a ciência chama de buraco negro. Contudo, existem milhões de caminhos diferentes, e o que o homem-elefante, que é conhecido como *Chaugnar*, te mostrou é apenas um deles.

Isaac sentiu um forte impulso e quase interrompeu a explicação para perguntar mais sobre o homem-elefante e seu nome impronunciável. Felizmente, conseguiu se segurar.

— Então, — continuou Sarah — o natural, após a morte do corpo, é a pessoa seguir o seu caminho rumo a sua nova existência. O problema é que algumas não querem ou não conseguem seguir o caminho natural, e a elas damos o nome de espectros errantes.

— Certo. Digamos que eu esteja acreditando nisso tudo, e, dada a minha situação atual, estou bem inclinado a acreditar. Não entendo o porquê de uma pessoa não atravessar o caminho quando ele se abre. Essa não é a jornada natural? O que faz alguém querer ficar aqui se tudo o que sobrou foi apenas fumaça de pensamentos? — perguntou Isaac, lembrando-se da definição de espectro dada por Katarina.

— Os motivos são inúmeros — respondeu Sarah, relaxando no sofá e percebendo que aquele que se dizia Isaac não era tão cabeça dura quanto a maior parte dos novos espectros. A maioria demorava muito tempo para aceitar aquela explicação resumida. — A pessoa pode ficar assustada, pode não aceitar que a vida que ela tinha acabou, pode nem saber que morreu – o que deve ser o seu caso – ou algo muito forte a prende nesse mundo, algo de que ela não está disposta a abrir mão, um assunto pendente, por assim dizer.

Isaac aceitou aquela explicação e se virou para Katarina, curioso.

— Por que você ficou? — perguntou ele.

— Assuntos pendentes — respondeu ela. — A verdadeira rainha ainda não tinha voado em seus dragões e sentado no trono de ferro.

— Isso é algum tipo de anagrama? — perguntou ele.

— Como assim, Isaac? Em que planeta você vive? — respondeu ela, com um tom de voz alterado.

— Em um planeta onde as pessoas não falam em códigos. Na verdade, a maioria das pessoas da minha cidade nem sabe o que significa um código — respondeu, feliz por conseguir parecer debochado.

— Não é um código, é uma série de livros — falou ela, surpresa com o tom debochado dele. — Eu madruguei na porta da livraria no dia do lançamento do quinto volume e, um pouco antes de as portas se abrirem, fui atropelada por um adolescente bêbado que invadiu a calçada.

— Sinto muito — disse ele.

— Tudo bem — falou ela. — Isso já faz algum tempo e nem lembro mais da dor. — mentiu ela. — A questão é que, quando aquele buraco azul se abriu, eu percebi que, se cruzasse, iria para um lugar onde não poderia ler aquele maldito livro. Então, eu resolvi ficar até conseguir terminar toda a saga e, pelo jeito, isso ainda deve demorar um bocado para acontecer.

Isaac estava pasmo e com a boca aberta. Aquele era o motivo forte que impediu que ela seguisse seu caminho natural e descobrisse o que vem depois. Definitivamente, foi a coisa mais absurda que escutou na vida.

Boss deve ter lido os pensamentos de Isaac, ou a expressão abestalhada em seu rosto, pois disse:

— Eu sei o que você está pensando, Isaac, mas acredite, esse tipo de assunto pendente é muito comum atualmente. Hoje, somos oitenta e oito vivendo na Nova Ulthar, mas, há uns dez anos, nós passamos dos duzentos, e tudo por causa de uma série de TV em que várias pessoas ficaram presas em uma ilha misteriosa após um acidente de avião.

— As pessoas se recusavam a atravessar para o outro lado e seguir a sua jornada natural por causa de uma série de TV? — perguntou Isaac, ainda mais chocado.

Sarah respondeu assentindo a cabeça positivamente.

— O que aconteceu com elas? — perguntou ele. — Por que não estão mais aqui?

— A maioria foi embora antes mesmo de a série terminar, dizendo que aquilo não estava mais fazendo sentido — respondeu Sarah. — E os que ficaram para ver o final se arrependeram amargamente por não terem ido embora antes.

— Que loucura! — disse ele.

— Você vai conhecer outros casos loucos por aqui e vai acabar se acostumando. — disse Sarah. — Aqui nós não julgamos os motivos de ninguém, apenas protegemos o máximo de espectros que conseguimos.

— Por que eles ficam aqui com você? — quis saber Isaac. — Por que não voltam para casa e para suas famílias?

— Porque morreram, Isaac, não existe mais casa para eles, ou para você. Todos que um dia o conheceram foram afetados pela bolha de realidade, você não é mais um aluno na universidade, nem seus próprios pais o reconheceriam se você esbarrasse com eles. Aquele Isaac que você foi não existe mais. Agora você tem uma escolha, pode ficar aqui e aprender sobre o Mundo Grande, ou eu posso te ajudar a fazer a passagem para o que vem a seguir — disse Sarah.

— E o que vem a seguir? — perguntou ele, amargurado por não poder se despedir da sua tia. "Ela deve estar arrasada", pensava ele.

— Mistério — respondeu ela. — É uma passagem só de ida e acredito que existam milhões de caminhos e destinos diferentes.

— Acho que vou ficar por aqui mesmo — respondeu Isaac, lembrando-se do buraco negro. Não sentia nenhuma vontade de entrar ali e descobrir seus mistérios.

— Tudo bem — disse Sarah. — Então você será protegido!

— Protegido contra homens-elefante, bestas voadoras e pessoas sem rosto? — perguntou Isaac, pensando em quantas outras coisas medonhas existiam nesse chamado Mundo Grande.

— Nem tudo que pertence ao Mundo Grande é uma ameaça aos espectros — respondeu Sarah. — As bestas voadoras que, no caso, se chamam *Zi-gos* são tão inofensivas para os espectros quanto aos *Mizus* nos túneis. E não existem homens-elefante no plural, apenas um. O *Chaugnar* é outra coisa, uma coisa que nem deveria estar aqui. Já os *Slenders* se alimentam de espectros e aqui, nesta cidade, eles são nossa maior preocupação.

— Então, eles são os malvados! — disse Isaac.

— Um leão não é malvado porque mata uma gazela, nem um sapo porque engole uma mosca. Esse é apenas o seu lugar na cadeia alimentar — disse Sarah. — Com os *Slenders* não é diferente, eles são os predadores naturais dos espectros e sem eles, provavelmente, haveria uma sobrecarga de espectros que poderia vir a perturbar as coisas no Mundo Pequeno.

— Então pra que tudo isso? Por que lutar com os *Slenders* e resgatar os espectros mesmo sabendo que isso vai contra a natureza das coisas? — perguntou Isaac.

— Porque nós somos humanos — respondeu Sarah, com serenidade no rosto. — E, como humanos, não é do nosso feitio aceitar um lugar na ordem natural das coisas, e isso vale tanto para o Mundo Pequeno quanto para o Mundo Grande.

Isaac pensou sobre aquilo por um momento e concluiu que aquela era uma verdade inquestionável.

— Então, do mesmo modo que os humanos dominaram o planeta, subjugando a natureza no mundo dito pequeno, fizeram o mesmo aqui com esses corpos artificiais que a Katarina chamou de *golens* — concluiu Isaac, esforçando-se um pouco para aceitar tudo aquilo.

— Ah não, longe disso! — respondeu Sarah. — Estamos bem longe de dominar qualquer coisa por aqui. Outros criadores até tentaram algo assim no passado, mas acabaram pagando muito caro por isso.

— Existem outros criadores como você? — quis saber Isaac.

— Não exatamente como eu — respondeu Sarah. — Do mesmo modo que não existe apenas uma verdade, não existe apenas uma maneira de criar vida. Existem muitas, e algumas, provavelmente, ainda nem foram descobertas. Cada criador usa uma técnica única e atribui características diferentes a sua criação, entretanto, quanto mais suas criações se diferem de simples humanos, maior é o preço que eles pagam.

— Como assim? — perguntou Isaac, curioso.

— Não precisa se preocupar com isso, Isaac — respondeu Sarah. — Você não vai encontrar outro criador ou criatura, nós somos, como posso dizer, territorialistas. Não existem outros em um raio de muitos quilômetros. Não mantemos contato, mas todos respeitam seus territórios.

— Seria mais fácil sobreviver neste Mundo Grande se os criadores se unissem ao invés de agirem como animais — disse Isaac, achando-se inteligente.

— Não seria — respondeu Sarah, em um tom que deixava claro que a observação de Isaac não foi nada inteligente. — Alguns já tentaram isso inclusive, mas existe uma verdade nesse mundo que nem os criadores são capazes de transcender.

— E qual é? — perguntou Isaac, curioso.

— Humanos são animais, Isaac — respondeu Sarah. — E do tipo mais violento.

Isaac não disse nada, apenas balançou a cabeça, sabia que ela estava certa.

— Enfim. — disse Sarah, levantando-se. — Você já deve ter entendido alguma coisa e, se ainda estiver confuso, paciência. Pode saciar a sua curiosidade com a Katarina ou com outros moradores da vila, se bem que eles não saem muito de casa hoje em dia. Arrume um celular e mande uma mensagem, é mais fácil assim. No mais, nós terminamos.

Isaac até pensou em perguntar sobre o homem-elefante porque tinha certeza que Katarina nada sabia a respeito dele. Contudo, percebeu, na expressão corporal de Sarah que ela estava muito cansada e mal se aguentava em pé. "Criar vida a partir do barro deve exigir muita energia", pensou ele. Então se levantou, agradeceu por tudo e seguiu Katarina para fora da casa.

— O que fazemos agora? — perguntou Isaac para Katarina.

— Depende de você — respondeu ela, com um sorriso malicioso no rosto. — Posso te levar até a sua casa nova, se estiver cansado, ou te mostrar do que esse novo corpo é capaz.

Isaac sorriu com malícia também. Não estava nem um pouco cansado.

Capítulo 17

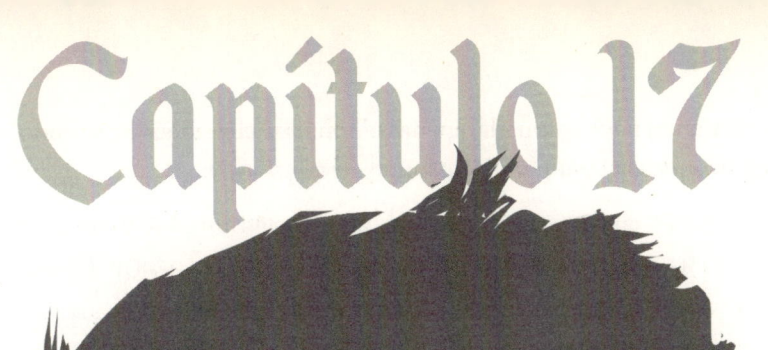

XVII

Circularam a casa de Sarah e entraram em um pequeno corredor que levava a um portão de ferro. Katarina abriu o portão com uma estranha chave prateada e garantiu que Isaac ganharia uma se tivesse algum talento. Isaac tentou fazer uma piada sobre ter um talento enorme, mas a frase acabou soando ambígua. Katarina não perdoou e disse, entre as gargalhadas, que tinha visto o talento dele e que era, no máximo, grandinho.

Isaac atravessou o portão mais vermelho que um balão de aniversário, jurando para si mesmo que nunca mais faria uma piada na vida. Esqueceu o juramento assim que botou os olhos no imenso gramado verde oval.

— Então temos um time de futebol por aqui. Espero que estejamos na primeira divisão da liga fantasma — disse ele. — Já vou avisando que não jogo no gol.

Katarina não disse nada, apenas olhou para ele e arqueou a sobrancelha esquerda com perfeição. Então ele continuou:

— Sinto comunicar que as marcações estão erradas, e vocês deveriam ter cortado a grama em um retângulo e não no formato oval.

— Não tem nada errado, docinho — respondeu ela, achando graça. — A grama está assim porque usamos para o torneio de quadribol do mês passado. Organizamos um de vez em quando, sabe, para tentar juntar todo mundo.

Isaac conhecia um pouco de esportes para saber que não existia nenhuma modalidade olímpica intitulada quadribol. Então disse:

— Não existe isso de quadribol.

Katarina levantou as duas mãos fechadas na altura do queixo e disse com um sorriso:

— Existe se você acreditar bastante, fofinho.

Isaac até abriu a boca para responder, mas fechou logo em seguida. Não sabia o que dizer. Katarina fez uma careta, bateu no seu braço de leve e disse:

— Esquece isso por enquanto, semana que vem te ensino as regras e, quem sabe, você vire um apanhador, estamos sem um bom apanhador desde que o Pedro foi embora.

— Claro — disse ele. — Por que não?

Katarina piscou e agarrou Isaac pelo braço para entrarem juntos no campo que não era um campo de futebol. Outras pessoas estavam ali e Katarina foi em direção a um pequeno grupo de três indivíduos, sendo eles um homem negro ridiculamente alto e bem musculoso; uma mulher morena com traços fortes e olhos incrivelmente escuros; e uma pequena figura pálida como um defunto, com olhos grandes e vermelhos e um cabelo branco repicado na altura do queixo. Isaac não soube mesmo dizer se era um homem ou uma mulher que usava uma calça que não cobria toda a perna e um suspensório.

— Achei que você ficaria na cidade o dia todo hoje — disse a mulher de olhos escuros.

— Até ia — respondeu Katarina. — Mas encontrei esta belezura, perdida não muito longe daqui, e o resgatei. Ele se chama Isaac.

— Muito prazer, Isaac — disse o homem forte, com um sotaque carregado ao se aproximar e estender a mão. — Eu me chamo Radulf.

— O prazer é meu — disse Isaac, apertando a mão de Radulf.

— Elena — disse a mulher de olhos profundos, enquanto beijava três vezes o rosto de Isaac.

— Ariel — disse a figura andrógena, acenando por cima da cabeça sem se aproximar.

— O que estão fazendo? — perguntou Katarina.

— Cavalo de ferro — respondeu Radulf. — Mas está particularmente difícil mover Ariel hoje. Eu e Elena conseguimos apenas poucos centímetros.

— Eu e o Isaac vamos tentar então — disse Katarina. — Não é, Isaac?

Isaac começou a dizer que não entraria em competição de nenhuma espécie se as regras não fossem explicadas com clareza antes, mas logo percebeu que todos o estavam ignorando e se calou.

Katarina pegou uma grossa e comprida corrente de ferro que estava no chão, passou-a pela cintura de Ariel, deu uma ponta para Isaac, segurou a outra e disse:

— Isaac, segure firme e puxe com toda a força. O objetivo é conseguir mover Ariel para fora do círculo.

— Você ficou maluca? — falou Isaac, alterado. — Nós vamos acabar cortando ele ou ela no meio desse jeito.

Ariel, que estava de costas, deu uma olhada por cima do ombro, balançou o corpo sem mexer os pés e arrancou a corrente das mãos de Isaac em um instante.

— Tem alguma coisa quente aí? — perguntou Ariel, com um meio sorriso no rosto.

— Tem sim! — respondeu Isaac, serrando os dentes.

Em seguida, se abaixou e pegou a corrente. Suas mãos latejavam.

— Então, por aqui a força não tem a ver com a aparência — disse Isaac, preparando-se para começar a puxar.

— Exatamente, *honey* — disse Katarina, enquanto enrolava a corrente na mão e se preparava para puxar também. — Músculos dão força sim, mas é o treinamento e a densidade do espectro que mandam.

— Depois você me explica isso de densidade, agora vamos acabar com esse almofadinha que se acha o máximo — disse Isaac. E começou a puxar.

Katarina começou a dizer que era para arrastar e não para acabar, mas não terminou porque teve de começar a puxar também. Conseguia sentir toda a irritação e violência vinda da outra ponta da corrente. "Ele é um esquentadinho mesmo", pensou ela, "e forte, muito forte mesmo!"

Ariel ficou incomodado, não deu nenhum crédito para o novato e estava pagando o preço por isso. Não esperava que aquele bebê *golem*, que ainda estava com a roupa do nascimento, o puxasse com tanta violência e, por isso, não se preocupou em firmar os pés no chão, mesmo sabendo que Katarina estava ali. "Eles vão conseguir", pensou ele.

Isaac gritava e puxava a corrente por cima do ombro, de costas para o cadáver andrógeno. "Esse miserável prepotente de uma figa" era só o que pensava. A corrente afrouxou repentinamente e Isaac deu alguns passos para frente, tentando se equilibrar para não cair de cara na grama.

"O que aconteceu?", perguntou-se enquanto olhava para cima. Viu Ariel e vários pedaços da corrente no ar poucos centímetros acima dele. As pernas dele estavam para cima e o rosto para baixo, e, por um milésimo de segundo, seus olhos se emparelharam e Isaac pensou serem olhos muito familiares. "Como ele fez isso?", perguntou-se en-

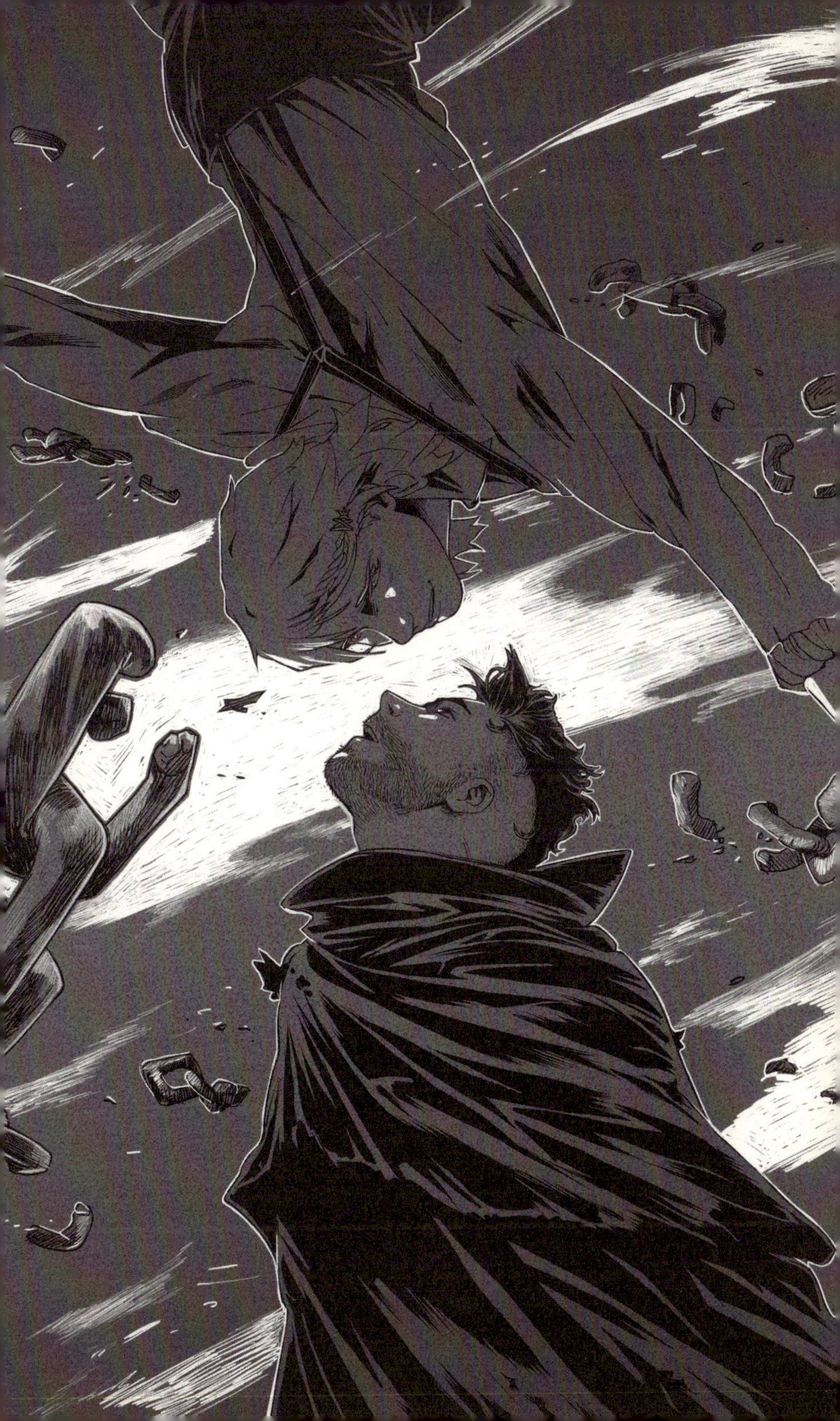

quanto a figura pálida aterrissava bem a sua frente.

— Muito bem! — disse Ariel, após se aproximar e beijar de leve o rosto de Isaac. — Você não é um fracote.

Ariel se virou e começou a andar para longe do grupo.

Isaac não soube como lidar com aquilo. Por um lado, a raiva foi embora quando Ariel o reconheceu e, de certa forma, se desculpou. Por outro, não soube como interpretar aquele beijo, principalmente porque não sabia se aquela pessoa era um homem ou uma mulher.

Ariel deve ter entendido a confusão de Isaac porque, sem se virar, disse, enquanto saía do gramado:

— Eu sou o que sou, Isaac.

Isaac sorriu. "Lugar estranho", pensou ele, "pessoas mais estranhas ainda".

Capítulo 18

XVIII

— E agora? — perguntou Isaac, virando-se para Katarina. — Ele arrebentou a corrente e não dá para continuar com o cavalo de ferro.

— Não — respondeu ela. — Vamos ter que fazer outra coisa.

— Tipo o quê? — perguntou ele.

— Tipo algo que eu não imaginava possível no seu primeiro dia. Um duelo — respondeu Katarina, com um meio sorriso no rosto. — Você parece mesmo ter algum talento aí.

Isaac sorriu e, no impulso, quase repetiu a tosca piada sobre o talento enorme. Contudo, conseguiu conter-se e ficou sorrindo por vários segundos que nem um paspalho.

Como Isaac não disse nada, Katarina se adiantou:

— Eu e você, docinho, aqui e agora. Não se preocupe porque eu vou pegar leve com você.

— Eu me recuso — disse ele. — Sei que você é forte, rápida e possui a surpreendente técnica marcial do balé, mas eu não sei se conseguiria me soltar contra você e, para falar bem a verdade, prefiro enfrentar o grandão ali.

Radulf riu alto com as mãos na cintura e disse:

— Temos um valente cavalheiro aqui. Meu antigo conterrâneo Thomas Mann ficaria orgulhoso. Desde sempre, raras foram as eras em que homens se recusavam a erguer as mãos contra uma mulher. Entretanto, meu agradável e inocente colega, isso foi um erro. Apesar de Katarina ter um potencial esplêndido, ela ainda está longe de alcançar o meu nível, e, ao contrário dela, eu não pretendo pegar leve com você.

— Alemão, então — disse Isaac, sentindo um fogo queimar em seu estômago. — Isso explica esse sotaque.

— De fato — disse o gigante, enquanto arrancava a camiseta e exibia o torso extremamente tonificado; alguns daqueles músculos nem deveriam existir em um corpo humano. — Acabei levando um tiro nas costas enquanto ajudava os criados caribenhos de minha família a fugir do país. Isso, é claro, depois de deserdar daquele desagradável exército xenofóbico. Não tinha como saber se eles ficariam seguros no barco que arranjei, então resolvi não atravessar e acompanhá-los até que estivessem seguros. Foi quando conheci a Sarah.

— Então você não era negro e sim um perfeito ariano de família nobre — disse Isaac, se aproximando daquela montanha de músculos chamada Radulf.

— O que eu fui na vida não mudou na morte, sempre acreditei que éramos todos iguais por dentro e, ao morrer, constatei que, no final, todos nós somos cinza — disse Radulf. — A cor que renasci apenas reflete o asco que sentia de minha família, meus amigos e meu país na ocasião. Contudo, confesso que muito me agrada.

— Uma pena ter de bater em você — disse Isaac, sorrindo e nem um pouco intimidado pelo colosso. — Você é um cara muito legal.

Radulf riu ainda mais alto do que antes e disse:

— Pode tentar, garoto, eu deixo você dar o primeiro golpe.

Isaac não esperou Radulf pedir duas vezes. Fechou a mão direita, recuou um pouco o ombro e lançou um potente direto pouco acima do umbigo do gigante. Nada aconteceu, o colosso nem chegou a se mexer, e Isaac ficou chocado. "Foi como socar um poste de energia", pensou ele. No entanto, não teve muito tempo para ficar pensando. Radulf colocou aquela mão imensa sobre o rosto dele e o empurrou para trás.

Isaac voou tão longe que conseguiu contar até três antes de atingir a grama. Aquilo o deixou confuso, deveria ter se machucado bastante com a queda, talvez até quebrado algo, entretanto, mal tinha se ralado. Levantou depressa e checou novamente o corpo.

— Se solta, Isaac — gritou Katarina do outro lado do campo. — Você não está mais no Mundo Pequeno, aqui no Mundo Grande a escala é maior, bem maior.

Isaac olhou para ela e se lembrou dos movimentos impossíveis que ela fez ao derrubar o magrelo sem rosto. Depois se lembrou do salto sobre-humano do baixinho de sexo indefinido. Por último, percebeu que estava a quase doze metros de Radulf. Concluiu que se todos eles podiam fazer coisas impossíveis, ele também podia.

Fitou o gigante que permanecia imóvel com as mãos na cintura e disparou mais rápido do que um corredor olímpico em sua direção. A pouco mais de três metros dele, deu um salto impossível, virou as pernas de maneira impossível e chutou o peito de Radulf com uma força impossível. O gigante fez força para absorver o golpe e o absorveu sem se mexer, mas Isaac já estava esperando por isso e, ainda no ar, girou a outra perna e lançou um chute surpreendentemente impossível no queixo de Radulf.

Por aquela o gigante não esperava. O ataque foi tão imprevisível e potente que ele quase foi ao chão. *Quase*. Recuperou-se rápido do baque inicial e investiu na direção do jovem Isaac com um soco, que passou no vazio. "O garoto, além de forte, é rápido, muito rápido", pensou Radulf.

Isaac escapou do golpe de Radulf por pouco, dando um pequeno salto para trás. Os instintos de combate dele já haviam entendido que aquele corpo novo não estava sujeito às limitações do antigo. Pensou que, se confiasse cem por cento nos instintos, poderia dar muito trabalho para o grandão. Então, avançou novamente com os braços em guarda, saltando de um lado para o outro. Iria dar dois ou três golpes na linha da cintura e tentar aparar o contra-ataque ao invés de se esquivar. E isso quase deu certo.

Isaac confundiu o gigante com os saltos e conseguiu dar um bom golpe antes de Radulf virar com um soco giratório. Isaac tentou inocentemente aparar aquele golpe e foi tão fracassado quanto seria se tentasse segurar um trem com as mãos. Voou novamente, quicando na grama por mais de vinte metros, e, ao contrário de antes, aquilo doeu pra caramba.

Durante uma luta, Isaac sempre ficava muito violento, e isso desde criança. Contudo, estava controlado até então por causa da grande admiração que sentiu após Radulf contar sua história. Entretanto, depois de levar aquele golpe poderoso e comer um monte de grama e terra, estava pouco se lixando se o gigante era a reencarnação de Schindler, tudo que sentia era o corpo todo queimar.

Avançou na direção de Radulf ainda mais rápido que antes. Dessa vez, o gigante não esperou o golpe e se adiantou tentando acertar um soco em Isaac, que se esquivou rodando para o lado, imitando Katarina, e acertou uma joelhada no alto da coxa de Radulf, que balbuciou algo em outra língua enquanto perdia o equilíbrio e tentava inutilmente agarrar Isaac com o outro braço, mas Isaac era rápido e já estava em suas costas, chutando a parte de trás da outra perna e o colocando de joelhos na grama. Para finalizar aquela investida, Isaac saltou para o alto com as duas mãos unidas para cima e as desceu como uma marreta na cabeça de Radulf, lançando-o com extrema violência no chão.

Isaac estava ofegante e percebeu que todos o assistiam em silêncio, até Ariel, que estava encostado no portão. Ficou satisfeito e orgulhoso e, por um segundo – talvez menos – pensou que tivesse vencido.

Sentindo um perigo iminente vindo do corpo de Radulf, que ainda estava deitado, Isaac saltou três vezes para trás, sem entender direito o porquê de se sentir tão ameaçado.

— A ira dos mansos, tão repentina, tão pouco observável — disse Radulf, antes mesmo de se levantar por completo. Seu rosto estava sujo de terra e grama e ele sangrava pelo nariz. Contudo, ao contrário do que deveria, seu sorriso estava radiante. — Foi o que aconteceu quando Ariel o provocou há pouco e, agora, de novo, quando o machuquei. Basta um simples gatilho para que o pacífico, dócil e submisso Isaac desapareça de cena e, em seu lugar, brote o desconcertante e incompreendido ímpeto cego e arrasador da cólera dos mansos. O normal é que dure pouco, mas impõe medo e respeito quando aparece, ah sim, muito assustador!

Isaac, que já recuperara o controle, quis perguntar o que diabos Radulf estava falando, mas o gigante não deu atenção e continuou o monólogo, e Isaac acabou perdendo uma parte do discurso com as reflexões.

— Rápido, talentoso, com incríveis instintos de combate e munido de uma selvageria que daria inveja em grandes felinos — continuava Radulf. — Estou entendendo porque Katarina olha para você desse jeito. Vou me encarregar pessoalmente de seu treinamento.

— Treinamento? — indagou Isaac, achando graça. — Acho que posso te ensinar uma ou duas coisas agora.

Em seguida, avançou rápido na direção do colosso no intuito de acabar logo com aquele discurso estranho.

— Primeira aula — disse Radulf, ainda sorrindo. — Um filhote de gato nunca deve atacar um cão adulto de frente.

Isaac se inflamou novamente com a comparação. Ele sabia que o gigante daria um soco de cima para baixo e estava preparado para se esquivar. Em seguida, chutaria a canela de Radulf e o levaria ao chão de novo e, por fim, pularia sobre ele muitas vezes até que ele não se levantasse mais, e isso mostraria ao alemão quem era o filhote ali. Era isso que Isaac iria fazer, ou melhor, era isso que Isaac pensou que poderia fazer.

Quando Radulf levantou o braço, preparando o soco, Isaac até esboçou um sorriso, pensando que seria fácil se esquivar. No entanto, quando o braço do gigante desceu, foi mais rápido que um piscar de olhos, muito mais rápido, foi como um raio negro, e atingiu a cabeça dele com tanta força que Isaac desmaiou antes mesmo de tocar o chão. Tudo o que sentia era a vastidão e a tranquilidade do oceano.

Capítulo 19

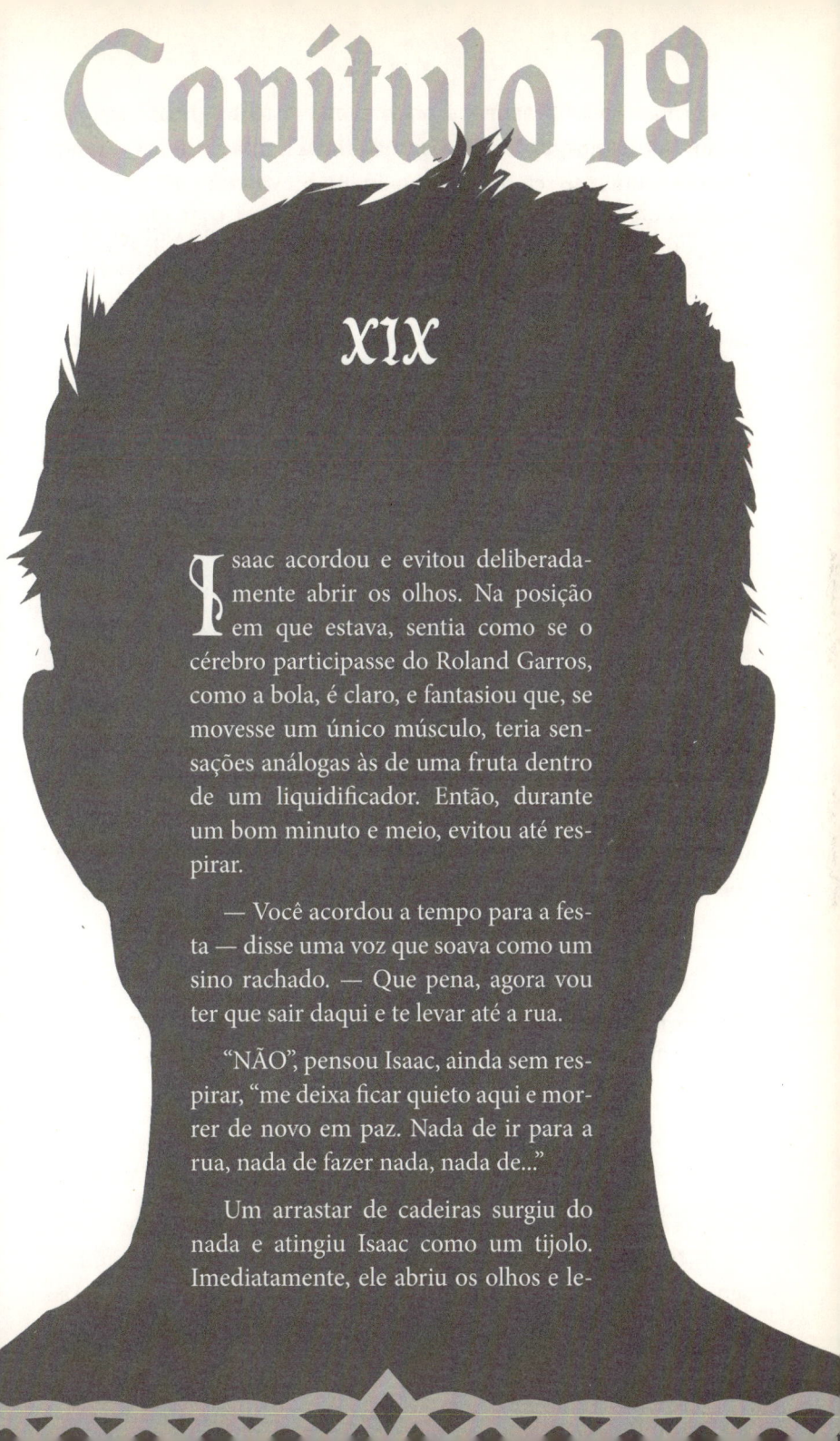

XIX

Isaac acordou e evitou deliberadamente abrir os olhos. Na posição em que estava, sentia como se o cérebro participasse do Roland Garros, como a bola, é claro, e fantasiou que, se movesse um único músculo, teria sensações análogas às de uma fruta dentro de um liquidificador. Então, durante um bom minuto e meio, evitou até respirar.

— Você acordou a tempo para a festa — disse uma voz que soava como um sino rachado. — Que pena, agora vou ter que sair daqui e te levar até a rua.

"NÃO", pensou Isaac, ainda sem respirar, "me deixa ficar quieto aqui e morrer de novo em paz. Nada de ir para a rua, nada de fazer nada, nada de..."

Um arrastar de cadeiras surgiu do nada e atingiu Isaac como um tijolo. Imediatamente, ele abriu os olhos e levou as mãos até as têmporas. É possível que ele tenha gritado um pouco durante alguns segundos, mas, não tinha muita certeza. O mundo parecia ondular ao seu redor como um mar revolto em dia de ressaca.

Uma figura grisalha e de bigode branco surgiu no campo de visão de Isaac. A pessoa olhava para ele com uma profunda tristeza nos olhos e balançava a cabeça levemente para os lados. O homem abriu a boca como se fosse dizer alguma coisa e, em seguida, voltou a fechá-la sem pronunciar uma mísera palavra e tornou a lançar um olhar de lamento para Isaac.

Toda aquela angústia no rosto do homem fez Isaac fazer o que, há alguns segundos, seria totalmente impensável: falar.

— O senhor está bem? — perguntou Isaac, com dificuldade.

— Eu não estou bem desde 2004, meu jovem, já que perguntou — respondeu o homem grisalho com a voz arrastada, que era tão agradável quanto um acidente de trânsito.

Isaac sabia que se arrependeria amargamente por perguntar, contudo, devido a sua educação rígida na escola dominical, era impossível para ele ser descortês. Na verdade, ele não conseguiria evitar as normas básicas de etiqueta nem se sua vida dependesse disso. Então, lutou contra toda a turbulência, dor e enjoo que o afligiam e perguntou:

— O que aconteceu em 2004?

— O pistoleiro chegou à Torre Negra — disse o homem suspirando. — Um jovem como você nunca vai entender o desapontamento de alguém que esperou trinta e quatro anos pela conclusão e se deparou com aquele final patético.

— Ahn?! — exclamou Isaac, enquanto olhava para aqueles olhos tristes. — Por que o senhor não foi embora como as pessoas do seriado da ilha?

— Não me compare com aqueles ratos de televisão — grunhiu o senhor grisalho, em um tom desproporcionalmente ríspido. — Eu só vou embora depois que o mestre King bater as botas. Eu preciso saber qual caminho ele tomou para poder segui-lo.

— Isso não é, sei lá, meio fanático demais? — perguntou Isaac. — Não existem regras que impeçam fãs psicóticos de perseguirem seus ídolos em sua jornada para outros mundos?

— Acho que existem sim — respondeu o homem, após pensar um pouco. — Sarah disse algo sobre isso ser um sonho impossível, mas quero ver quem vai tentar me impedir quando a hora chegar. Só espero que até lá o senhor Patrick tenha terminado a sua crônica. Sinceramente, não sei o que há de errado com esses malditos escritores que não conseguem terminar uma mísera história.

— Talvez o senhor não devesse dar tanta importância para esses escritores e suas histórias — disse Isaac, em tom ingênuo. — É só ficção e fantasia, quer dizer, baixa literatura, né, histórias para crianças e adolescentes, um faz de conta. Sabe como é. Eles inventam qualquer coisa para agradar ao público e vender mais livros.

Os olhos do homem grisalho foram da tristeza melancólica a uma ira assassina em um milésimo de segundo. Se o inocente Isaac tivesse chamado a mãe dele de prostituta de quinta, logo depois de mijar no túmulo de seus antepassados, não conseguiria resultado sequer semelhante.

Sem dizer nada, o homem grisalho pegou Isaac pelos braços e o colocou de pé sem a mínima delicadeza. Isaac viu o mundo girar como se tivessem dado descarga nele pelo vaso sanitário da rodoviária e, por um momento, teve de lutar com o cérebro para que ele não fugisse de dentro da cabeça.

— Vamos, vista estas roupas — disse o homem. — Tem uma festa para você lá embaixo.

— Uma festa? — perguntou Isaac, enquanto terminava de vestir suas roupas novas e era empurrado pelo sujeito grisalho por um lance de escadas. — Pra mim?

— É. — respondeu o homem. — Mas não adianta ficar muito animado, nem todo mundo vai. Alguns estão fora da cidade e outros, como eu, preferem não participar dessas coisas. É muito deprimente.

Isaac já estava se sentindo, ao menos, cinquenta por cento melhor do que quando acordou, e seu cérebro parecia não ter mais interesse em saltar da cabeça pelos olhos. Entretanto, tudo isso mudou quando o homem grisalho abriu a porta e o colocou para fora.

A música entrou pelos seus ouvidos como uma navalha, os cheiros do alho, do bacon e da cebola provocaram calafrios, mas o pior foram as dezenas de mãos o apalpando. Antes de Isaac se dar conta do que estava acontecendo, foi içado pelos braços e arremessado para o alto a gritos de EMET.

Toda aquela euforia fez Isaac sentir vontade de vomitar e tudo que conseguiu pensar para se controlar foi "não entre em pânico".

Capítulo 20

XX

Mesmo aquelas pessoas se esforçando muito para mandar Isaac dessa para uma melhor, ele sobreviveu e, após ser posto no chão, percebeu que, depois daquela experiência tenebrosa, poderia conviver normalmente com toda a dor que ainda sentia.

Isaac viu mais de duas dúzias de rostos diferentes e se espantou muito com a diversidade de etnias presentes ali, era como se aquela pequena vila funcionasse como a arca de Noé da genealogia humana. Ficou muito feliz, sempre quis conhecer outras culturas e fantasiou que aprenderia muito sobre muitas coisas naquele lugar, mas não naquela noite, pois todos aqueles rostos estrangeiros transbordavam embriaguez, dentre outras coisas.

— Olha quem resolveu dar o ar da graça — disse Katarina, com a voz alterada, enquanto abraçava Isaac por trás.

— Elena e Radulf apostaram que você só acordaria semana que vem, mas eu sabia que viria para a festa.

— Claro que eu viria para a festa! — disse Isaac, tentando parecer valente e confiante, mas, na verdade, muito inseguro e constrangido com aquele abraço. — Eu adoro festas.

— Que bom! — disse Ariel, aproximando-se. — Está na hora do seu batismo.

Isaac tentou dizer que fora batizado e crismado há bastante tempo na paróquia do padre Bento, contudo, quando foi falar, uma mulher alta de olhos puxados enfiou uma garrafa contendo algum tipo de ácido mortal na sua boca. O líquido amargo desceu queimando e dilacerando a língua e a garganta e causou um incêndio de proporções épicas no seu estômago.

Foram segundos ou, quem sabe, minutos mortais. Isaac não conseguia se mexer e tirar a garrafa da boca porque Katarina o segurava por trás, e ela era muito mais forte do que ele. As lágrimas jorravam dos seus olhos e o mundo oscilava entre luz e trevas. Ao longe, ele escutava um coro perfeitamente afinado de gritos de VAI, VAI, VAI, VAI.

Ao final do que pareceu uma eternidade de flagelo no deserto dos tártaros, Isaac foi libertado dos grilhões de Katarina e caiu de joelhos junto de uma garrafa transparente e vazia. Os gritos de VAI foram substituídos por berros alterados, similares aos de uma torcida organizada quando seu time vira o jogo aos quarenta e cinco do segundo tempo.

Isaac estava tonto, e como estava tonto! Aprendeu na escola que a terra girava ao redor dela mesma e ao redor do sol, mas, até aquele momento, não tinha percebido como ela girava rápido.

Mal conseguiu ficar em pé, e vários dos novos rostos vieram abraçá-lo e falar com ele. Ele não sentia os abraços, na verdade, não sentia nem o próprio corpo. Todas as vozes não passavam de ecos distantes, e ele não entendia nada, tudo que fazia era sorrir, ou tentar sorrir. E sorrindo foi arrastado por um dos novos rostos femininos para mais perto da música.

Isaac não sabia dançar. Uma vez, a tia Betânia tentou ensinar a ele um bom arrasta-chifre para que não passasse vergonha na quermesse da igreja. Entretanto, até ela desistiu, assumindo que seria mais fácil dançar com um defunto de parceiro do que botar algum ritmo naquelas duas pernas esquerdas. Apesar disso e de todos os traumas e experiências ruins que as músicas e as danças causaram, naquele momento, talvez movido por aquelas estranhas batidas que soavam primitivas, ele começou a dançar.

Ele estava dançando muito bem, ou pelo menos era isso que ele achava que estava fazendo. Sentia-se o próprio John Travolta em *Os Embalos de Sábado à Noite*. Mexia a cintura com uma desenvoltura *sexy* e balançava os ombros com habilidade. Não sabia a fórmula daquele veneno que empurraram pela sua garganta, mas tinha certeza de que o segredo da magia de *Footloose* estava ali.

Mesmo com o mundo girando a mais ou menos mil quilômetros por hora, Isaac percebeu que todos ali estavam admirados com o seu balanço porque formaram um círculo ao seu redor e voltaram a gritar loucamente. Aquilo funcionou como gasolina em um incêndio e ele jogou as mãos para cima e requebrou com ainda mais habilidade, com uma habilidade que daria inveja a Alex de *Flash Dance*. Ele saltava, ele chutava e, a cada movimento, o público ia à loucura, e a loucura o levou a saltar muito alto, muito alto até mesmo para os padrões de seu novo corpo, e cair executando um *split* perfeito à *la* James Brown. Nem toda a anestesia do mundo poderia suprir a dor lancinante que brotou de sua virilha, e ele gritou, e como ele gritou!

Houve um pequeno instante, tão rápido como um relâmpago no céu, entre o grito de dor e as mãos que o ajudaram a ficar de pé, em que Isaac ponderou sobre os longos minutos que passou dançando. Nesse instante, toda a certeza que tinha de estar magnífico foi abalada por uma voz, que não era mais alta que um zumbido e apitava bem no fundo de sua consciência, dizendo que ele estava fazendo um grande papelão. Contudo, assim que ficou de pé, aquele zumbido foi afogado por uma bebida colorida misteriosa que lhe foi entregue por um rapaz loiro e seminu. E para ter certeza de que aquele zumbido desagradável não voltaria, virou, de uma vez, mais três copos da mesma bebida e voltou a dançar com seus novos melhores amigos.

Isaac dançou com mais de uma dezena daqueles rostos, alguns conhecidos como Radulf e Elena, outros não tão conhecidos, mas, ainda assim, familiares como a moça alta de olhos puxados que enfiou aquele maravilhoso veneno na sua boca e o eufórico homem loiro seminu, além de alguns totalmente desconhecidos, que eram tão estranhos quanto qualquer estranho na rua. No entanto, naquele momento, Isaac não fez distinção de ninguém, dançou com todos com a mesma energia e empolgação e recebeu muitos abraços e alguns beijos bem impróprios.

Em algum momento naquela noite, ele não conseguia mesmo precisar em qual deles, sentiu a nuca queimar e parou de dançar para olhar para trás. Ele já sabia quem iria encontrar mesmo antes de se virar, conseguia sentir a presença daquela pessoa a metros de distância, talvez até quilômetros.

— Onde você estava? — perguntou Isaac, com um sorriso abestalhado no rosto. — Está perdendo a festa.

— Fui com o Will até a Boss — respondeu Katarina, enquanto se aproximava e o abraçava. — Mas ela ainda não acordou. Criar um *golem* novo acaba com a energia dela.

Isaac até pensou em perguntar quem era esse tal de Will, não por sentir ciúmes ou algo do tipo, mas porque achava que essa era a maneira correta de continuar aquela conversa. No entanto, após aquele abraço, tudo o que ele queria era continuar abraçando Katarina. Sentia uma estranha conexão com ela, abraçá-la não era como abraçar qualquer outra pessoa que conheceu nessa vida ou na anterior, era mais quente, mais acolhedor, como se seus corpos, essencialmente diferentes e desproporcionais, se complementassem em um todo hermeticamente fechado em si mesmo.

Katarina deve se sentir do mesmo jeito, ele fantasiou, porque não falou mais nada ou fez alguma menção em se desvencilhar. Ficaram assim unidos, como se novamente fossem um só por muitos segundos, minutos ou, quem sabe, horas. O tempo pareceu congelar e se cristalizar ao redor deles, e até mesmo a música agora não passava de um leve ruído.

Muito tempo deve ter se passado durante aquele abraço porque, quando alguém gritou "*SLENDERS*", Isaac se virou em alerta. A terra não girava mais e o mundo tinha voltado a ser como antes de terem lhe dado aquela bebida misteriosa.

A música ainda tocava, mas ninguém estava dançando, todos estavam desnorteados como animais na estrada pouco antes de serem atropelados. Nos telhados, dezenas, não, centenas de criaturas magras com membros finos e compridos observavam as pessoas no pátio do mesmo jeito que gatos observam pássaros. E mesmo que elas não tivessem bocas, Isaac sabia de que elas estavam babando.

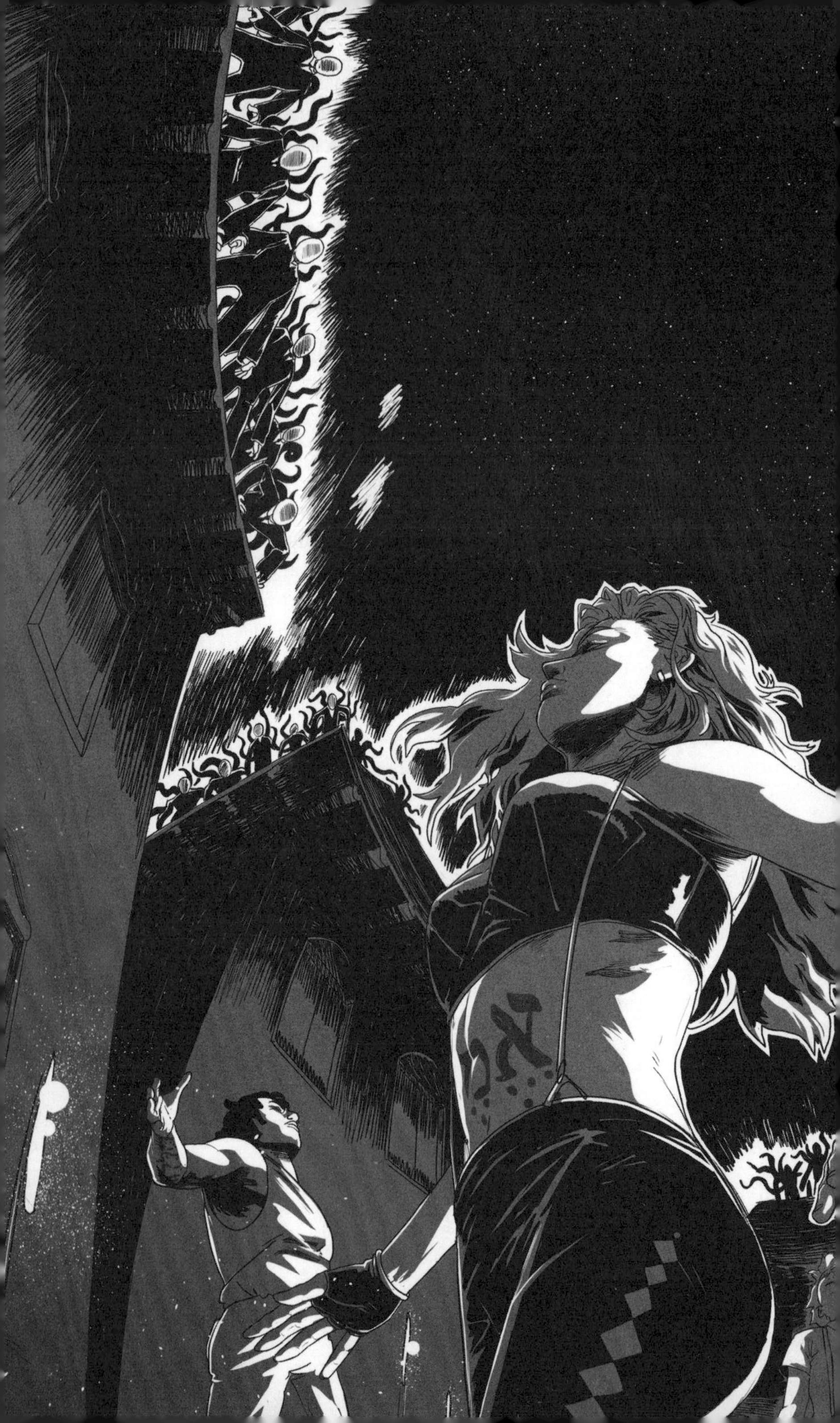

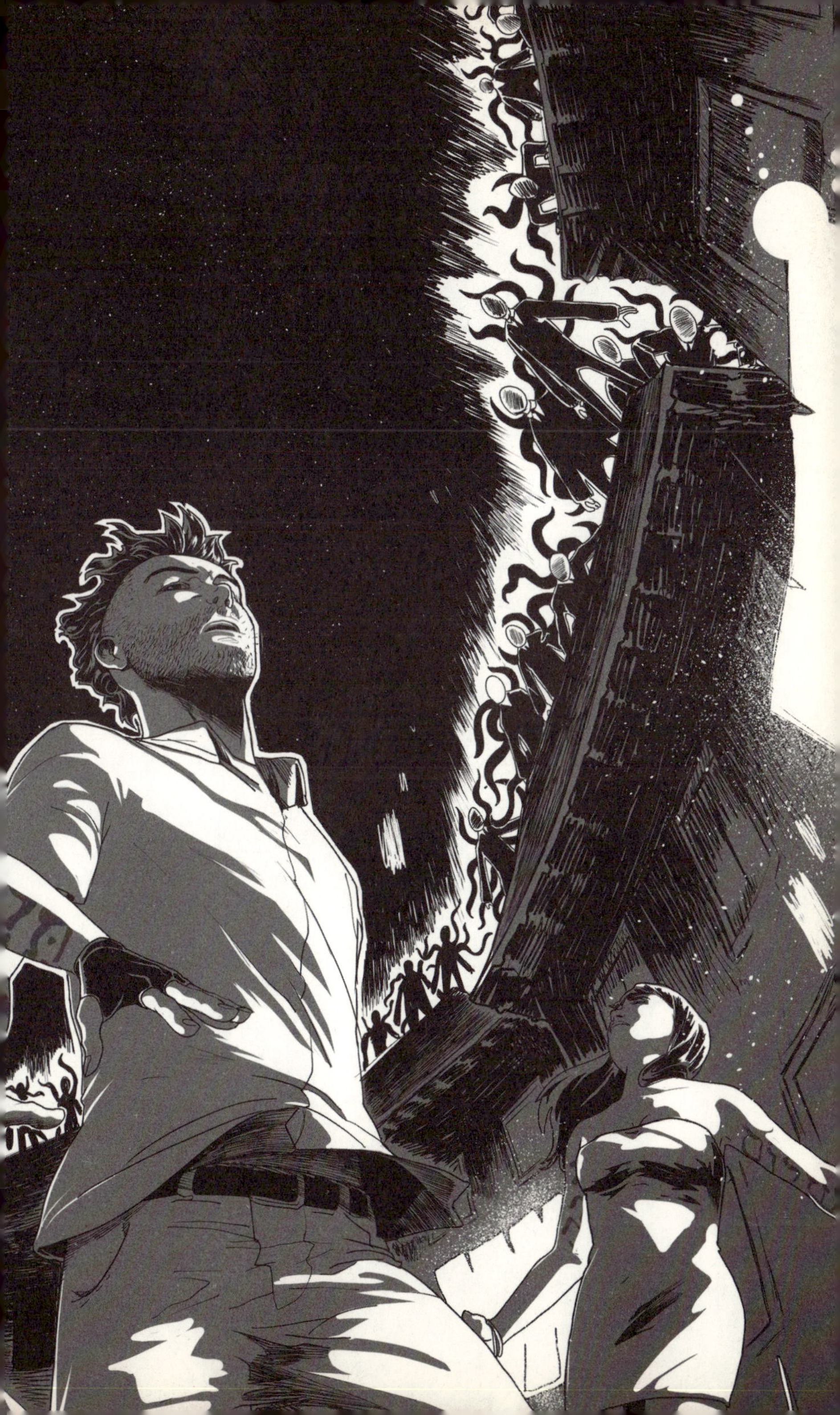

Capítulo 21

XXI

— Isso é ruim — disse Katarina com a voz seria. — Muito ruim!

— Você não falou que eles não chegam perto da vila? — disse Isaac, enquanto olhava ao redor, tentando estimar o número de criaturas que os cercavam.

— Eles não chegam — disse ela. — Vai contra o instinto de sobrevivência deles.

— Parece que vai contra o *nosso* instinto de sobrevivência e não o deles — disse Isaac, concluindo que havia algo em torno de cento e quinze e cento e cinquenta criaturas nos telhados.

— Não — disse Katarina. — *Slenders* vagam sozinhos. São como tigres e não como lobos, eles não se comunicam, não agem em bando. Seria muito improvável mais de um pensar em atacar a vila ao mesmo tempo, agora, *todos*, em um raio de centenas de quilômetros, voltarem sua atenção para o mesmo lugar ao mesmo tempo é mais do que impossível.

— Eu não sei que tipo de livro você leu sobre essas e outras coisas bizarras desse tal Mundo Grande — disse Isaac. — Mas ele claramente está errado.

Das estimáveis quarenta pessoas que estavam na festa, metade recuou agachada para o centro da rua. O restante não se moveu, e isso formou naturalmente um cordão de isolamento. Isaac ficou ainda mais preocupado, pensava que mais daquelas pessoas podiam se defender visto o potencial absurdo que seus novos corpos tinham, mas estava muito errado e percebeu que agora estavam em uma desvantagem de quase dez para um.

— O que nós vamos fazer? — perguntou Isaac a Katarina.

Katarina tirou os olhos dos *Slenders* e fitou Isaac para responder, contudo, não teve tempo. Alguém desligou a música e um *Slender*, que estava mais inquieto que os demais, saltou da beirada do telhado com destino à garganta de Isaac.

O ataque foi tão rápido e inesperado que Isaac mal pôde preparar alguma defesa. Se Elena não tivesse surgido do nada para agarrar a coisa ainda no ar e atirá-la de volta ao telhado, Isaac poderia ter perdido a cabeça, literalmente.

No instante em que a coisa atingiu as telhas, todos os *Slenders* avançaram juntos, e Isaac teve a mais absoluta certeza que seu fim e o de todos ali seria trágico, que seriam esmagados como insetos. Contudo, a investida das criaturas foi confusa e desordenada. Elas esbarravam, tropeçavam e derrubavam umas às outras. "Não são nada como os lobos", pensou Isaac e partiu, assim como os outros, para cima das estúpidas criaturas.

Isaac acertou um potente soco em uma das coisas que não estava estatelada no chão e ficou muito surpreso quando ela não saiu voando como a que Katarina venceu na cidade, na verdade, ela mal recuou e não tardou a investir contra ele como uma ágil serpente.

Saltando para trás e se esquivando com dificuldade daqueles braços esguios, Isaac conseguiu ouvir Katarina gritar:

— Pra trás seu maluco, você não está pronto para enfrentar um *Slender* ainda.

Por algum motivo, aquelas palavras enfureceram Isaac e ele se lembrou da tal ira dos mansos de que Radulf falou. Então, ele parou de retroceder, agarrou o braço da criatura com as duas mãos, entrou com o cotovelo embaixo da axila da coisa, jogou o quadril para trás e arremessou a criatura com um *ippon*.

— Se eu não os enfrentar agora, não vou ter nem a chance de me preparar para enfrentá-los no futuro — gritou Isaac, ainda segurando o braço da coisa.

Isaac tirou os olhos de Katarina e os colocou na criatura que se debatia no chão. Pisou com violência no pescoço dela e virou seu braço com força para a esquerda com a intenção de quebrar o pescoço, o braço e o ombro ao mesmo tempo. Isaac não ouviu ou sentiu nenhum osso se partindo, mas, pelo menos, a coisa parou de se mexer.

Não teve tempo de confirmar se a coisa estava morta, na verdade, não sabia nem se aquelas coisas podiam morrer. Foi atacado por outras três criaturas que tinham tamanhos bem diferentes entre si. Conseguiu esquivar da primeira, mas foi agarrado pela segunda e, antes de conseguir se desvencilhar, a terceira, que, por sinal, era a maior, ergueu o longo e fino braço para o alto e desceu com as garras abertas no peito dele.

A dor dele só não foi maior que a sua surpresa, aquele ataque deveria tê-lo cortado ao meio, mas uma luz colorida, que tinha o formato de uma estrela de seis pontas, surgiu do nada e aparou as garras da criatura e, ao invés de morto, ele só ficou um pouco machucado. A coisa não ficou satisfeita com aquela barreira e já preparava outra patada enquanto Isaac tentava se soltar. Contudo, a criatura tombou antes de desferir o golpe e de trás dela surgiu o homem loiro e seminu com uma estranha barra de ferro na mão. Isaac se afastou um pouco para o lado, e o homem acertou a coisa, que o segurava na cabeça, com o pedaço de ferro.

— Obrigado — disse Isaac, e já ia agradecer de novo quando o homem o interrompeu:

— Pegue os trovadores e os calígrafos e vão para a casa da Sarah, nós estamos muito expostos aqui. Eu cubro vocês.

— Quem? — perguntou Isaac, confuso.

O homem nu, que estava ocupado afastando um grupo grande de *Slenders*, apontou para trás sem dizer nada. Isaac se virou e viu que as pessoas que recuaram agachadas anteriormente estavam fazendo coisas, no mínimo, muito interessantes. Alguns escreviam símbolos desconhecidos no chão, outros escreviam no próprio ar com uma tinta que começava prateada e depois mudava de cor. Outros estavam cantando, se é que podia chamar aquilo de canção. Os que estavam ajoelhados, com as mãos para o alto, recitavam algum tipo de mantra, e os que estavam em pé brandiam frases espaçadas com momentos de silêncio, e, em ambos os casos, os sons estavam muito longe de serem simples sons humanos.

Ao redor daquele grupo, muita pirotecnia acontecia e Isaac não soube mesmo dizer quem estava fazendo o que ali. Alguns símbolos saíam para proteger uma área da vila; outros, uma pessoa que lutava na linha de frente, Isaac sentiu e viu um som esverdeado entrar na sua ferida e estancar o sangramento e viu outro som azul atingir um *Slender* como uma flecha. Também percebeu que, mesmo com tudo aquilo, os monstros estavam conseguindo avançar como um enxame raivoso de abelhas.

Isaac se virou para o sujeito seminu que ainda segurava sozinho uma multidão de *Slenders* e disse:

— Não está dando certo, os monstros estão conseguindo entrar.

— Sério, gênio? — disse o loiro seminu, com muita ironia. — Por que acha que eu te mandei tirar eles daí?

— Por que você acha que eles vão me escutar? — perguntou Isaac.

— Porque eu estou mandando — respondeu o homem nu, ainda de costas. — E se não ouvirem, arraste quantos conseguir.

— Certo — disse Isaac, confiante. — Mas não vou deixar ninguém para trás. Nem pense em demorar, senão eu volto para te buscar também.

O homem não respondeu, e Isaac não esperou que ele respondesse. Correu até o grupo e repassou a ordem do loiro pelado. Como imaginado, aquelas pessoas não lhe deram a mínima atenção, então ele gritou a ordem novamente, agarrou dois homens que estavam ajoelhados e começou a correr. A princípio, o grupo ficou um pouco desnorteado, mas logo todos começaram a correr junto com Isaac.

Por todos os lados, o caos reinava. O fino cordão imaginário de guerreiros que defendia os moradores pirotécnicos da vila já estava começando a ruir, e mais pessoas se juntavam ao grupo que corria. Isaac ficou cobrindo a retaguarda para garantir que ninguém ficasse para trás. Nesse momento, alguns dos moradores que estavam nas casas saíram. A maioria correu para se juntar ao grupo que debandava para longe daquela insanidade, mas alguns ficaram para cobrir a fuga, e Isaac pôde ver o senhor mal-humorado que o acordou arrancando a perna de uma das criaturas e a usando para esmagar a cabeça de outra abominação. A cena foi tão bizarra que Isaac não conseguia parar de olhar. Contudo, outra coisa chamou a sua atenção.

Enquanto Isaac corria com os moradores, meia dúzia de *Slenders* conseguiu passar por Radulf, que, naquele momento, protegia a dianteira do grupo, e avançaram ignorando todas as outras pessoas, mirando única e exclusivamente nele.

"Isso não faz sentido", pensou Isaac. Se todos ali eram espectros dentro de *golens* também, por que ele estava recebendo toda essa atenção especial? Não teve tempo para pensar em um motivo, disparou para trás a fim de correr das criaturas e afastá-las de todos que fugiam.

Não conseguiu ir muito longe e acabou encurralado por outras três criaturas que eram tão grandes quanto árvores. Avançou em direção a maior de todas. Não que esse fosse um bom plano, na verdade, era um plano terrível de tão ruim, pois se Isaac quisesse mesmo tentar escapar, deveria abrir uma brecha pelo menor dos seis, que estava nas suas costas. No entanto, Isaac não queria escapar, queria esmagar todos aqueles monstros sozinho e fantasiou que, se tirasse o maior de combate primeiro, teria mais chances de sucesso.

A criatura pareceu mais lenta que as outras, ou talvez ele estivesse mais rápido; de qualquer forma, atingiu a perna da coisa com a canela esquerda e a derrubou antes de ela conseguir atacar. Infelizmente, não conseguiu finalizar a criatura porque as outras já estavam em cima dele.

Isaac recebeu vários golpes e patadas, mas conseguiu aparar todos com os braços e não deixou que as criaturas o segurassem. Assim, apesar de ficar machucado e com as roupas rasgadas, conseguiu seguir lutando com ferocidade. Esquivava-se, defendia e atacava, quando conseguia, com socos, chutes, empurrões e até mesmo uma mordida. Isaac pensou, enquanto cuspia um pedaço da criatura, que *Slenders* tinham gosto de madeira velha.

Durante toda aquela luta, Isaac percebeu que Katarina estava certa sobre as criaturas: elas não se comunicavam, de fato não tinham o mínimo instinto de grupo. Se fossem minimamente organizadas, teriam acabado com a raça dele em menos de um segundo, e se fossem apenas três, e não nove, ele também já teria tombado. Contudo, aquela quantidade agia contra as próprias criaturas, elas eram estúpidas e derrubavam umas às outras como gatos brigando por comida. Por isso, mesmo que ele não pudesse vencer todos como gostaria, poderia, ao menos, ganhar algum tempo e, quem sabe, até conseguir escapar antes de ser despedaçado.

O homem loiro e seminu tornou a aparecer e chutou para longe um dos *Slenders* menores, e Isaac notou que ele não estava mais com a barra de ferro e vestia ao menos as calças dessa vez.

— Que bom que você vestiu ao menos as calças! — disse Isaac. — Mas não deveria estar fazendo coisas mais importantes, como esmagar a cabeça dessas coisas com aquele estranho pedaço de ferro?

— Ahn? — respondeu o homem com um olhar curioso. — Aaahhh, você está falando do meu irmão, ele não gosta mesmo de calças.

— Gêmeos! — exclamou Isaac, de súbito, percebendo certa diferença nos dois. Este tinha o cabelo loiro bem escuro e fosco, quase mostarda, e o outro um amarelo brilhante e intenso como o sol. — Que loucura! Espere...

Isaac percebeu outra coisa, uma coisa muito mais óbvia que o cabelo, e teve vontade de se esbofetear por não a ter percebido de imediato. Tanto esse irmão quanto o outro não tinham nenhuma tatuagem. Isaac tinha, Katarina e Radulf também, assim como todos que escreviam e cantavam.

— Onde você viu o meu irmão? — perguntou o gêmeo, enquanto socava o Slender mais alto.

— Por que você não tem nenhuma tatuagem? — perguntou Isaac de volta, enquanto se virava como podia com dois *Slenders* pequenos.

— Sério mesmo? — perguntou o gêmeo, saltando sobre outro *Slender* grande.

— Não, esquece — disse Isaac envergonhado. — Ele está perto das caixas de som, ficou cobrindo enquanto eu tirava as pessoas dali. Disse que era para todos recuarem até a casa da Sarah.

— E você levou? — perguntou o gêmeo, enquanto esmagava a cabeça do último *Slender* ali com os punhos.

Isaac balançou a cabeça para cima e para baixo, impressionado. Em um minuto, o gêmeo de calças acabou com sete *Slenders*, e ele, durante todo o caos, apenas com dois. Aquele sujeito devia ser mais forte que o Radulf.

— Muito bem, garoto — disse o gêmeo, com um sorriso. — Nunca vi ninguém pegar o jeito tão rápido, e olha que estou aqui há muito tempo.

Isaac abriu a boca para responder, mas o gêmeo o interrompeu:

— Vá para a casa da Sarah com o resto, eu vou buscar meu irmão — disse o gêmeo de calça, virou-se e correu para onde estava seu irmão.

Antes de correr para a casa da Sarah, Isaac foi até Katarina e Elena. Ambas estavam dando uma surra em vários dos *Slenders* próximos a uma casa azul. Teve de puxar as duas pelo braço e dizer que fora uma ordem dos gêmeos para elas lhe darem ouvidos. Aparentemente, elas estavam se divertindo um bocado com aquela pancadaria desenfreada. Nenhuma estava machucada.

Correram para a casa e foram os últimos a chegar. Todos, que lutavam espalhados anteriormente, agora formavam uma linha sólida de defesa em frente à grande casa de três andares e ao grupo pirotécnico de calígrafos e trovadores. Contudo, os *Slenders* não atacaram, algo os segurava no meio da vila. Algo não, duas pessoas, os gêmeos. Eles não estavam visíveis, mas podia-se ouvir todo o barulho do estrago que eles estavam fazendo.

— Por que eles não têm as tatuagens? — perguntou Isaac a Katarina.

— Porque eles não são *golens* da Boss — respondeu ela. — Vieram de outro criador. Ninguém sabe quem, é praticamente impossível ter uma conversa séria com eles.

— Nós não devíamos, sei lá, ir ajudar eles? — perguntou Isaac, mais para ele mesmo do que para Katarina.

— Não sei mesmo se eles estão precisando de ajuda — respondeu ela, pensativa. — É melhor a gente ficar aqui e obedecer por enquanto. Nunca vi eles darem uma ordem antes, mas, depois do Ariel, são eles quem mandam.

— Ariel — disse Isaac, pensativo. — Onde está que não o vi, ou a vi?

— Ela está acordando a Boss — respondeu Katarina. — Ele é o único que consegue.

Isaac olhou irritado para Katarina porque ela o estava sacaneando de propósito, recusando-se a entregar o gênero de Ariel. Contudo, abriu a boca para perguntar outra coisa:

— Por que só ele ou ela consegue acordar a Sarah?

Katarina já ia responder, quando os gêmeos saltaram para os telhados. Um salto incrivelmente alto e surpreendentemente sincronizado. Ambos caíram ao mesmo tempo em telhados opostos e dispararam na direção deles com uma velocidade que daria inveja a um carro de corrida.

— Pronto — disse o gêmeo de cueca, que ainda segurava o estranho pedaço de ferro na mão. — Machucamos um bocado deles ali. Eu duvido que vão nos atacar aqui. Não são tão estúpidos assim.

— Isso mesmo, irmãozinho — disse o gêmeo de calça, enquanto escorava o cotovelo no ombro do irmão. — No final, deu tudo certo.

Aquele, porém, não era o final. Os *Slenders* fugiram como ratos em um naufrágio, mas não por causa dos gêmeos ou do resto deles, e sim por causa da lua. Por mais surreal que possa parecer, ela começou a vibrar, a ondular e a cantar. Então, o céu, na direção da lua, começou a se abrir como uma cortina, e aquilo provocou um medo tão forte em Isaac que, por um momento, ele não conseguiu nem respirar.

Capítulo 22

XXII

— Mas que coisa é essa? —Isaac ouviu alguém perguntar.

— Não é o buraco de passagem que vi quando morri — respondeu outra voz.

Isaac não estava mais olhando, não conseguia sequer levantar a cabeça para olhar. Estava ajoelhado com as mãos no peito, tentando segurar o coração que parecia desesperado para fugir do corpo.

— Isso é porque não é o buraco de passagem. — Isaac reconheceu o sotaque de Radulf. — Parece mais uma janela de entrada.

— Meu Deus, Isaac. O que está acontecendo com você? — perguntou Katarina, enquanto se agachava ao lado dele.

Ele, no entanto, não conseguia responder, o máximo que podia fazer era respirar, e ainda com dificuldade.

— Isaac. Você está me ouvindo? — repetia Katarina.

Ele se esforçou como nunca a fim de conseguir olhar para ela e, quando o fez, sentiu o coração se acalmar um pouco dentro do peito e, só por isso, conseguiu falar.

— A gente precisa sair daqui agora — disse ele, com a voz arrastada.

— Por quê? — quis saber ela. — Você sabe o que é isso?

Ele não sabia, na verdade, não tivera coragem de olhar para o que estava ali no céu. Tudo que sentia era um instinto selvagem que o mandava correr, correr como nunca, correr mais rápido do que qualquer outra coisa que exista. Porque se não fosse rápido o bastante, sua vida terminaria e, dessa vez, de um jeito bem definitivo.

Não dava para colocar aquele sentimento em palavras, então ele agarrou o braço de Katarina com força e se preparou para arrastá-la para longe dali. Antes de conseguir fazer isso, Ariel passou por eles correndo e estacou um pouco à frente de todos, olhando a coisa no céu.

— Todo mundo para dentro! — gritou Sarah, que vinha caminhando de dentro da casa. — Para os túneis, agora!

Quase todos olharam para ela confusos, Ariel ainda estava concentrado no céu.

— Sigam o caminho do escorpião e não parem até chegar a Antares, ali vocês devem subir. Fiquem juntos, não andem devagar e peguem a seiva — ordenou Sarah, mas ninguém se mexeu. — AGORA! — gritou ela batendo as mãos.

Todos começaram a entrar, ainda atordoados com aquela ordem, e Isaac percebeu que continuava segurando o braço de Katarina.

— Você entendeu o que temos que fazer? — perguntou ele, soltando o braço dela.

— Você também vai entender quando voltarmos lá pra baixo — respondeu ela, já caminhado para dentro da casa.

Isaac foi o último a entrar na casa, e só por isso conseguiu ouvir um pouco da conversa de Sarah com Ariel.

— Você não precisa ficar — disse Sarah. — Eu vou lacrar os túneis, ele não vai nos seguir.

— Não tem como você ter certeza disso — respondeu Ariel, sem olhar para ela.

— Ele vai te destruir se você ficar — voltou a dizer Sarah, com o tom de voz ainda mais sério.

— Isso nenhum de nós sabe, e só tem um jeito de descobrir — respondeu Ariel, até com um pouco de humor.

— Mas não precisamos descobrir — falou ela sem nenhum humor. — Não precisávamos antes e não precisamos agora. Por que ele voltaria depois de tanto tempo? Você não sabe. Eu não sei. Ninguém sabe. Ele pode nem ter vindo por nossa causa. Pode nem se lembrar de nós.

— Ele se lembra — disse Ariel, interrompendo Sarah.

Isaac olhou para Ariel uma última vez antes de entrar na casa. Ele estava de costas, com os braços estendidos, e abria e fechava os dedos das mãos. O curioso é que os dedos estavam ficando maiores e pontudos, e não eram só eles. O cabelo estava maior, mais volumoso, e sua pele, branca como leite, agora estava opaca e coberta por pelos brancos que estavam crescendo muito rápido.

— Por que você ainda está aqui? — perguntou Sarah a Isaac.

Isaac até começou a responder, mas Sarah o interrompeu.

— Eu não quero saber o porquê, quero que você entre já naquele túnel com os outros, para não ficar pra trás.

Dessa vez, Isaac não respondeu, apenas abanou a cabeça para cima e para baixo e entrou na casa. Um segundo depois ouviu Ariel gritar "rasgue *persian*", seguido de um som de trovão, mas não olhou para trás. Correu para as escadas, torcendo para conseguir descer sem quebrar o pescoço.

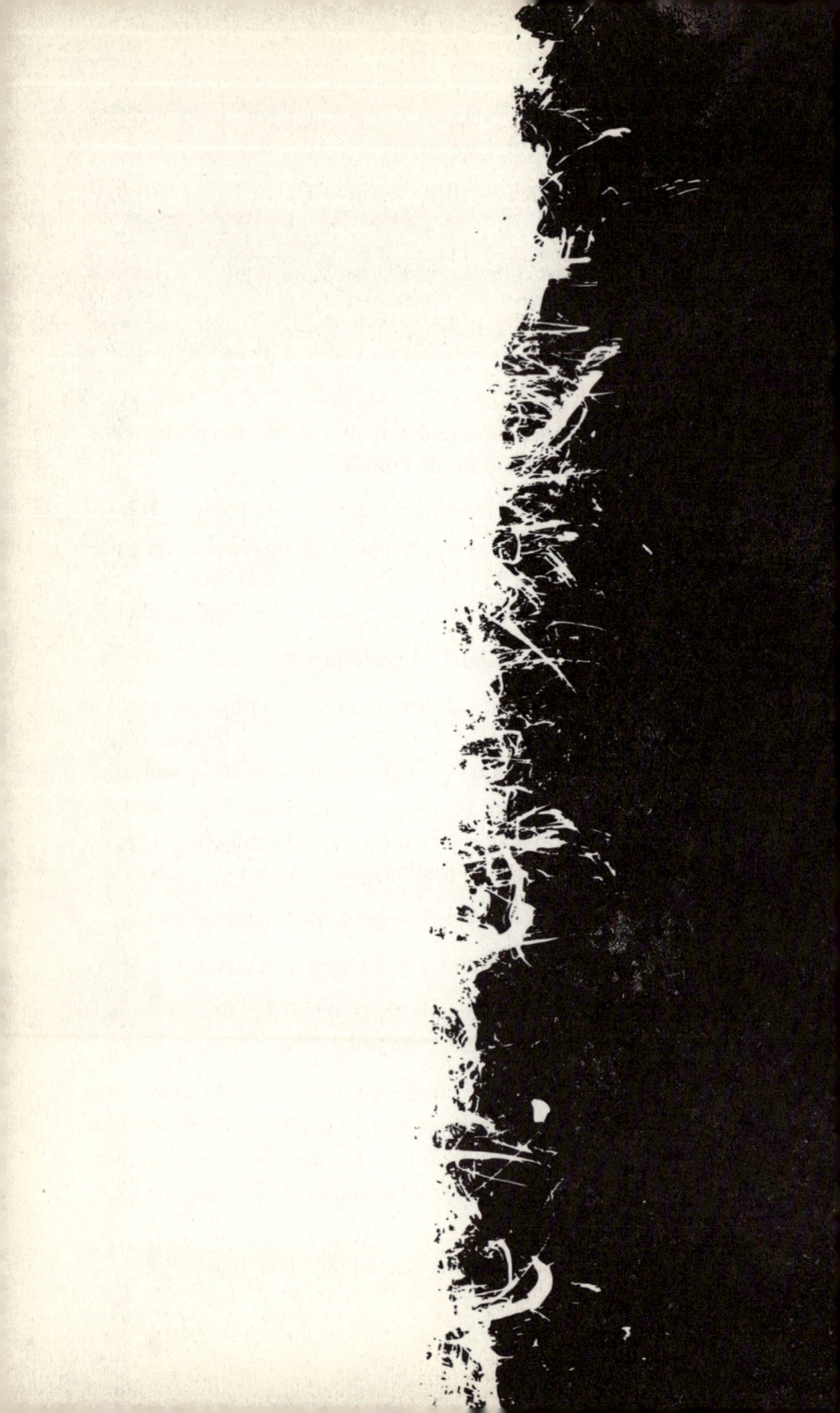

Parte 3

Capítulo 23

XXIII

O comissário de bordo, Miller, recebeu a notícia de que fora nomeado chefe dos demais comissários após subir um lance estreitíssimo de escadas em caracol que levava à cabine do capitão Nemo. Não que o capitão se chamasse assim, é que sua estrutura física batia tanto com as descrições de Júlio Verne que era impossível para Matheus não ligar um ao outro.

A promoção foi repentina e, talvez, até apressada, mas não inesperada. O comissário Miller era um exemplo de cordialidade e bons modos, em grande parte por sua erudição, mas também por sua humildade e pelos anos que passou como atendente no mercado. A maioria dos novos comissários de bordo estava ali, assim como ele, para fugir de certas obrigações militares. Contudo, ao contrário dele, os demais jovens eram de abastadas famílias burguesas que pouco praticavam a educação para com o próximo, uma característica pouco apreciada na hierarquia militar do navio.

Então, o jovem comissário Miller ascendeu rápido em sua nova função. Infelizmente, isso não trouxe nada de bom para ele. A primeira consequência desagradável foram os olhares atravessados e a exclusão de praticamente todos os seus novos colegas. Essa, no entanto, foi uma consequência menor, pois, para quem cresceu sendo excluído pelos próprios irmãos mais velhos, aquilo não passava de um leve desconforto.

A consequência realmente desagradável surgiu durante sua segunda viagem, quando o infeliz paquete cruzou com um grande navio de guerra alemão. Após alguns tiros de canhão que passaram perigosamente perto, ao ponto de jogar água no convés do barco, o capitão se rendeu e foi levado como prisioneiro junto com os demais oficiais.

Para administrar o paquete, um grupo de soldados e oficiais alemães subiu a bordo e fez uso da tripulação e, por consequência, do grupo não tão primoroso de comissários de bordo. Verdade seja dita, aqueles alemães trataram os integrantes do navio com toda a integridade e consideração que era devida a prisioneiros navais. Isso fez com que a vida na embarcação continuasse praticamente igual. Infelizmente, essa não era uma opinião unânime, e alguns não estavam nada satisfeitos em servir aos demônios Humos.

Foi graças à insatisfação de alguns que consequências verdadeiramente desagradáveis caíram sobre o comissário Miller. Embora os oficiais alemães falassem bem o idioma local, ficaram muito satisfeitos em descobrir que o chefe dos comissários de bordo articulava um alemão quase fluente, ainda que carregado de sotaque. Satisfeito também ficou o comissário Miller, contudo, essa foi uma satisfação inocente e até infantil.

Matheus, por algum motivo, pensou que seria uma ótima ideia praticar alemão com seus captores. Achou, naquele momento, que isso ajudaria muito na universidade porque nutria uma esperança sem fundamento de que aquela guerra desagradável acabaria rápido e logo ingressaria no curso de literatura alemã e estudaria, com afinco, Goethe.

Obviamente, os demais tripulantes, em especial os comissários de bordo, não ficaram nada satisfeitos com toda a intimidade de Miller com os oficiais e, quando o ouviram falar com os alemães naquele idioma bárbaro, tiveram a certeza de que o comissário Miller era, na verdade, um agente duplo, um espião, provavelmente o responsável pela captura do navio.

Movidos por delírios no mínimo paranoicos, um grupo de tripulantes chegou à conclusão de que o comissário Miller deveria sofrer um acidente fatal, caso contrário toda a guerra estaria perdida. Talvez nenhum deles acreditasse mesmo nisso, talvez eles só estivessem fazendo muito esforço para acreditar, pois assim poderiam atirar aquele plebeu metido à besta para fora do navio sem um pingo de remorso.

O comissário Miller era sim um sujeito muito inocente, mas não chegava a ser um tonto, e percebeu, quase que de imediato, quando os olhares atravessados e desdenhosos se transformaram em olhares ensandecidos e cheios de malícia, como os de um cão raivoso pouco antes de atacar o dono. E um dia, quando fingia dormir, escutou os colegas articulando o assassinato, o seu assassinato.

A partir desse momento, foi uma corrida contra o tempo para conseguir escapar do navio antes de sofrer um trágico e fatal acidente. A ideia de procurar os oficiais alemães e relatar o caso até passou pela cabeça de Miller, contudo, foi rapidamente descartada porque, dentre outras coisas, confirmaria as fantasias da tripulação e atrairia mais inimigos dispostos a derrubá-lo das escadas ou atirá-lo ao mar. Fugir era tudo o que restava.

Aproveitando-se do bom relacionamento que construiu com os alemães, o comissário Miller roubou e estocou o máximo de comida e água que conseguiu, e fugiu, na calada da noite, em um pequeno bote para a imensidão do Pacífico.

Mal sabia ele que, perto do terror que iria encontrar, quebrar o pescoço rolando um grande lance de escadas seria quase um final feliz.

Capítulo 24

XXIV

Isaac não quebrou o pescoço descendo aquelas escadas de terra, mas foi por pouco. Encontrou Katarina ainda esperando por ele na entrada do alçapão que dava para os túneis e, sem dizer nada, ela agarrou sua mão com força e o puxou para dentro. Desceram a uma velocidade que era muito alta para ser segura e, mesmo com seus novos instintos e habilidades, ainda foi uma descida perigosa.

Chegaram ao grande salão iluminado pelos *Mizus*, onde seu novo corpo foi criado, e o local estava deserto. Todos já tinham ido embora.

— E agora? — perguntou Isaac.

— Olhe para o teto, mas olhe com atenção — respondeu ela.

— O que tem o teto? — perguntou ele. — É feito de terra como tudo aqui, irregular e cheio de falhas.

— Ah, *honey*! — disse Katarina, dando um peteleco nele. — Não são falhas, são estrelas. Este é o céu.

— Se você diz — respondeu ele, não muito convencido. — Para mim, parecem buracos e rachaduras.

— Mas, não são. Como você acha que as pessoas conseguem andar aqui embaixo sem se perder? — perguntou Katarina.

— Eu não sei nem o porquê de alguém querer andar aqui embaixo. Esses túneis não são humanos, e minhocas gigantes não devem precisar se orientar pelas estrelas — respondeu ele. — Aliás, se você sabe o caminho, nós deveríamos estar correndo, não?

— Mas foram humanos que construíram esses túneis, embora de um tipo um pouco diferente. Um tipo que não lidou muito bem com a era glacial e precisou se refugiar embaixo da terra. E só para constar, nós estamos esperando a Boss, não vou embora sem ela.

Isaac pensou em perguntar sobre os tais humanos que construíram os túneis, mas percebeu que seria uma perda de tempo. Eles precisavam começar a correr já.

— Não é para esperar a Sarah — disse ele, em um tom muito sério. — Ela vai derrubar os túneis, e Ariel vai ficar para trás para cobrir a nossa fuga.

— O quê? — indagou Katarina.

— Isso mesmo que você ouviu — respondeu ele. — Se a gente não começar a correr agora, vamos ser soterrados aqui.

— Como que você... — Katarina começou a dizer.

— Eu os ouvi conversando — disse Isaac interrompendo. — Qual o caminho?

— Por aqui — respondeu ela, ainda atônita. — Vamos por aqui.

E por aqui foram correndo pelos túneis e câmaras subterrâneas. Não demoraram muito para ouvir um barulho estrondoso de desabamento. Contudo, nenhum deles disse nada até chegarem ao tal caminho do escorpião. Se os túneis fossem ruas e as câmaras casas, o caminho do escorpião seria uma autoestrada, uma gigantesca autoestrada.

— Isto é absurdo.— disse Isaac. — Como pode existir um lugar desses?

— Ainda é cedo para ficar impressionado, lindinho. Venha até aqui — respondeu Katarina. — Isso, agora sente nessa pedra preta e coloque a mão nessa superfície pontuda, precisa de sangue para ativar a seiva.

— Sangue para ativar o quê? — perguntou Isaac, mas ficou sem resposta. Tudo aconteceu rápido demais.

A superfície era extremamente afiada e cortou a mão dele com o mais leve toque. Nesse instante, tudo foi coberto por pedras e terra, e ele começou a rolar muito rápido na escuridão.

Depois de alguns minutos, Isaac parou de gritar, já estava começando a perder a voz e decidiu que precisava preservar suas cordas vocais para berrar com Katarina assim que conseguisse sair dessa bola de boliche gigante. "Prioridades", pensou ele, "o tio Ben sempre dizia que um homem de verdade tem que definir suas prioridades". Após se acalmar, percebeu que o tal caminho do escorpião era como uma via expressa naquele labirinto. Rolou por uma hora, talvez mais, no que seria praticamente uma reta se não sentisse uma leve e quase imperceptível inclinação para a direita.

Tudo terminou de maneira tão brusca quanto começou. A pedra se desintegrou do nada e arremessou Isaac de cara no chão. Enquanto ele tentava tirar toda a terra da boca, observou Katarina aterrissar elegantemente após a pedra dela se desintegrar também. Isaac gostava muito daquela pequena mulher tatuada, de cabelos vermelhos e, mesmo assim, ficou com muita raiva.

— Não me olhe assim, docinho! — disse Katarina. — Andar na seiva é tipo como transar, sabe? No começo, você fica nervoso, com medo e não sabe direito o que fazer, mas, com o tempo, vai pegando o jeito. Sabe como é, né?

Isaac não sabia, e toda a sua raiva foi substituída por embaraço, por muito embaraço, então resolveu mudar de assunto e disse, enquanto se levantava, que precisava muito ir ao banheiro.

Katarina fez uma careta e falou que eles já estavam quase chegando, que era só ele segurar mais um pouco. Isaac insistiu argumentando que esse era mais um motivo para se aliviar agora, que não queria chegar a um lugar novo e cheio de pessoas com a bexiga cheia. Katarina concordou a contragosto, mas não deixou Isaac se afastar dela, alegando que aqueles túneis eram perigosos. Isaac tentou dizer que era um cavalheiro e que não conseguiria com ela tão perto. Katarina respondeu que isso não era cavalheirismo coisa nenhuma, e sim frescura, além de idiotice, e que ele se apressasse porque estavam desperdiçando muito tempo. Isaac perdeu feio a discussão e teve que se aliviar em uma câmara lateral com Katarina a um metro e meio dele. Enquanto ele tentava relaxar, observou bem o lugar e percebeu que aquelas cavernas não pareciam abandonadas.

Voltaram ao caminho do escorpião andando. Primeiro em silêncio, mas, após alguns minutos, Isaac perguntou sobre os tais construtores dos túneis, sobre aquele meio de transporte bizarro e o porquê daquelas cavernas serem perigosas. Katarina respondeu que aquilo não eram cavernas porque não eram formações naturais, e que uma espécie humana diferente dos *homo sapiens*, uma espécie conhecida como *homo mitra*, que era intelectualmente superior, mas fisicamente muito mais fraca do que as demais subespécies humanas, usou uma avançada técnica de manipulação da natureza para se refugiar sob a terra. Era uma espécie pacífica que expandiu suas cidades subterrâneas por quase todo o globo usando esse meio de transporte baseado no magnetismo natural do planeta. Infelizmente para os *Mitras*, no decorrer dos milênios, outras subespécies humanas menos inteligentes e mais agressivas foram compelidas para os túneis por seus concorrentes, os *homo sapiens*, e acabaram massacrando e extinguindo todos os *Mitras*, bem como sua cultura e herança tecnológica, então, agora, a seiva só funciona em poucos lugares. Foram muitas as subespécies que desceram, mas todas tiveram o mesmo fim, degenerando-se e evoluindo para coisas medonhas que quase nada têm de humanos.

— Você pode chamá-los de vermes da terra, se quiser — disse Katarina. — E eles são perigosos, muito perigosos! Então, a regra é nunca viajar pelos túneis sozinho. Mesmo em grupo, aqui ainda é um lugar perigoso.

Chegaram ao ponto de encontro durante a explicação de Katarina sobre os túneis. Isaac ainda estava tentando digerir aquelas informações, quando foi surpreendido pelo tamanho da câmara de Antares. O lugar era imenso, imenso mesmo, talvez maior que a sua cidade natal, e as construções de terra ali eram, embora desgastadas, muito mais elaboradas do que as que ficavam sob a casa de Sarah.

Uma dúzia de pessoas ainda estava lá, dentre elas, Elena. E em direção a ela é que Katarina foi.

— Todos conseguiram chegar? — perguntou Katarina.

— Eu não sei, acho que sim, mas ainda não paramos para contar — respondeu Elena. — E a Sarah?

— Ficou para trás junto com Ariel — respondeu Katarina, com um pesar na voz. — Eu não sei se eles vão vir. A sala da criação desabou atrás de nós quando estávamos vindo.

— Não pense essas coisas, criança — respondeu Elena, sem nenhum pesar. — É claro que eles virão. Você nem imagina do que aqueles dois são capazes.

Isaac não falou nada. Estava ocupado refletindo e ponderando sobre aquela situação, uma coisa que já deveria ter feito e que não teve condição de fazer por causa de toda a insanidade do último dia.

— Vamos subir — disse Elena. — Nós estávamos esperando para ver se alguém aparecia, mas vocês devem ser os últimos.

Então, todos subiram em silêncio e muito preocupados.

Capítulo 25

XXV

Não estavam mais na cidade, e isso não surpreendeu Isaac. Após rolar tão rápido e por tanto tempo embaixo da terra, não tinha certeza nem se estava no mesmo país. O lugar era um enorme e antigo casarão colonial, que provavelmente fora a casa grande de alguma rica fazenda alguns séculos atrás.

Não era um casarão abandonado, visto que estava impecavelmente limpo e bem cuidado. Contudo, parecia desabitado há séculos e, por que não dizer, assombrado, pois tudo era muito antigo e o ar cheirava como o de um contêiner vazio. "É claro que esse lugar é assombrado", pensou Isaac, "se não estava antes, com certeza, está agora com todos esses fantasmas em supercorpos". E, por algum motivo, começou a rir.

— O que foi? — perguntou Katarina. — Não é possível que você ainda esteja bêbado.

— Ah não! Eu não bebo! — respondeu ele, com convicção. — Na verdade, estava pensando em histórias de fantasmas. De onde eu venho, as pessoas contam histórias sinistras sobre esse tipo de casa.

— Claro que não bebe! — disse Katarina, com uma ironia que deixou Isaac confuso. — De onde venho, filmes de terror com esse tipo de casa são bem comuns também, mas pode relaxar, este é um lugar seguro.

— Você já esteve aqui antes? — perguntou ele.

— Algumas vezes — respondeu ela, saindo da casa pela grande porta principal. — A Boss usa esse lugar para realizar trocas, como posto de treinamento avançado e para o ritual da prova final. Aqueles que querem deixar a vila para viajar, ou para viver em outro lugar, precisam conseguir passar quarenta e oito horas em uma cabana que fica a alguns quilômetros, dentro daquela floresta ali.

Isaac ainda estava admirando a bela paisagem quando Katarina apontou para uma mistura de floresta com pântano que ficava a sua direita. O dia estava começando a nascer, mas os raios de sol não penetravam no verde-musgo das árvores, e muito menos dissipavam a estranha névoa que existia ali. Medonho foi a única palavra que conseguiu pensar.

— Que beleza, hein! — respondeu Isaac. — Você já tentou?

— Não — respondeu ela. — Ainda falta um pouco para eu poder me candidatar ao desafio final.

— Mas você estava fora da vila quando me encontrou — disse ele. — Isto quer dizer que você pode sair, não é?

— Só para pequenas incursões — respondeu ela. — Se eu demorar mais do que algumas horas, mandam alguém me procurar, alguém que já passou pelo desafio.

— Como o Radulf? — quis saber ele. — Ou os gêmeos?

— Os gêmeos não precisaram passar por isso, mas eles podem sair em resgate se estiverem minimamente sóbrios, o que não é muito comum — respondeu ela. — Radulf e Elena são mais confiáveis. Vários outros moradores também podem, o problema é que eles não gostam muito de sair da vila, acham muito difícil se conectar com as pessoas desse tempo.

— Como aquele senhor que me levou à festa, ou os outros que lutaram na invasão dos *Slenders*? — perguntou Isaac. — E quanto àqueles que estavam bagunçando o clima e lançando símbolos com a música e a escrita? Eles podem sair também?

— Sim, sim. Todos eles — respondeu ela. — E, a propósito, o nome do senhor é Boris. Os calígrafos e trovadores também sabem se defender em uma luta corporal simples, todos aqui têm que aprender o básico, a diferença é que o talento de alguns está alocado em outras artes.

— Então esse tal Mundo Grande é tão perigoso assim? — quis saber Isaac. — Uma pessoa só pode tirar férias depois de anos de treinamento e de passar um fim de semana naquela floresta que parece, sei lá, maldita?

— Pode apostar que é! — respondeu ela. — Os *Slenders* estão acima dos espectros na cadeia alimentar, mas não estão nem perto do topo. Se estivessem, nada poderia impedir que eles atacassem pessoas vivas ao invés de procurar pelas mortas.

— Essas coisas podem atacar pessoas vivas? — perguntou Isaac, chocado. Até aquele momento, sentia como se vivesse em uma realidade paralela.

— Claro que podem. E quando atacam, não é nada bonito! — respondeu ela. —Eles só não costumam fazer isso porque, para atacar um humano, eles precisam se expor, e aí acabam virando alvos de coisas maiores e mais perigosas.

— Como as cigarras gigantes, por exemplo? — disse ele.

— Isso, como elas — disse Katarina, enquanto começava a caminhar em direção a uma construção retangular. — Os *Zi-gos* não têm problemas com humanos porque estes, mesmo que inconscientemente, não os incomodam e respeitam seu espaço, mas são extremamente agressivos com qualquer criatura do Mundo Grande que chegue perto deles. Então, se um *Slender* resolver se rebelar e atacar alguém vivo com os *Zi-gos* por perto, vai ser despedaçado no mesmo instante.

Isaac pensou que isso explicava o porquê de o elefante não o seguir pelo parque, mas havia um furo enorme naquela teoria.

— Isso não faz sentido — disse ele, por fim, quando já estavam entrando na construção retangular. — Os seres humanos não são conhecidos por respeitar o espaço de outras criaturas. Na verdade, não respeitam nem o espaço de outros humanos. Desmatam florestas e constroem cidades sobre tudo.

— Se é esse o caso, por que eles não passaram por cima daquele parque enorme que fica bem no coração da cidade? — respondeu ela com um sorriso. — Mas já, já explico certinho. Vamos comer alguma coisa porque estou morrendo de fome.

As últimas vinte e quatro horas da vida de Isaac foram realmente muito surpreendentes. Tão surpreendentes que ele achou mesmo que estava preparado para tudo e que mais nada o surpreenderia. Bem, entrar naquela construção mostrou que ele estava muito enganado, e acabou surpreendido de novo.

— Quem preparou esse banquete? — perguntou Isaac, surpreso ao encarar a gigantesca mesa com mais de cem lugares, forrada com um hipercafé da manhã colonial. Eram tantos os alimentos e as variedades de pães e queijos, que alguns até pareciam alienígenas aos olhos dele.

— Por acaso, você não achou que esse lugar estava desabitado, não é? — perguntou ela, já servindo um prato com pães, queijos, ovos, linguiça e enchendo um copo com vinho.

— Você não acha que é muito cedo para começar a beber? — repreendeu Isaac, horrorizado. — Isso é um sintoma bem avançado de alcoolismo.

Katarina olhou para ele com as sobrancelhas arqueadas e disse com a boca cheia de pão:

— Nhooonooonhoo — e complementou — Onhon.

Isaac tentou ignorar aquela infantilidade e se virou para encher um prato com comida e pegar um pouco de suco. No entanto, quando se virou de volta, ela ainda estava caçoando dele.

— Tá bom, eu já entendi. Se você quer virar uma alcoólatra, o problema é seu — disse ele. — Agora, me diz quem pode ter preparado isso em tão pouco tempo? Não tinha como alguém saber que nós estávamos chegando.

Katarina terminou de mastigar a comida, virou o copo de vinho, serviu outro, e só então respondeu:

— Isto aqui não era para a gente, docinho, ele sempre come assim, mas pode ficar à vontade, ele já está trazendo mais.

— Ele? — perguntou Isaac. — Aqui tem comida para um exército inteiro, ninguém consegue comer tanto.

— É que ele são muitos — respondeu ela. — Olhe ali, você vai entender.

E ele olhou e, só para variar um pouco, surpreendeu-se de novo.

Capítulo 26

XXVI

A coisa que entrou no salão tinha a estatura de um humano mediano e, talvez, a forma lembrasse a de um humano mediano. Mas era tudo que a coisa tinha de um humano mediano. A entidade era formada como um mosaico de pessoas, e sempre que se mexia, exibia uma face nova e diferente. Trazia consigo uma dezena de bandejas, todas bem equilibradas em suas mãos. Não é que a coisa tivesse mais de um par de mãos, na verdade, o que ela tinha era mais de um par de corpos. De início, Isaac pensou que eles deviam estar ligados por alguma coisa, mas aí todos eles se separaram e serviram ainda mais à mesa.

— Já armei rede para todos — disseram todas as coisas ao mesmo tempo com o som de um coral completo. — Aqueles que precisarem descansar venham comigo.

Em seguida, todas as coisas se juntaram e voltaram a ser uma coisa só, ou o que quer que fosse. Por algum motivo, aquilo fez Isaac pensar no mercúrio. Um estranho metal líquido que se separa e se une com incrível facilidade.

A coisa voltou por onde veio e atrás dela foram algumas das pessoas que estavam ali com eles.

— Sujeito peculiar o caseiro — disse Isaac, olhando para Katarina. — Ele sempre fala desse jeito ou só queria assustar a gente?

— Sempre — respondeu ela. — E ele não é o caseiro, é o senhor daqui.

— Suponho que ele não seja uma obra da Sarah — disse Isaac tentando ser sarcástico sem saber bem o porquê de querer ser sarcástico. — Não tem o estilo dela.

— Não, o Legião é outra coisa, já estava aqui quando ela chegou. São amigos e parceiros. — Katarina respondeu devagar, porque estava lutando bravamente com um enorme pedaço de cuca.

— Legião, hein? Belo nome, não tem algo na Bíblia sobre ele? — perguntou Isaac, um pouco assustado.

— Acho que sim — respondeu ela. — Mas não é sobre o nosso aqui, ele não é tão velho.

— Então, você sabe bastante coisa a respeito do nosso anfitrião. Talvez, se compartilhar um pouco comigo, eu vou conseguir fazer o meu coração voltar a bater — disse ele.

Katarina riu e acabou cuspindo um pouco de vinho em Isaac. Ele não se incomodou, ficou satisfeito por arrancar alguma alegria dela. Sabia que, apesar da aparência, ela estava muito preocupada com a Sarah.

— Claro, docinho! — respondeu Katarina. — Aqui era uma enorme, antiga e próspera fazenda. Bem próspera, principalmente, porque usava mão de obra escrava. Em um determinado momento da história, a escravidão estava com os dias contados e os proprietários sabiam disso. Então, pouco tempo antes de todos receberem uma carta de alforria, os patrões mandaram trancar na senzala todos os negros, até mesmo os negros que viviam na casa grande, e, em seguida, atearam fogo em tudo. Ninguém sabe exatamente porque eles fizeram isso. Talvez estivessem loucos ou a simples ideia de ter de pagar um salário para aqueles negros os enlouqueceu. De qualquer forma, do fogo, das cinzas e do ódio os espectros se uniram e emergiram como outra coisa, uma coisa poderosa que tem pouquíssimos inimigos naturais no Mundo Grande.

— O Legião — disse Isaac. — Ele deve ter ficado bem zangado, criado assim com toda essa dor e fúria, mas ele me pareceu bastante cordial.

— É. Pelo que soube, isso é bem raro — disse Katarina. — Após matar todo mundo que estava aqui, ele simplesmente voltou a trabalhar na casa, no campo e tocou a fazenda como podia. Suponho que trabalhar era a única coisa que aquelas pessoas, que nasceram escravas, conheciam da vida.

— E os vizinhos? — perguntou Isaac. — Não estranharam o novo proprietário?

— Acho que eles o veem como uma família bem reservada e um pouco excêntrica. — respondeu ela.

— Isso é uma baita de uma loucura, sabia? — disse ele, servindo mais alguns pães.

— Eu sei — falou ela. — Mas você se acostuma.

Terminaram de comer e Katarina serviu mais uma taça de vinho. Aquilo deixou Isaac muito preocupado, mas ele não disse nada dessa vez. Na verdade, queria continuar batendo papo, porém estava muito cansado e precisava mesmo descansar. Pelo visto, até aqueles supercorpos tinham seus limites.

Querendo interromper a relação de Katarina com a garrafa de vinho, mas não querendo ser tão direto sobre isso, Isaac esticou os braços para o alto e soltou um grande bocejo. Talvez ele pudesse só ter perguntado onde poderia descansar, no entanto, pensou que, se fizesse isso, ela apenas apontaria o caminho, e ele não queria ficar sozinho naquele lugar.

Katarina olhou para ele com as sobrancelhas arqueadas e disse com um sorriso:

— Já vamos para a cama, xuxu. Só espera eu terminar o vinho, o Legião não gosta que levem copos para o quarto.

— Você também não gostaria se fosse a sua casa — disse Isaac, enquanto tamborilava, impaciente, os dedos na mesa. — Conte sobre as outras coisas que existem por aqui e por que elas não se incomodam com os humanos destruindo o planeta.

— Acho que já passou da hora de alguém aqui dormir, hein! — disse ela, fazendo graça, enquanto virava o resto do vinho direto do gargalo da garrafa. — Primeiro, você está com uma imagem errada dessas "coisas". Não são "coisas" e muito menos animais silvestres que precisam de uma ampla área verde.

— O que são então? — perguntou ele, levantando-se e acompanhando Katarina, que já saía pela porta.

— Outras existências — respondeu ela, sem se virar para ele. — Existências mais complexas e com noções de tempo e espaço bem diferentes da nossa. Os *zi-gos*, por exemplo. A maior parte deles fica enterrada no parque e alguns poucos se revezam nas árvores, olhando o céu e cantando para as estrelas. Ninguém sabe por que eles fazem isso, pelo menos ninguém daqui. Então, até que eu possa rodar o mundo e descobrir seus mistérios por conta própria, tudo o que posso fazer é especular. Eu acho que eles estão esperando.

— Esperando o quê? — perguntou Isaac, curioso com aquilo.

— Não o quê. Quando! — respondeu ela, virando-se para ele e piscando.

Chegaram a um grande quarto coletivo com várias redes armadas. Isaac não perdeu tempo e deitou em uma perto da janela. Antes de conseguir se arrumar, Katarina se jogou ao lado dele na mesma rede.

— Isso é muito, ahmm, impróprio, sabia? — disse Isaac, um pouco assustado, mas nem um pouco incomodado com aquilo.

— Cala a boca! — foi só o que ela respondeu, enquanto se ajeitava com os cotovelos ao lado dele.

Isaac não sabia mesmo o que fazer naquela situação, se é que tinha de fazer alguma coisa. Então, movido por puro nervosismo, resolveu continuar conversando.

— Então, as pessoas construíram a cidade em volta de uma colônia de cigarras gigantes e fizeram do lugar um parque para não incomodar os que estão hibernando embaixo da terra — disse ele.

— Algo do tipo — respondeu ela, com a voz abafada. — Talvez tenham construído uma cidade em volta deles para que ficassem protegidas por eles. Talvez, por isso, a cidade tenha crescido e prosperado tanto. Não dá pra saber, são só teorias.

— Alguém deve saber! — disse ele.

— Boa sorte em procurar — respondeu ela, com a voz ainda mais baixa. — Mas todas as cidades têm espaços vazios e lugares misteriosamente abandonados. Até as pequenas como a sua.

— Isso é verdade — falou ele, lembrando-se das casas abandonadas e de todas as áreas verdes improdutivas com as quais ninguém se importava. Talvez existam muitas coisas ali.

— Relaxa — disse ela, um pouco mais alto do que um sussurro. — Nem todas as existências são tão alheias aos seres humanos. Muitas gostam deles. Não reparou que o Legião parecia muito feliz com os hóspedes?

— Não! — respondeu ele.

— Você é muito lerdo — sussurrou ela. — Ariel também adora as pessoas e a cidade.

— Ariel não é humano, então — disse Isaac sem surpresa. A sua última visão de Ariel mostrou que tinha algo bem diferente com ele, ou ela. Algo maior e com muitos pelos brancos. Algo como o arquétipo primordial de todos os gatos.

— O que ele é? — perguntou Isaac.

Katarina não respondeu. Estava dormindo, e ele também queria muito dormir. Fechou os olhos e sonhou com o ser resplandecente de luz. Um sonho muito realista em que ele, como astro luminoso, desafiava uma entidade poderosa. O ser quase o pegou, contudo, o astro era rápido e conseguiu fugir e se refugiar em sua caverna. Assim, voltou para a calmaria do oceano.

Capítulo 27

XXVII

A calmaria não durou muito, Isaac sentiu uma presença estranha e abriu os olhos.

— Sarah — disse ele. — Você está bem?

— Por enquanto — respondeu ela, sussurrando para ele. — Vamos lá fora, nós precisamos conversar.

Isaac estava prestes a responder que "sim, claro, já estou indo", mas Sarah se virou e caminhou rápido e em silêncio para fora do quarto. "Pessoas da cidade grande", pensou ele, dessa vez sem se irritar. Ainda que viessem para o interior, continuavam agindo como se estivessem atrasadas ou muito ocupadas.

— Aonde você vai? — perguntou Katarina, enquanto Isaac tentava sair da rede sem acordá-la.

— Eu, ahm, ao banheiro! — mentiu, sabendo que, se dissesse a verdade, não conseguiria conversar com a Sarah em particular.

— Por que você está mentindo? — perguntou ela. — Você não sabe mentir, ficou mais sem graça que uma série de TV de 24 episódios.

Isaac até pensou em inventar outra mentira, no entanto, percebeu que seria uma tremenda perda de tempo. Não conseguiria mentir para Katarina, na verdade, não conseguiria mentir para ninguém, nem a criança mais inocente acreditaria em uma mentira sua.

— Vou lá fora falar com a Sarah. Ela pediu para conversar comigo — disse ele. Em seguida, perguntou algo que não precisava perguntar para saber a resposta, mas, mesmo assim, perguntou. — Você pode esperar aqui até eu voltar?

— Claro que não! — respondeu ela, já pulando da rede. — Eu preciso saber se ela está bem.

— Ela parecia bem. — Isaac disse para o vazio, já que Katarina tinha saído correndo do quarto.

Saindo da casa, Isaac encontrou Katarina abraçada com Sarah do lado de fora. O sol estava alto no céu, mas ainda não era meio-dia, e ele não dormira tanto quanto deveria. Aproximou-se das duas em silêncio e ficou ali parado sem dizer nada.

— Pronto, minha criança — disse Sarah para Katarina. — Pode me soltar agora, nós não temos tempo para isso.

— Por que não temos tempo? — perguntou Katarina. — O que foi aquilo que aconteceu na vila?

— Por causa "daquilo" que não temos tempo — respondeu Sarah, olhando para os dois. — Isaac, eu preciso que você vá a um lugar e busque alguém para nos ajudar. Nós não estamos seguros aqui.

— Claro — respondeu ele. — O que precisar.

— Katarina — disse Sarah. — Você fica aqui para me ajudar a proteger os outros, sabe, para o caso de ele nos encontrar antes do Isaac voltar.

— Mas, Boss... — disse Katarina. — Não podemos deixar o Isaac sair sozinho, é muito perigoso.

— Perigoso vai ficar aqui se ele nos encontrar — respondeu Sarah, bem séria. — Se é que já não nos encontrou, o Legião viu algo estranho na fazenda e está atrás dele, algo antigo e muito perigoso.

— Não faz sentido, Boss! — insistiu Katarina. — Você mesma disse que nada ataca o território de um Legião.

— Ele não é nada! — disse Sarah, tensa. — Ele não pertence ao nosso mundo. Nem ao pequeno, nem ao grande. Aquilo que vocês viram no céu não era um buraco negro de partida, e sim uma janela branca de entrada.

— Achei que era impossível voltar — disse Isaac, confuso.

— Para a maioria das existências é — respondeu Sarah, abaixando o tom de voz e olhando ao redor. — Mas ele é uma existência diferente.

— Você o conhece? — perguntou Katarina.

— Conheci em outra vida — respondeu Sarah. — E, sinceramente, não achei que o veria de novo, mesmo depois de tanto tempo.

— O que ele quer? — perguntou Isaac. — Você parece saber muito a respeito dele.

Sarah não respondeu de imediato, ficou olhando para Isaac por um minuto inteiro refletindo, e só então respondeu:

— Sinceramente, não tenho certeza. De qualquer forma, precisamos tomar providências. Os melhores lutadores vão ficar aqui, onde o perigo é maior. E você, Isaac, vai buscar ajuda. Eu soube que se mostrou muito capaz dessa tarefa.

— Só me diga o que preciso fazer e pode considerar feito — respondeu ele, orgulhoso.

Sarah balançou a cabeça para cima e para baixo, satisfeita com aquela postura. Katarina não disse mais nada, mesmo não concordando com aquilo.

— Você precisa partir agora e depressa — instruiu Sarah. — Primeiro, vá até aquela pequena casa, tome um banho e troque de roupa, enquanto eu preparo tudo. Ele não vai te receber desse jeito, você está parecendo um mendigo com essas roupas rasgadas. Depois, você vai pegar esse caminho aqui por alguns quilômetros até chegar à praia. Lá você deve seguir a faixa de areia pela direita até encontrar um antigo forte. Com sorte, o senhor dos títeres vai estar lá, ele é um antigo amigo e deve vir nos ajudar se você explicar a situação.

— Não parece difícil — disse ele, um pouco desapontado com a simplicidade da missão.

— Não seria se tivéssemos tempo — respondeu Sarah. — Você vai precisar percorrer muitos quilômetros, então é melhor se apressar.

Isaac acenou com a cabeça para Sarah e olhou para Katarina. Pensou em se despedir e sentiu muita vontade de abraçá-la. Não fez isso, não queria que ela fizesse perguntas sobre as quais ele teria de mentir, sabia que aquela missão tinha um significado oculto e o entendia bem. Então, sem dizer nada, virou-se e foi para a pequena casa colonial.

Tomou um rápido e desagradável banho gelado. Não que fosse seu primeiro banho gelado de balde, na verdade esse tipo de banho era bem comum no rancho, a questão é que era impossível se acostumar com aquilo. Vestiu a primeira roupa que encontrou no guarda-roupa, calças com suspensórios, uma camisa de linha, um colete, botas e um grosso e comprido casaco. Isaac estava se sentindo bem com aquelas roupas, mas ainda estava faltando algo, então, passou os olhos pelo quarto e o encontrou. Colocou o belo chapéu e se sentiu completo

Saiu da casa e encontrou um grande puro-sangue árabe negro selado esperando por ele.

— Que belo animal, hein! Qual o nome dele? — perguntou Isaac.

— Espinho — respondeu Sarah. — Ele é um pouco arisco, mas é forte e dá conta da viagem.

— Tenho certeza que dá — disse ele, enquanto acariciava o animal. — Nunca vi um cavalo tão bonito.

— Todos os cavalos do Legião são magníficos, ele é um grande apreciador desses animais. Agora você precisa ir — disse Sarah.

Isaac não disse mais nada. Montou Espinho e correu bem rápido pela pequena estrada de terra. Primeiro porque Sarah ressaltou bem a urgência na missão, mas esse não era o principal motivo para ele correr com todas as forças do animal. O verdadeiro motivo era que ele queria ver o mar.

Isaac foi criado em um rancho que ficava em uma comunidade agrícola bem afastada de qualquer litoral, o que para ele não era exatamente um problema, porque, ao contrário de seus colegas, ele não nutria nenhum desejo de conhecer o mar e admirar o oceano. Não que essas coisas provocassem algum tipo de aversão nele, elas simplesmente não provocavam nada, assim como carros luxuosos e velozes não provocavam nada também. Ele não entendia o porquê de as pessoas darem tanta importância para essas coisas, ou, pelo menos, esse era o sentimento dele antes de adentrar esse novo e psicodélico mundo chamado de "grande". No último dia, tinha pensado e até sonhado com o mar. Isso era um fato bem estranho, e não apenas pelo interesse repentino, mas também porque tinha certeza de nunca ter visto o mar ou estado em uma praia. Então, lembrar-se da sensação de nadar nas profundezas do grande azul era, no mínimo, muito curioso.

Talvez ele estivesse enganado. Talvez tenha estado no mar quando era pequeno. Fechou os olhos enquanto galopava e forçou a memória ao máximo tentando extrair sua lembrança mais profunda. Lembrou-se do cemitério e do funeral dos pais. "Quantos anos eu devia ter?", pensou Isaac, "quatro, talvez cinco" concluiu ele. Depois do funeral, nada de praias ou do oceano. Antes, continuava um mistério.

Abriu os olhos e desistiu daquilo, pois percebeu que não levaria a lugar nenhum, no máximo a algum acidente trágico, caso Espinho tropeçasse em alguma coisa. Continuou correndo e não demorou muito para colocar os olhos na imensidão azul.

— Incrível! — disse em voz alta para si mesmo e para o cavalo enquanto diminuía o ritmo.

Cobriu o resto da distância a passos muito lentos e estacou antes de o animal colocar as patas na faixa de areia. Ele estava hipnotizado pelo balanço das ondas e pelo azul infinito. "Familiar", era tudo que conseguia pensar. Após alguns minutos sentindo uma nostalgia infundada, desceu do cavalo e começou a tirar a roupa.

Quando Isaac colocou os pés na areia, estava completamente nu e aéreo, tanto que não se incomodou quando as inúmeras tatuagens que cobriam seu corpo começaram a pulsar. Ele não sabia bem o que estava fazendo, apenas sentia uma necessidade primitiva de entrar naquela água e nadar para longe de tudo.

E ele quase conseguiu fazer isso. Provavelmente, se tivesse caminhado um pouco mais rápido do que um filhote de tartaruga, teria conseguido. Contudo, antes de conseguir molhar os pés na água, ouviu:

— Não é que eu não goste de olhar essa bundinha. Só acho que agora temos coisas mais urgentes para fazer.

Isaac se virou assustado e viu Katarina vestida como uma vaqueira e montada em um andaluz malhado que era quase tão bonito quanto ela. E antes de corar como uma pimenta mexicana, se deu conta da loucura que estava fazendo.

Capítulo 28

XXVIII

— Você pode se virar? — perguntou Isaac, sentindo um "déjà vu" enquanto caminhava até as suas roupas com as mãos tapando sua masculinidade.

— Não! — respondeu ela, sorrindo. — Eu sei que a praia aqui é linda e tal, mas por que você achou que era uma boa ideia parar e dar um mergulho?

— Eu não sei — respondeu ele, com sinceridade. — Eu nunca tinha visto o mar.

— Nossa! — respondeu ela, atônita. — Tudo bem, xuxu, quando isso acabar, vamos voltar aqui para nadar pelados, só eu e você. Eu prometo.

Isaac sorriu constrangido e conseguiu ficar ainda mais vermelho. Katarina sorriu com malícia e não ficou nada vermelha.

— Certo, *honey* — disse ela. — Eu vou indo na frente, vê se não demora.

E ele não demorou. Vestiu as calças com pressa, desamarrou Espinho e, antes de colocar a camisa, notou pela primeira vez que algumas tatuagens iam até o antebraço. Ouviu a voz do tio Ben na cabeça: "vai ser bem difícil conseguir um trabalho decente com isso, filho".

— Não sei se vou precisar trabalhar, tio — respondeu para a própria consciência em voz alta. — Não sei se vou durar tanto.

Isaac terminou de se vestir e alcançou rápido Katarina.

— Por que você está aqui? — perguntou ele. — Você não deveria estar com a Sarah protegendo os outros?

— Não! — respondeu ela com firmeza. — Eu estou onde deveria estar. Eu tenho que proteger você, e se a Boss não entende isso, paciência.

— Ela não vai gostar nada disso — disse Isaac com sinceridade. — Acho melhor você voltar.

— Você não tem que achar nada, docinho — respondeu ela. — Você não conhece nada deste mundo. Eu não sei onde a Boss estava com a cabeça quando mandou você sozinho nesta missão, mas a minha está no mesmo lugar de sempre, e eu não vou deixar você arriscar o pescoço sozinho.

Isaac ponderou se deveria ou não compartilhar a sua teoria sobre aquela missão com Katarina. Desistiu, achou que ela não acreditaria e, mesmo se acreditasse, não faria diferença, ele duvidava que algo pudesse fazer com que ela voltasse para a fazenda. Então disse:

— Você monta muito bem. Pensei que era uma dessas pessoas da cidade grande que nunca viram um animal maior do que um cachorro na vida.

— Não seja um babaca! — respondeu ela, sorrindo. — Você não sabe nada a meu respeito ainda, então não tire conclusões, mas relaxe, se você não for do tipo que pula as preliminares, vai acabar descobrindo umas coisas bem interessantes.

Isaac não sabia o que eram preliminares, então perguntou só para mudar de assunto:

— Qual o nome do seu cavalo?

— Agora ele se chama Pongo — respondeu ela.

— Como assim, agora? — perguntou, indignado. — Você não pode mudar o nome de um cavalo assim.

— Desculpe aí, esquentadinho — respondeu ela, fazendo graça. — Perguntar o nome do cavalo que está prestes a roubar soaria muito suspeito, não acha?

Isaac abriu a boca para dizer que pior do que mudar o nome de um cavalo era roubar um cavalo, muito pior. Desistiu, sabia que ela teria uma resposta na ponta da língua para aquilo. Por isso, disse:

— É melhor a gente começar a correr então, esse tal forte deve ficar bem longe.

— Pelo que eu entendi, deve mesmo — disse ela. — Mas acho que dá para alcançar hoje se você conseguir acompanhar o Pongo.

Isaac até ia falar algo quando Katarina olhou para ele com uma careta zombeteira, o empurrou e começou a galopar muito rápido pela vegetação irregular. Isaac perdeu um pouco o equilíbrio e não demorou a disparar atrás dela.

Não existia estrada ali. Corriam por uma estreita faixa irregular de mato que ficava entre a areia da praia e um simpático bosque. Durante o tempo que correram, Isaac e Espinho se esforçaram bastante para ultrapassar Katarina e Pongo, e o máximo que conseguiram foi não ficar muito para trás.

Após algumas horas, mantendo o ritmo, Katarina parou para descansar na sombra de uma grande árvore.

— Cara, esse lugar é longe mesmo — disse ela.

— É — respondeu ele, descendo do Espinho e ficando ao lado dela. Agradeceu em silêncio por ela ter parado, já não estava mais sentindo a própria bunda.

Katarina abriu a mochila que estava carregando e tirou alguns sanduíches e uma garrafa grande de água. Aquilo fez Isaac salivar, pois ele saíra da fazenda tão apressado para ver o mar que se esqueceu de pegar algo para comer ou beber.

Katarina percebeu a surpresa estampada na cara dele e disse:

— Você é bem bocó mesmo. Saiu correndo da fazenda mais desesperado do que uma tiete em um show de rock e nem pegou nada para beber ou comer. Sinceramente, você não duraria nada se eu não estivesse aqui.

— Aposto que a Sarah colocou mantimentos na sela — respondeu ele. Não queria dar o braço a torcer.

— Só para o cavalo, seu mané — disse ela. — A menos que você queira comer a ração dele.

Isaac abaixou a cabeça culpado, sabendo que ela estava certa. Entretanto, logo voltou a levantá-la para abocanhar o enorme sanduíche, beber um pouco de água e alimentar Espinho.

— Aquele Legião é um tremendo de um cozinheiro — disse Isaac.

— Pode apostar que é! — respondeu ela. — Eu nunca comi nada assim antes de morrer.

Isaac respondeu, balançando a cabeça em positivo.

Comeram o resto dos sanduíches em silêncio, e Isaac percebeu que estava começando a escurecer, mesmo que ainda não fosse hora de começar a escurecer. Descansaram por menos de meia hora embaixo das árvores. O plano era descansar meia hora por causa dos cavalos, mas barulhos estranhos os colocaram de pé antes do previsto.

— Você também ouviu isso? — perguntou Isaac, em alerta.

— Claro — respondeu Katarina. — Parece que tem algo rastejando no bosque.

— Você conhece um pouco essa região, não é? Qual existência do Mundo Grande vive aqui? — perguntou Isaac.

— Nenhuma que possa se locomover — respondeu ela. — Muito menos rastejar. Acho melhor a gente começar a correr.

— Espere um pouco — disse ele. — Acho que estou vendo alguns daqueles *Mizus* ali do lado daquela árvore torta.

— CORRE, Isaac! — gritou Katarina, puxando-o pelo braço e montando rápido no Pongo. — *Mizus* não saem das cavernas, aquilo são olhos. Grandes olhos amarelos feitos para enxergar no escuro.

— Olhos! — disse ele, espantado e já galopando. — O que teria olhos desse tamanho?

— Coisas grandes têm olhos grandes, seu tolo — respondeu ela. — Só corre.

Capítulo 29

XXIX

Curiosamente, nem todas as coisas que saíram do bosque correndo atrás deles eram grandes. Alguns eram até pequenos e não chegavam a um metro e meio de altura. Outras, contudo, passavam fácil dos dois metros. As criaturas eram negras, sem pelos e com rasgos marrons pelo corpo irregular e bem tonificado. Não pareciam feitas de carne e osso, e sim de pedra, como obsidianas negras brutas com olhos desproporcionalmente grandes e amarelos. Se não fossem tantas, mais de uma dúzia, Isaac teria parado de correr para testar se eram realmente feitas de pedra. Embora ele não tivesse a mínima dúvida de que fossem realmente feitas de pedra.

— Você sabe o que são essas coisas? — perguntou ele, enquanto corria.

— Não — respondeu ela, virando a cabeça para trás e encarando as coisas que os perseguiam. — Parecem bombadões feitos de pedra vulcânica. Nunca li ou ouvi nada sobre esse tipo de coisa.

— Também acho que eles sejam feitos de pedr... CUIDADO! — gritou Isaac quando uma daquelas coisas medonhas apareceu na frente de Katarina.

Katarina agiu por reflexo e estapeou a coisa que saltou na sua frente com as costas da mão esquerda. A coisa foi atirada para o lado, mas apenas o suficiente para eles conseguirem passar sem diminuir o ritmo.

— Definitivamente, são feitas de pedra! — disse ela, abrindo e fechando a mão esquerda, que estava muito vermelha.

— Você se machucou? — perguntou Isaac, preocupado.

— Só no orgulho — respondeu ela. — Essas criaturas vão acabar nos alcançando e nós não estamos preparados para enfrentar esse tipo de coisa, e pior, já está escurecendo.

— O que nós vamos fazer então? — perguntou novamente.

— Correr mais rápido e pelo bosque, temos que despistar os malditos! — respondeu ela, olhando para ele. — Você vai ter que me acompanhar senão essas coisas vão fazer picadinho da gente.

— E os cavalos? — perguntou ele. — Eles não vão conseguir correr no bosque.

— Eles não vão precisar — respondeu ela. — Essas coisas estão atrás da gente e não deles. Assim que saltarmos, elas devem nos seguir e eles vão voltar para a fazenda em segurança. Não se preocupe, eles são bem treinados.

— Certo — disse ele. — Eu confio em você.

Katarina balançou a cabeça, ficou em pé na sela e saltou do Pongo de um jeito muito experiente, mergulhando no bosque à direita e começando a correr ainda mais rápido do que quando estava montada no cavalo. Isaac tentou fazer o mesmo, mas não foi tão eficiente e, por um segundo, teve a mais absoluta certeza de que estava ferrado, que ficaria para trás e seria despistado junto com as aberrações de pedra. Não foi isso o que aconteceu. Um segundo depois, recuperou-se da queda e suas pernas queimavam com a intensidade de uma locomotiva. Ele estava mais rápido do que antes, muito mais rápido.

E não foram só as pernas que sofreram uma evolução. Todos os sentidos pareciam ainda mais aprimorados. Sua visão estava mais nítida do que nunca, seus reflexos tão afiados que ele parecia dançar por entre as árvores, além de conseguir distinguir todos os sons ao redor, inclusive o das criaturas ficando para trás.

Apesar daquela situação tenebrosa, Isaac não estava assustado, na verdade, estava empolgado. Parecia totalmente drogado de adrenalina e se sentia invencível. Poderia ter ultrapassado Katarina se quisesse e só não fez isso por uma questão de cavalheirismo. Mesmo que ela não apreciasse o cavalheirismo dele ou de qualquer outro homem, ele o apreciava e jamais fizera algo que fosse contra esse princípio.

Infelizmente para ele, e para o coitado do tio Ben, que rolaria no túmulo se descobrisse o ocorrido, ele estava prestes a ferir profundamente o seu antiquado código de conduta. Mesmo que involuntariamente.

Capítulo 30

xxx

Correram por mais de trinta minutos pelo bosque, ziguezagueando entre as árvores e se afastando do litoral. A noite caíra sobre eles e a lua e as estrelas começavam a brilhar e a iluminar o caminho, e só por isso conseguiram ver o precipício antes de quase caírem. Bem, não era exatamente um precipício, na verdade, estava mais para um barranco grande. O problema era que embaixo do barranco corria um rio furioso muito largo para eles conseguirem saltar até o outro lado.

— E agora? — perguntou Isaac. — Pulamos e tentamos não morrer afogados?

— Quase isso — respondeu Katarina. — Você pula, nada até o outro lado e dá um jeito de escalar o barranco. Aí é só terminar a missão que a Boss te deu. Eu vou correr de volta para a praia e chamar a atenção daquelas coisas.

— De jeito nenhum! — respondeu ele, horrorizado com aquele plano. — Eu não vou deixar você sozinha com aquelas monstruosidades.

— Você não tem que deixar, lindinho — disse Katarina simpática. — Você tem a sua missão, eu só vim para te ajudar, e é isso que eu vou fazer.

— Não vai dar certo — respondeu ele. — Essas coisas não estão atrás de você, estão atrás de mim. Você não percebe...

— Percebe o quê? — interrompeu Katarina, ríspida. — Esse monte de coisas estranhas que aconteceram desde que você apareceu? O sonso aqui é você, e não eu. É claro que eu percebi, todo mundo percebeu. A questão é que isso não importa. Você não quis causar isso, e tenho certeza de que nem sabe o porquê dessas coisas estarem atrás de você.

— Então — disse ele, e ia continuar dizendo quando Katarina o interrompeu de novo.

— Fui eu que te levei para a vila, fui eu quem prometeu que lá você estaria seguro, você é minha responsabilidade e eu vou te proteger.

Aquilo tocou Isaac em lugar estranho de um jeito estranho. Ele nunca precisou ser protegido. De fato, era ele quem protegia as pessoas na sua cidadezinha. Agora, fitava os olhos daquela pequena, linda e esplêndida mulher, e sentia que aquelas palavras não eram levianas. Por isso, ficou feliz e também preocupado.

— Olha, — disse ele, aproximando-se e segurando Katarina pelos braços — você não pode me proteger, ninguém pode, por isso que a Sarah me mandou embora da fazenda, não tem missão nenhuma, ela inventou essa história porque eu era um perigo e me queria longe.

— Errado! — disse Katarina se aproximando. — A Boss te deu essa missão porque sim, você é o responsável por tudo isso e é sua responsabilidade ajudar a resolver toda essa confusão. Então, nada mais justo do que arriscar o seu pescoço e não o de outra pessoa.

— Se é isso, então por que você veio me ajudar? — perguntou ele, com dúvida.

— Tolinho — respondeu ela, o abraçando e falando no ouvido dele, o que acarretou uma série de arrepios em todos os pelos do seu corpo. — Eu queria garantir que você conseguisse.

Isaac olhou nos olhos de Katarina e sentiu o corpo todo queimar, suas bocas estavam muito próximas, tão próximas que quase se tocavam. Ele queria muito beijá-la, queria de um jeito estranho, forte e irracional, como se nada mais no mundo importasse a não ser aquele momento. E por um breve instante, sentiu que ela também queria.

— Olha ali atrás — disse ela com suavidade. — Tem alguma coisa no alto daquela colina. Deve ser o tal forte.

Isaac olhou para trás, contudo não teve tempo de ver o alto da colina, na verdade, não chegou nem a ver a tal colina. Foi empurrado com violência da beirada do barranco e atirado para dentro do violento rio como um brinquedo quebrado.

Engoliu tanta água que a garganta ardeu como se tivesse lava derretida descendo pela sua boca e nariz. Foi arrastado por muitos metros antes de conseguir recuperar o controle do corpo e começar a nadar para a beirada, estava tão desorientado que acabou nadando para a borda oposta à de Katarina e, antes de conseguir voltar, percebeu que já estava longe de onde ela o empurrara e não havia mais sinal dela.

— Não acredito que ela me enganou com toda aquela intimidade — esbravejou em voz alta para o vazio. — Uma mulher protegendo um homem do perigo, esse tal Mundo Grande está quebrando as minhas certezas. Não adianta tentar ir atrás dela, eu não vou conseguir encontrá-la, e, se conseguir, é bem capaz de ela rachar a minha cabeça com algo pesado.

Isaac parou de falar sozinho e escalou o barranco que era mais baixo deste lado do rio e constatou que realmente havia uma colina ali e alguma coisa no topo dela. Não dava para saber se era um forte, mas esse ainda era um bom palpite. Então, começou a correr com todas as forças naquela direção.

A vontade que tinha era a de dar meia volta e correr ao encontro de Katarina. Contudo, se ela estava disposta a se arriscar desse jeito

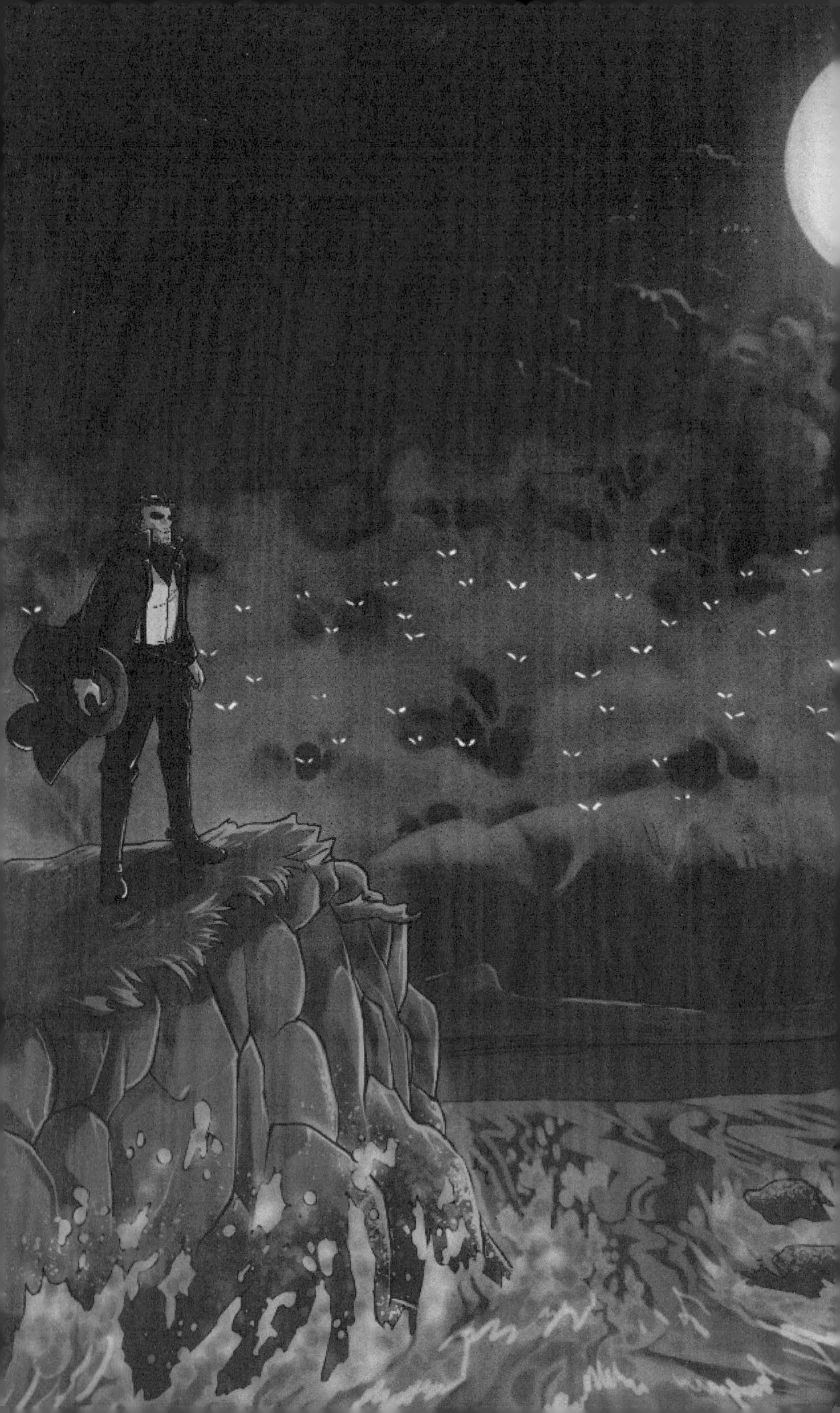

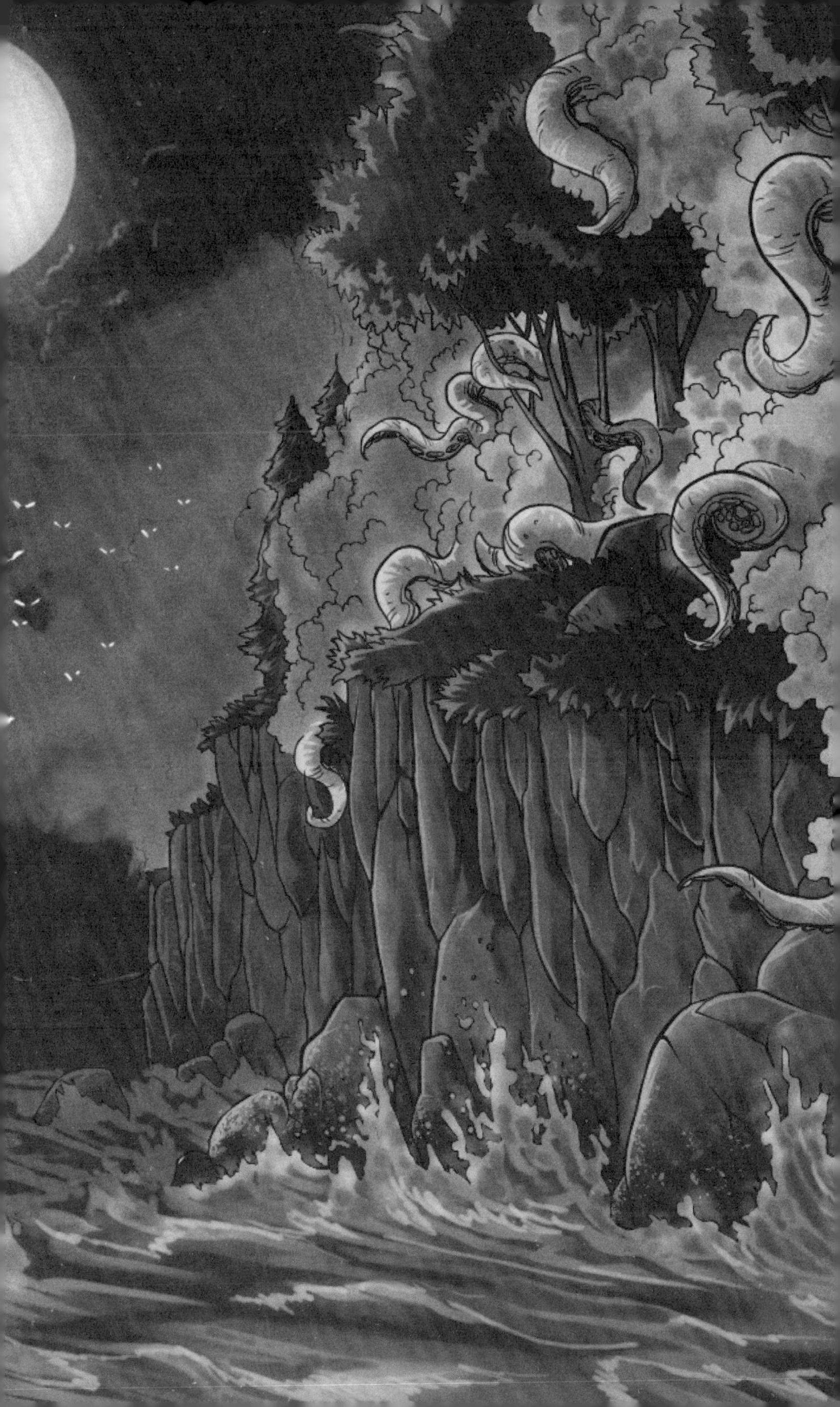

por aquela missão, o mínimo que ele poderia fazer era colocar alguma esperança naquilo. E foi a essa pequena esperança que ele se agarrou quando começou a escalar a colina.

Obviamente, ele estava fazendo aquilo do jeito errado, aquela devia ser a face mais íngreme do monte e o ideal seria contornar e procurar um caminho melhor. Não foi isso que ele fez, decidiu não perder tempo e subiu pelo primeiro caminho que encontrou até onde conseguia subir com as pernas e, quando se deparou com o imenso paredão de pedra que devia ter mais de cinquenta metros, começou a escalar com as mãos.

O grande problema da escalada para quem não sabe escalar, o que era o caso de Isaac naquele momento, é que você só percebe a burrice que fez quando nota que tentar voltar por onde veio vai ser ainda mais perigoso do que continuar subindo, e Isaac já estava a bons vinte metros do chão quando percebeu isso.

Como não conseguia subir por onde estava e nem descer por onde veio, Isaac fez a única coisa que podia e, por sorte, foi a coisa certa. Começou a avançar para a esquerda, agarrando-se como podia e rezando para conseguir encontrar uma superfície áspera para se segurar. Após percorrer incríveis cinco metros em muitos minutos, encontrou um lugar de apoio e voltou a subir.

A subida foi árdua, demorada, e Isaac só não caiu e morreu, de novo, porque seu novo corpo era muito superior ao antigo. E, ainda assim, só conseguiu chegar ao topo por sorte. Então, disse em voz alta, olhando para baixo quando ficou em um local seguro:

— Que puta sorte! — e se virou para contemplar a construção que, de fato, era um antigo forte com vista para o mar.

Capítulo 31

XXXI

A antiga construção de pedra devia ter muitos séculos de idade, e um olhar desatento e precipitado julgaria o local como uma pilha de pedras abandonadas. No entanto, os olhos de Isaac estavam mais aguçados do que nunca, e ele percebeu que, embora estivessem faltando pedaços nos muros de pedra e duas árvores grandes sobrepujassem algumas das construções secundárias e espalhassem suas raízes gigantescas pelo pátio, a construção principal estava intocada. E mesmo que modesta por fora, ele não teve dúvida de que ela era muito maior por dentro e de que ele via apenas a ponta do iceberg.

Isaac se aproximou e forçou a maçaneta da porta de ferro. Ela abriu com suavidade e sem ranger. Aquilo confirmou a sua teoria de que aquele lugar não só era habitado como estava recebendo manutenção regularmente. Isaac já estava para entrar na construção quando ouviu um ruído estranho vindo da árvore mais próxima e, no mesmo segundo, seu corpo se moveu sozinho, saltando com força para trás.

Ouviu, então, o barulho do aço chocando-se com a pedra e viu, no lugar onde estava um segundo antes, uma figura vestida de preto, semiajoelhada, com uma imensa faca enfiada no chão. Se seu corpo não tivesse agido sozinho, ele teria sido cortado ao meio na vertical.

— Fantástico! — ouviu uma voz dizer. — Isso não foi um simples instinto de defesa, foi um sentido premonitório.

A coisa que o atacou estava se mexendo e tentando retirar a faca que ficou cravada na pedra, contudo, a voz que ele ouviu não parecia vir dela, e sim mais de longe.

— Por que me atacou? — perguntou Isaac para a coisa que tentava retirar a faca do chão. — Eu não vim aqui para lhe fazer mal.

— HA, HA, HA — riu a voz. — Não se preocupe, você não fará mal nenhum quando estiver morto.

Isaac estava prestes a responder quando a coisa que o atacou se virou, e a visão fez seu estômago congelar. A criatura vestia um longo sobretudo preto todo abotoado até o pescoço, botas negras e brilhantes e um elegante chapéu igualmente preto. E embora aquela vestimenta fosse sim muito assustadora, não era nada em comparação ao rosto da coisa, que era branco e cadavérico, como se fosse fabricado da mais fina porcelana, e tinha olhos que não eram olhos, mas grandes buracos negros do tamanho de punhos fechados. Era como uma escultura surrealista de uma caveira com cabelos prateados longos e muito lisos, e com um sorriso perturbador que cortava de orelha a orelha como uma lua minguante perfeita.

O monstro de porcelana, vestido como um espião na guerra fria, levantou a mão com a faca na direção de Isaac e ele pôde ver que aquela mão estava livre e a faca, na verdade, era uma lâmina de uns cinquenta centímetros que saía por cima do antebraço.

— Por quê? — indagou Isaac um segundo antes de o monstro avançar alegre em sua direção.

A coisa era rápida e tentou estocar o rosto de Isaac. Felizmente, ele estava muito, mas muito mais rápido do que quando a vila foi atacada pelos *Slenders* e conseguiu desviar para o lado e se afastar um pouco.

— Por que está me atacando assim? — perguntou Isaac de novo, e a coisa não respondeu. Ao invés disso, voltou a tentar acertar a cara dele com aquela enorme lâmina várias vezes.

Isaac não queria lutar, queria conversar e explicar a situação, mas a coisa não deixava e acabou por conseguir acertar de raspão o lado direito da sua cabeça e arrancar fora um bom pedaço da sua orelha. Isaac levou a mão direita ao machucado, parou de recuar e avançou sobre a coisa acertando-a no queixo com a canhota. Isaac era ambidestro, e seu braço esquerdo era tão forte e habilidoso quanto o direito. A criatura se afastou com o impacto e pareceu confusa, decerto não estava acostumada a ser enfrentada.

Mesmo que aquele soco tivesse machucado mais a mão de Isaac do que a própria criatura, ele avançou de novo e com confiança. O monstro tentou cortá-lo na horizontal, mas ele se aproximou muito rápido e aparou o braço da coisa com o seu antebraço esquerdo, e como a lâmina estava presa, o monstro não podia manuseá-la livremente. Então, com o punho direito, socou de baixo para cima o cotovelo e o viu virando quebrado para o outro lado. Imediatamente, ele se virou e chutou a criatura na boca do estômago com o calcanhar e, dessa vez, ela foi ao chão grunhindo como um animal ferido.

— Esplêndido! — disse a voz, empolgada, e Isaac conseguiu identificar de onde vinha.

Olhou para o muro e viu um vulto com olhos brilhantes sentado nele. Não pensou em conversar, avançou com intenção assassina na direção da sombra. Não conseguiu chegar muito perto, a criatura cadavérica se interpôs no seu caminho com o braço esquerdo levantado.

Pensando ter neutralizado o braço direito da criatura que carregava a lâmina, Isaac avançou por cima dela levianamente, com o intuito de empurrá-la para bem longe. Contudo, quando se aproximou, a coisa levantou o braço direito muito rápido, como se ele não tivesse sido quebrado há poucos instantes, e cortou Isaac do umbigo até a clavícula.

Aquele corte não parou Isaac, muito pelo contrário, a dor e o sangue funcionaram como pólvora na guerra e ele explodiu em uma ira tempestuosa. Agarrou o braço com a faca, que estava no alto, com a mão esquerda e, com a direita, pegou a coisa pela cabeça e puxou ambas as mãos em direções opostas, rosnando como se ele é que fosse o monstro.

A coisa se partiu como um graveto e expeliu pelo braço arrancado um viscoso líquido verde. Antes que a criatura pudesse pensar em escapar, Isaac afundou o braço arrancado com a lâmina no peito dela até o punho, prendendo-a no chão de pedras.

— Você vai ficar aqui! — disse Isaac com uma voz que não parecia em nada com a dele e, em seguida, voltou os olhos para onde a sombra estava. O problema é que não tinha mais nada ali.

— Blake, Blake, você está enferrujado, meu garoto — soou a voz ao lado de Isaac, e ele se afastou saltando para o lado e erguendo a guarda. — Eu vivo dizendo para você sair mais. Décadas de isolamento fizeram muito mal a você.

A sombra estava agachada ao lado da criatura que ainda se mexia, só que não era mais uma sombra, era um homem negro sem cabelo e com uma estranha barba fina e comprida. Isaac pensou em atacar a coisa pelas costas, mas algo bem no fundo dizia que seria um grande erro, então ficou observando enquanto a figura negra retirava a lâmina do corpo do monstro e do chão de pedra com a facilidade de quem retira um palito de dente de um pedaço de queijo.

— Vá para a oficina, Blake, você precisa se consertar antes de perder todo o *innu* — disse o negro para o monstro. — Sem questionar! Eu vou ficar bem, não preciso de você aqui todo destrambelhado, preciso de você inteiro.

A criatura se levantou, apanhou o braço arrancado e caminhou desajeitada para dentro do forte, ignorando completamente Isaac.

— Agora o que fazer com você? — disse o negro, levantando e olhando Isaac nos olhos. — Faz décadas que o Blake perdeu a alegria de lutar, mas, mesmo assim, é muito raro alguém conseguir quebrar uma de minhas criações.

— Criações? — perguntou Isaac. — Então você é um criador como a Sarah?

— Oh, não, não, não — disse o negro, balançando a cabeça e se aproximando. — Não me compare com aquela naturalista. Meus métodos são artísticos e muito mais refinados.

— Então é você mesmo quem eu vim procurar — disse Isaac.

— É mesmo? Então encontrou, Ka de Abidos — apresentou-se o negro, levando a mão esquerda ao peito e, em seguida, estendendo-a. — Mais conhecido como o senhor dos títeres. Quem me visita?

— Isaac — disse Isaac. — Eu estava na Nova Ulthar com a Sarah, nós fomos atacados e tivemos de fugir para a fazenda do Legião, sabe, uma que fica naquela direção. Lá, ela me pediu para vir aqui buscar ajuda. Disse que você ajudaria.

— Interessante — respondeu Ka. — Ariel não estava lá para repelir o ataque?

— Estava — respondeu Isaac. — Mas não foi suficiente. Ele ficou para cobrir a nossa fuga pelos túneis.

— Oh. Fantástico! — disse Ka, com genuína alegria. — Vamos entrar, preciso fazer você parar de sangrar antes que morra e não termine o relato — falou Ka, caminhando até a porta e esperando Isaac.

Isaac notou que não estava sangrando tanto quanto deveria, mas ainda sangrava bastante. Aquele ferimento, mesmo que não fosse fatal, deveria ter provocado muita fraqueza e tontura por causa da perda de sangue. Uma vez, na fazenda, cortou-se feio com uma enxada e quase desmaiou antes de conseguir chegar em casa. Contudo, fora a dor, ele estava se sentindo normal.

— Eu estou bem. Podemos conversar aqui mesmo — respondeu Isaac, temendo ser atraído para uma armadilha.

Ka sorriu, Isaac piscou e, nesse milésimo de segundo, o homem desapareceu e deixou Isaac atordoado.

— Não precisa ficar com medo. — Isaac ouviu Ka falar atrás dele e, antes de conseguir se afastar, sentiu uma mão, que embora não fosse grande, era muito forte e pesada, pressionando seu ombro. — Eu não quero lhe fazer mal, e mesmo que quisesse, não precisaria levar você para dentro, poderia pôr um fim na sua existência de uma maneira, digamos, definitiva, bem aqui e agora.

— Mas aquela coisa tentou me matar — justificou Isaac.

— Porque você invadiu sorrateiramente nossa casa por trás — respondeu Ka com um tom amistoso na voz. — Se tivesse entrado pela porta da frente e se anunciado, isso não teria acontecido.

— Eu não conheço a região — explicou Isaac. — E estava com pressa. Tem um bando de criaturas de pedra no bosque, e eles estão atrás da minha amiga.

— Eu sei que os *Miri Nigri* estão no bosque — respondeu Ka. — Por isso que eu e o Blake estamos aqui fora. Nós não viemos admirar as estrelas, aquelas coisas estão muito longe de casa. Aliás, foi uma subida bem perigosa para alguém que não sabe escalar. Por um momento, achei mesmo que você fosse cair.

— Eu também achei — confessou Isaac. — E já ia perguntar sobre as coisas de pedra quando foi interrompido.

— Vamos entrar. Pode começar a me contar tudo desde o início.

Isaac olhou por cima do ombro e fitou o semblante amistoso de Ka. Decidiu que aquele era o rosto de alguém em quem poderia confiar e, sem dizer nada, começou a caminhar em direção à porta de ferro que estava aberta.

Capítulo 32

XXXII

Isaac começou seu relato antes mesmo de passar pela porta. Tomou cuidado para não omitir nenhum detalhe, por mais insignificante que fosse. Pensou que se aquele homem soubesse de tudo, poderia fornecer algumas respostas. Infelizmente, ele estava enganado. Ka ouviu tudo e não explicou nada.

O interior do forte estava limpo e bem cuidado, contudo, ainda era o interior de uma construção, no mínimo, tricentenária e não há manutenção que faça milagre. A maior surpresa, entretanto, ficou por conta dos *Mizus* vermelhos que iluminavam o interior da edificação. Ao contrário dos que iluminavam os túneis, os *Mizus* ali eram mecânicos e Ka disse orgulhoso que era uma de suas obras, e que eram muito mais confiáveis do que os naturais, além de mais charmosos, é claro.

Desceram por alguns túneis estreitos e chegaram a uma câmara fechada com paredes lisas feitas de um material que era diferente de qualquer outro que ele tivesse visto no forte ou na sua curta vida. Todas as paredes estavam cobertas por símbolos e eram inclinadas na diagonal, formando uma espécie de sala pirâmide.

Os *Mizus* mecânicos não entraram na sala, eram desnecessários ali. A iluminação vinha dos próprios símbolos nas paredes. Alguns dos símbolos pareciam pinturas rupestres, outros runas *vikings*, mas a maioria se assemelhava muito a hieróglifos egípcios, não que Isaac soubesse diferenciar hieróglifos egípcios de qualquer outro tipo de hieróglifo. A questão era que os egípcios eram mais famosos, e o fato de Ka apresentar uma postura imponente e traços físicos fortes que teriam feito inveja em grandes faraós colaborava com isso.

Ka pediu para Isaac deitar em uma mesa de pedra que ficava no centro da câmara e, com um líquido verde e viscoso, suturou o corte sem dar nenhum ponto, o que deixou Isaac muito impressionado. E como ele já tinha terminado o relato, disse:

— Sabe, essa sua superpomada verde faria muito sucesso se viesse a público. Aposto que as pessoas fariam fila para comprar uma.

— Bem, não dá para produzir tantas e as pessoas acabariam se matando por ela, o que seria um grande problema, não acha? — respondeu Ka. — Essa quantidade que usei em você levou cinco anos de trabalho.

— Que pena. Qual a matéria prima? — perguntou Isaac.

— Nem queira saber — respondeu Ka, fazendo um sinal para ele se sentar.

Isaac se levantou, mas não se sentou. Estava ansioso, preocupado e se sentindo culpado por ter abandonado Katarina à própria sorte. Então, perguntou sem mais rodeios:

— Você vai ajudar?

— Depende do tipo de ajuda que você espera — respondeu Ka. — Eu não posso enviar meus títeres para proteger Sarah ou resgatar a sua companheira. Eu preciso deles aqui, caso algo maior apareça.

— Então você não vai ajudar — disse Isaac enquanto caminhava em direção à saída. — Obrigado pelo curativo, eu já vou indo.

— Eu não disse que não ia ajudar — respondeu Ka. — Pelo que entendi, você acredita que tudo isso que está acontecendo é culpa sua.

— Acho que isso ficou bem claro, não é? — perguntou Isaac, parando de andar.

— Não exatamente — respondeu Ka. — Essas coisas podem estar atrás de você sim, mas o mais provável é que estejam atrás da Sarah. Ela e Ariel têm muitos inimigos aqui no mundo maior, ela não devia ter aceitado tantos espectros de uma vez e formado uma comunidade supertreinada naquelas artes antigas. Isso chama um tipo errado de atenção, se é que me entende.

— Não, não entendo. Então você está dizendo que foi uma coincidência eu ter aparecido no exato momento dessas coisas? — perguntou Isaac.

— Não estou dizendo nada — respondeu Ka. — Estou dando alternativas possíveis. O mais provável é que nunca fiquemos sabendo o que está atraindo essas coisas e, sinceramente, isso não importa muito agora.

— Como não importa? — perguntou Isaac, espantado.

— Não importa — respondeu Ka, caminhando até um canto da câmara e abrindo um alçapão no chão. — Esta é uma crise e todos nós devemos lidar com ela se quisermos continuar a existir neste mundo. Agora, se eu vou ajudar pessoalmente? A resposta é não. Até que algo realmente grande apareça, eu vou ficar aqui e não me expor. Todavia, existe outro tipo de ajuda que eu posso dar.

— E qual é? — perguntou Isaac, impaciente.

— Um instante — respondeu Ka e desceu pelo alçapão. Um minuto depois, voltou trazendo uma grande urna dourada e bem trabalhada nas costas.

— Pela sua luta com o Blake, eu não tenho dúvida de que você possa lidar com alguns *Miri Nigri* sem problemas, agora mais de uma dúzia sozinho eu já não sei, embora não apostasse contra você. Contudo, outras coisas mais perigosas podem aparecer, se é que já não apareceram, e eu posso lhe dar um corpo muito mais adequado para lidar com elas.

— Um corpo novo? Não estou vendo argila ou terra por aqui, e esta sala não tem nenhum contato com a natureza — disse Isaac, cético.

— Não diga besteira! — respondeu Ka. — Tudo o que é manufaturado um dia foi matéria-prima natural. Não se engane pelos naturalistas, nós não evoluímos como espécie vivendo em harmonia com a natureza e sim a domando. Veja, nós não temos garras, nem presas, não somos os animais mais fortes e nem os mais rápidos. Nosso talento vem de podermos dobrar a natureza sob nossa vontade. Assim fizemos lanças de pedras e árvores, assim tiramos a pólvora do carvão e assim eu crio vida, uma ciência antiga e há muito perdida, mas ainda uma ciência humana e não um ritual surrupiado de outra existência que nada tem em comum conosco. Um método demorado, sim; trabalho anos em um único títere, mas meus corpos são mais resistentes, mais fortes e com muito mais recursos — disse Ka, que abriu a caixa e revelou o que pareceu um enorme boneco de marionete.

— Ele não tem rosto — disse Isaac.

— Essa parte é personalizável, bem como alguma carne em volta da estrutura e, até certo ponto, a altura, nada menor do que um metro e setenta e cinco ou maior do que um e oitenta e cinco. Bem, pelo menos não neste, pois, certa vez, construí um com três metros de altura, mas teve muitos efeitos colaterais. Aliás, pode esquecer a barba, pelos faciais são complicados e não acrescentam nada.

— Efeitos colaterais — disse Isaac, lembrando-se da conversa com Sarah. — Sarah me disse que quanto mais se modifica um corpo, mais ele se distancia da humanidade.

— Isso é verdade — respondeu Ka. — Se os seus sentimentos para com os seus companheiros não forem verdadeiros e muito intensos, assim que entrar nesse corpo, não vai fazer a mínima questão de protegê-los. Você terá a resistência do aço, mas também pode ficar insensível como uma pedra.

— Isto não vai acontecer! — disse Isaac, confiante.

— Só tem uma maneira de descobrir — respondeu Ka, com um sorriso.

— Então vamos descobrir — falou Isaac. — Como fazemos a troca?

— Dê-me alguns minutos para preparar tudo — pediu Ka, enquanto pressionava alguns símbolos nas paredes, fazendo com que eles mudassem de cor.

Isaac aproveitou aquele tempo para analisar a estranha marionete que seria seu recipiente. Não conseguiu deixar de notar o longo cabelo, então perguntou:

— O cabelo também é personalizável ou eu vou ter que ficar ruivo?

— Vai ter que ficar ruivo, meu rapaz — respondeu Ka. — Mas não se preocupe, eu não escolhi essa cor por estética, esse volumoso cabelo é composto por milhões de microfios de cobre, produzidos de forma artesanal. Eles servem para absorver uma quantidade absurda de energia do ambiente, energia essa que é canalizada por uma superbobina que desenvolvi junto ao Tesla há décadas atrás.

— Nikola Tesla? — perguntou Isaac, espantado.

— Ele mesmo — respondeu Ka. — Sujeito fantástico, pena ter feito a passagem, se ele tivesse ficado comigo, nós poderíamos ter colocado todo o mundo maior de joelhos.

— Como funciona esse sofisticado sistema de energia? — perguntou Isaac, curioso.

— Teoricamente, a energia vai ser captada pelos fios de cobre e multiplicada pela bobina que revestirá seu novo coração. Então, a energia será espalhada para o corpo todo por um sistema que se assemelha muito ao sistema nervoso, porém com algumas saídas. Essa energia nova e externa combinada com a energia interna do seu espectro deve dar a você recursos de combate únicos e uma força ilimitada.

O discurso de Ka foi muito técnico e bonito, mas tudo o que Isaac ouviu foi:

— Teoricamente? — perguntou, assustado. — Como assim, teoricamente?

— Este é um protótipo, meu caro amigo — respondeu Ka, como se aquilo não fosse nada. — Eu não acabei de dizer que o Tesla fez a passagem? Estou trabalhando sozinho há bastante tempo nesse títere, mas não se preocupe muito, estou confiante de que o sistema vai funcionar.

— Então você está me usando para testar essa coisa! — disse Isaac, alterado.

— Claro que estou — respondeu Ka, sem se alterar. — Não poderia perder uma oportunidade dessas. Não é sempre que um exemplar tão magnífico aparece.

Isaac já ia começar a esbravejar algo, quando Ka o interrompeu:

— Terminei os preparativos, pode deitar ao lado do seu novo corpo.

— De jeito nenhum! — esbravejou Isaac. — Você vai me usar de cobaia nessa coisa.

— E você vai me usar como fonte de poder para salvar a tal rapariga — respondeu Ka, com naturalidade. — Todas as existências precisam usar umas às outras para poder sobreviver, e isso vale tanto para o mundo maior quanto para o menor. Agora, isso não é algo ruim. Veja, eu já fui um professor, sabia? E usava meus alunos para conseguir dinheiro, mesmo que ainda houvesse grande satisfação em ensinar, e os alunos me usavam para conseguir conhecimento que os ajudaria a ganhar, veja só, dinheiro, além de, é claro, a satisfação de aprender. Uma troca, um escambo, como preferir. Você não precisa aceitar este corpo, pode ir embora assim ou aceitar um títere já testado, como o Blake, que, mesmo superior a esse seu, desconfio que não seja o suficiente para os desafios que estão por vir.

Isaac não respondeu, ao invés disso, se deitou na mesa ao lado da grande marionete com longos cabelos de cobre.

— Posso começar? — perguntou Ka.

— Já devia ter começado — respondeu Isaac.

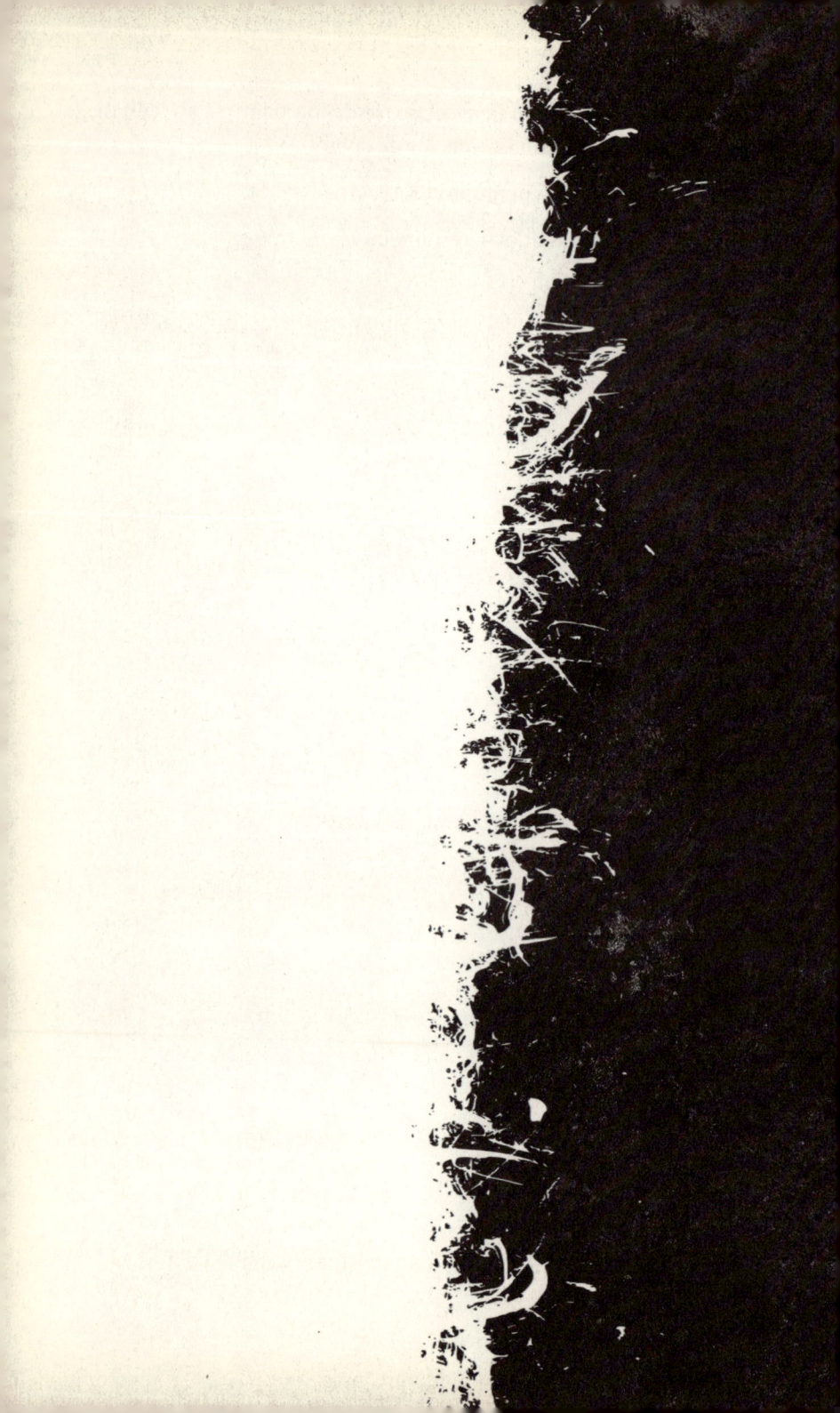

Parte 4

Capítulo 33

XXXIII

Matheus Miller não era um marinheiro habilidoso. Na verdade, não chegava sequer a ser um marinheiro inabilidoso. Porque, se fosse, teria uma mínima noção da vida em alto-mar e se preocuparia em levar consigo, em sua fuga, uma bússola, mesmo que não soubesse operar uma. Então, por incontáveis dias, Matheus remou sem destino, objetivo ou propósito. Tudo o que fazia além de remar era rezar, racionar a comida e delirar em meio à imensidão azul.

Foi entre delírios entrelaçados a sonhos que Matheus acordou e notou que a paisagem estava diferente. O cenário não era mais o oceano e seu entediante azul-turquesa, era uma planície lamacenta, negra e pútrida até onde seus olhos alcançavam.

Talvez uma pessoa menos instruída ficasse feliz em contemplar aquela visão aterradora e saltaria alegre para fora do bote para correr buscando ajuda. Todavia, Matheus era uma pessoa instruída, e a primeira coisa que pensou quando colocou os olhos na lama negra que o contornava era que aquilo devia ser uma alucinação, uma miragem. Então se esbofeteou bastante para afastar aquele delírio antes que sucumbisse à vontade de sair do bote e, por consequência, morrer afogado.

Mesmo com o rosto latejando de dor, a visão não sumiu e Matheus resolveu observar melhor a terra que o circulava. Não via o menor sinal do oceano, então a única explicação para aquele fenômeno, além de, é claro, ser uma alucinação, era que a ilha emergira das águas por baixo dele enquanto ele dormia, o que claramente era um absurdo. Contudo, Matheus notou que o cheiro desagradável e pútrido que ele sentia vinha de centenas, talvez milhares de carcaças de peixe e outras criaturas grotescas que só poderiam habitar o fundo do oceano, e se misturavam com a lama negra. Isso poderia corroborar a tese de que aquela ilha emergiu do nada e arrastou consigo toda a vida marinha em seu caminho.

Mesmo com aquela evidência, Matheus não arredou o pé do bote enquanto não formulou uma teoria plausível para aquele fenômeno. Após alguns minutos refletindo, elaborou uma frágil hipótese de que uma intensa atividade vulcânica criou a ilha que agora o prendia. Nessa hipótese, ele dormiu e delirou por, no mínimo, três dias e, por isso, não percebeu o que estava acontecendo ao seu redor.

Satisfeito com aquela explicação, colocou água e mantimentos na sua mochila com a intenção de sair para explorar o local e, quem sabe, encontrar ajuda. Saltou do bote sem muita confiança e ficou muito feliz por seus pés tocarem em terra firme ao invés de atravessarem a miragem em direção ao fundo do oceano.

Talvez, terra firme não seja bem a expressão certa para aquele solo, lodo arenoso combinaria mais, mesmo que esse também não exprimisse bem a desagradável sensação de caminhar sobre aquele terreno. Contudo, quanto mais alto o sol se erguia no céu, mais o chão se tornava firme sob seus pés, e logo Matheus avistou uma protuberância elevada a uma distância significativa.

Matheus avançou em direção à elevação por impulso, pois era o único lugar que se destacava na paisagem plana e lamacenta, mas, após refletir um pouco, pensou que poderia ter uma visão completa da ilha, ou de algum navio que pudesse resgatá-lo de lá. Entretanto, conforme a noite ia adentrando, percebeu que a tal elevação estava mais longe e era mais alta do que ele estimara.

Avançando durante o dia e descansando durante a noite, Matheus levou quatro dias para chegar à base do morro, e como já estava escurecendo, resolveu descansar ali e só escalar a elevação no dia seguinte. Contudo, após uma série de pesadelos terríveis, originados, obviamente, da ansiedade de chegar ao topo daquela colina, Matheus desistiu de dormir e começou a subir.

Ao contrário do que Matheus supôs, a subida não foi perigosa. A luz da lua e das estrelas iluminava bem o caminho, que, embora longo, não era muito inclinado. Ao alcançar o cume, ele não pôde contemplar o horizonte devido à escuridão, então voltou sua atenção para o *canyon* do outro lado do monte. A cratera era colossal, profunda e, por incrível que pareça, acessível; as paredes ali não eram íngremes e proporcionavam uma descida que era, digamos, segura, pelo menos mais segura do que se poderia esperar de uma fenda daquela.

Movido por uma euforia inexplicável e possuído por uma energia misteriosa, Matheus desceu em direção ao fundo do *canyon* sem saber exatamente o porquê de estar fazendo isso. Simplesmente avançou por algum tempo, sem pensar em nada, como se hipnotizado pelas trevas profundas do abismo.

Após algum tempo descendo, Matheus notou que não estava olhando para o nada, estava, ainda que inconscientemente, caminhando em direção a uma enorme pedra cilíndrica que se diferenciava das demais rochas por ser da cor branca. À medida que ele se aproximava do colossal monólito branco, pôde perceber que ele não era de todo natural, em sua superfície jaziam centenas de símbolos entalhados e até pintados. Alguns dos símbolos representavam figuras humanas; outros, figuras que nada tinham de humanos; outros representavam seres marinhos conhecidos, como peixes, polvos e baleias; já outros mais, figuras que pareciam misturar esses outros três em uma única criatura. Matheus pôde ver um símbolo que lembrava uma caravela e outro que lembrava vagamente uma daquelas magníficas invenções modernas que permitiam ao homem voar, o avião.

Completamente maravilhado com a descoberta, Matheus viu o acadêmico dentro dele se inflamar como um incêndio florestal e avançou ainda mais rápido e com muita imprudência para o fundo daquele abismo, e só parou quando sentiu a água molhar os seus pés. Um passo a mais e teria mergulhado completamente naquelas águas negras e misteriosas.

Por estar completamente imerso nos símbolos do colossal monólito, Matheus não percebeu o movimento na água até ela espirrar na cara dele. Quando secou os olhos, viu, agarrado ao gigantesco monólito branco, uma enorme criatura inominável e bestial. Tinha mãos e pernas como um homem, mas também barbatanas e guelras como um peixe, e olhos grandes e amarelos como os de um gato. E com aqueles grandes olhos, olhou através dele como se enxergasse a cor da sua alma. Nesse momento, a criatura soltou um grito estridente que, por muito pouco, não estourou seus tímpanos e o levou à loucura.

Não conseguindo lidar com a visão daquele monstro, Matheus virou as costas e começou a correr para o alto da colina. E quando chegou lá, não olhou para trás e continuou a correr enquanto descia. Ele não precisava olhar, ele ouvia, ele sabia, ele sentia. Aquele monstro infernal estava vindo atrás dele. E em meio à loucura e ao desespero, Matheus começou a cantar e a recitar todos os nomes que um dia escreveu em seus cadernos, na ilusão de tentar abafar os sons dos passos que o seguiam.

Matheus correu sem parar para descansar, comer, ou beber água por mais de um dia até conseguir voltar para o bote. Quando enfim conseguiu chegar nele, cobriu-se com o que sobrara de uma grossa lona e continuou cantarolando os nomes até desmaiar.

O comissário de bordo Miller acordou soltando gritos de horror e desespero em um hospital da marinha no outro lado do mundo. Des-

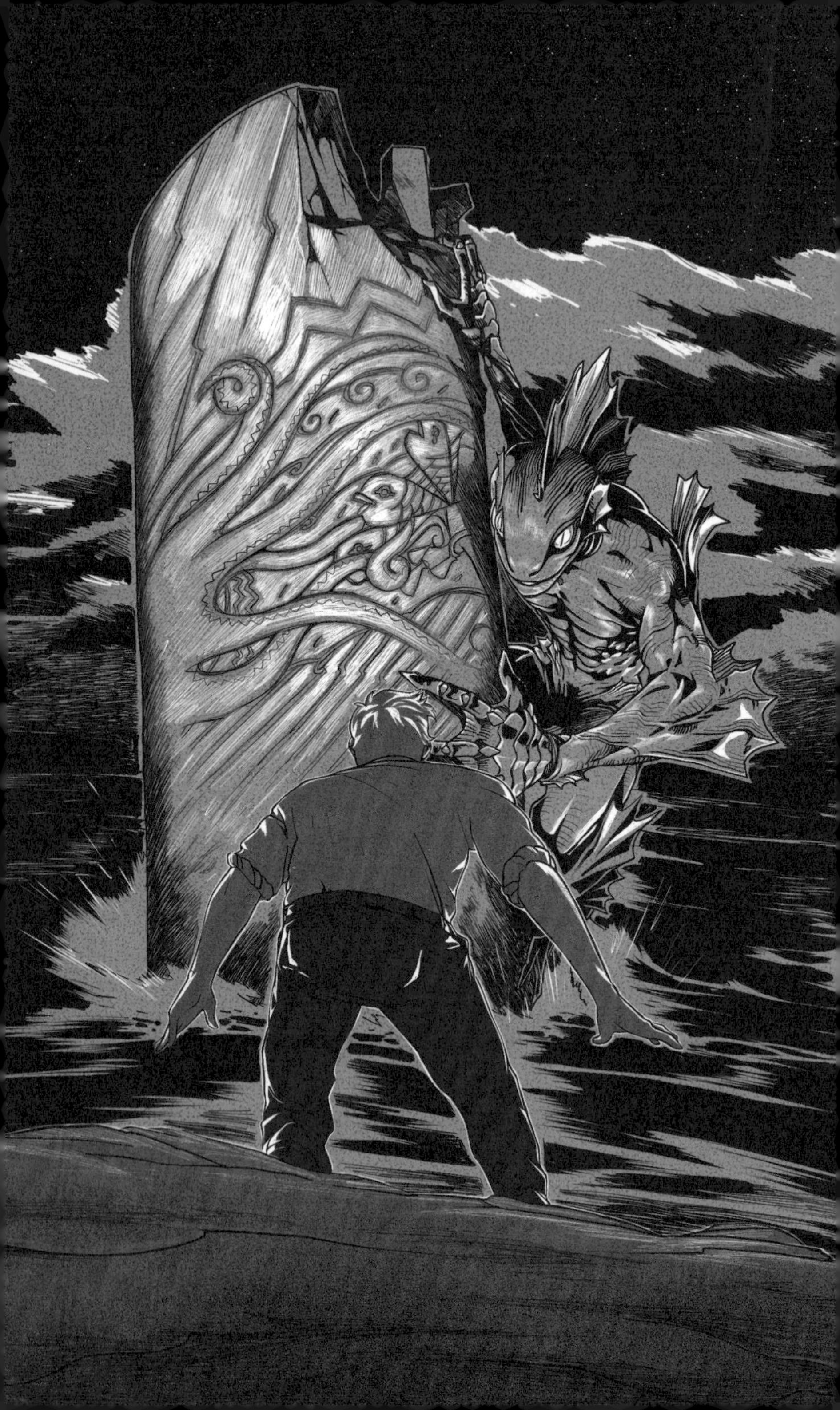

cobriu que foi levado até lá por um navio pesqueiro que encontrou o seu bote à deriva em alto-mar. Poucos acharam que ia sobreviver, foi o que lhe disseram. Delirava febril sobre um monstro marinho em uma ilha infernal. Matheus tentou explicar a todos no hospital que não eram apenas delírios causados pela febre, desidratação e exposição ao sol, que de fato encontrara uma ilha amaldiçoada por Deus e o monstro que vivia nela o perseguia pelo hospital agora mesmo. Percebeu que ninguém lhe dava a mínima atenção e muito menos escutavam o som, sentiam o cheiro ou viam a criatura que estava ali dentro com eles.

Matheus fugiu do hospital o mais rápido que conseguiu, levando consigo um bom dinheiro que roubou de um dos oficiais que o visitara. Rumou para outra cidade, outro país, mas não importava, aonde fosse, ainda conseguia sentir o cheiro e ouvir a criatura atrás dele e, mesmo assim, nunca, nunca olhava para ela. Não queria, não conseguia, não suportaria ver aqueles olhos amaldiçoados de novo.

Foi em uma cidade grande que Matheus desistiu de fugir e trocou o resto do dinheiro que tinha por um modesto estoque de heroína, um caderno e um quarto na construção mais alta e barata que encontrou. A droga afastava os sons e o cheiro da criatura por um curto tempo, e ele fez uso desse tempo para escrever um relato eloquente e até minucioso sobre a sua experiência no Pacífico.

Quando acabou de escrever sobre a sua experiência, Matheus não tinha mais nenhuma heroína ou dinheiro para comprar mais. Então, fechou o caderno e fez aquilo que temia, olhou para trás e não desviou o olhar pela primeira vez desde que começou a correr do fundo daquele abismo no Pacífico. A criatura estava atrás dele, como ele sempre soube que estava. Não era mais gigante e bestial como antes e parecia, até certo ponto, humana, como se estivesse tentando imitá-lo esse tempo todo que o seguiu. Contudo, ainda era um monstro pavoroso, saído das profundezas do inferno, e ele não suportou olhar para ele por muito tempo, tampouco conseguiria continuar vivendo sabendo que aquela coisa o seguiria aonde quer que fosse.

Matheus Miller se jogou pela janela e morreu na rua sórdida de um país desconhecido uma semana antes de completar vinte anos de idade.

Capítulo 34

XXXIV

Katarina corria pelo bosque em direção à praia, procurando fazer muito barulho, muito barulho mesmo. Era um plano arriscado porque poderia não funcionar; perigoso porque, se as criaturas caçassem em bando, poderiam cercá-la com facilidade; e extremamente imprudente pelas mesmas razões já citadas. Contudo, Katarina corria com um sorriso travesso no rosto.

"Ele é muito inocente", pensava ela, "ele achou mesmo que eu iria beijá-lo ali e baixou completamente a guarda, um verdadeiro bocó. Não importa o quanto o machismo se transvista em cavalheirismos", continuava ela pensando, "no final das contas, os homens são capazes de sexualizar qualquer momento, inclusive os mais inadequados. E mesmo o Isaac sendo um doce, ele ainda era um homem".

Não é que ele não tivesse nenhuma chance com ela. Até tinha, pelo menos mais chances que a maioria dos babacas arrogantes que ela conheceu quando estava viva e, infelizmente, depois de morta. Isaac não chegava a ser diferente da maior parte dos homens que ela já conheceu, mas ele tinha uma inocência mais genuína, um jeito jacu de ser que tinha lá seu charme.

Bem, o tempo que passaram um dentro da cabeça do outro os aproximou muito rápido e de maneira intensa, porque, embora ela conseguisse manter alguns pensamentos e memórias longe do alcance dele, ele não conseguia fazer o mesmo, e ela acabou por conseguir ler aquele jovem do campo como quem lê um livro em uma livraria antes de comprar. Não que aquele fosse seu tipo de livro, certamente não teria se interessado pela capa e muito menos pela sinopse, e se fosse uma compra on-line, jamais o teria adicionado ao carrinho. Contudo, após ler alguns trechos como quem não quer nada, acabou por perceber que aquele poderia ser um bom livro e resolveu dar a ele uma chance.

Era exatamente isso que Katarina estava fazendo agora, dando uma chance a Isaac. Não poderia tê-lo deixado à própria sorte como Boss fez. Não que ela estivesse errada em fazer isso, não precisava pensar muito para saber que mandá-lo sozinho nessa missão era a atitude mais racional e sensata. Boss tinha muitas pessoas para proteger e não conhecia Isaac, ele podia ser perigoso e estava demonstrando ser perigoso, mesmo que não quisesse ser perigoso ou soubesse o porquê de ser perigoso. Entretanto, Katarina não era Boss, era uma pessoa diferente, mais impulsiva, menos responsável e, principalmente, lera trechos daquele livro chamado Isaac e se orgulhava muito por nunca abandonar um bom livro quando o encontrava.

Certamente, a chance que Katarina estava dando para aquele jovem bobo e inocente poderia custar muito caro, mas ela não era conhecida por pensar muito nas consequências negativas de suas atitudes, era uma pessoa otimista por natureza. E mesmo correndo sério risco de ser cercada por criaturas demoníacas de pedra, não conseguia parar de pensar no semblante ofendido e espantado de Isaac quando foi enganado e atirado barranco abaixo.

— Um paspalho mesmo! — disse, em voz alta, com um sorriso.

O plano não era complicado. Consistia em atrair a atenção das criaturas enquanto Isaac conseguia ajuda. O grande problema é que ela estava muito longe da fazenda do Legião e tinha certeza de que não conseguiria manter o ritmo da corrida até lá, além de saber que não podia contar com qualquer ajuda de Boss. Katarina fugira de fininho e Boss estava ocupada com os outros moradores, e muito preocupada com Ariel, que ainda não tinha voltado. Logo, dificilmente sentiria a sua falta. Então, ela só podia contar com ela mesma e torcer para Isaac conseguir ajuda antes de ser atacado por algum outro tipo de existência.

Apesar de todos esses pormenores, Katarina estava confiante, ainda tinha uma carta na manga. Há algum tempo, ela desistiu de só ficar esperando que o George e outros malditos escritores e cineastas escrevessem suas sagas épicas, iria ela mesma viver uma saga épica. Estava tudo planejado na sua cabeça, não mais esperaria as aventuras dos outros, trilharia a sua própria aventura pelo mundo. Para isso, ela treinava muito, sempre saía em rondas na cidade e aguardava ansiosa a hora de passar pelo desafio na cabana, momento que, segundo Radulf e Elena, não estava longe.

Katarina sabia que viajar pelo mundo era perigoso, que algumas existências não aceitam bem os humanos que insistem em ficar nesse mundo; que algumas cidades famosas são controladas por existências que, embora pareçam humanas, estão bem longe de serem humanas; e que em determinados lugares existem guerras tão antigas quanto o próprio tempo. E isso a deixava muito animada!

Não poderia partir para o que vem a seguir sem conhecer mais o próprio mundo de origem. Não sabia o que aconteceria se entrasse no buraco de passagem, ninguém sabia. Pelo menos ninguém que ela conhecesse. Então, se ela quisesse sobreviver sozinha no Mundo Grande, não poderia ficar dependendo dos outros, precisaria agir por conta própria e confiar nas próprias habilidades para lidar com o desconhecido, e essas existências de pedra eram desconhecidas, portanto, lidaria com elas sozinha como uma espécie de teste para a sua futura jornada.

O teste havia começado. Katarina era rápida, engenhosa, criativa e aprendia tudo que a interessava com incrível facilidade. Era igualmente talentosa na caligrafia, na trovoada e na *abir*, uma arte marcial ensinada por Boss, intimamente ligada à dança e baseada nos símbolos da caligrafia. Mesmo que ainda engatinhasse em todos os seus segredos, sua aptidão para tais artes era, segundo todos na vila, única. Todas essas características pessoais faziam dela um material perfeito para o combate, um diamante bruto que estava sendo lapidado para se tornar uma existência digna de ser temida. Contudo, nenhuma dessas qualidades era a que transformava Katarina em uma joia rara, em um talento único que chamasse a atenção, até mesmo de Ariel.

O que tornava Katarina ainda mais especial no Mundo Grande era a mesma coisa que a fazia diferente e incompreendida no Mundo Pequeno, uma densidade espectral que estava muito além do razoável, uma densidade que, se não fosse controlada, transcenderia as dimensões do corpo e ficaria visível até mesmo para as pessoas do Mundo Pequeno, uma densidade que afastava as outras crianças na escola e no parquinho, característica que tornou a sua infância muito solitária e a fez ser tachada de esquisita na adolescência. Por sorte, a maioria dos adolescentes são incompreendidos e tachados de esquisitos só por serem adolescentes, então esse período foi até normal, mas a infância, sim, essa foi uma solidão que só, foi mesmo.

Nos adultos, tal densidade espectral tende a se acalmar, todavia, pode vir à tona com muita intensidade em ocasiões de forte estresse emocional. Nesse caso, as pessoas a sua volta perceberiam aquilo segundo seus próprios filtros pessoais. Algumas teriam a impressão de que aquela moça de cabelos vermelhos era uma ameaça e se afastariam dela temporariamente; outros, permanentemente. Namorados sumiriam e a esqueceriam, amigos não seriam mais amigos, patrões a demitiriam sem motivo, e algumas raras pessoas teriam a impressão de que aquela mulher estava pegando fogo. E, provavelmente, jogariam um balde de água nela. Felizmente, Katarina nunca recebeu um balde de água na cara, porque, infelizmente, não chegou a viver tanto.

No entanto, olhos livres da bolha de realidade que protege o Mundo Pequeno veriam que a fumaça que envolvia a moça era leitosa e consistente como plasma, além de não escapar para mais de alguns centímetros ao redor do corpo e não se dissipar no ar. Para todos os olhos do Mundo Grande, aquele plasma era tão parte do corpo de Katarina quanto seus braços e pernas, e eles sabiam o que significava tanto quanto animais e pessoas do Mundo Pequeno sabem o que significa um barulho de guizo vindo do chocalho de uma cascavel. Significa "perigo", fiquem longe ou vocês vão se dar mal.

Katarina esperou até ter certeza de que estava sendo seguida por todas aquelas coisas de pedra, e assim que elas ficaram visíveis e se preparavam para atacá-la, liberou todo o seu espectro e o deixou correr livre para fora do corpo. Katarina ouviu todos os sons que a perseguiam desaparecerem, e viu as criaturas que estavam próximas estacarem confusas, como um bombeiro que subiu em uma árvore para apanhar um gato, mas acabou se deparando com um tigre.

Sorrindo com satisfação, Katarina continuou avançando e transformou em uma pilha de pedras, com apenas um soco, uma das criaturas que ousou se mexer. Mesmo que aquele soco tenha doído bastante, afinal não se pode sair por aí socando pedras e esperar ficar com a mão inteira, ele passou a mensagem tão bem quanto um enorme baiacu espinhento inchado passava a mensagem "vocês podem até ganhar, mas isso vai custar bem caro".

A demonstração de força deu certo e Katarina se distanciou das criaturas com tranquilidade. Infelizmente, deixar o espectro correr livremente era como pisar fundo em um Maverick v12, podia ser potente e divertido, mas também acabava com a gasolina bem rápido. E visto todos os quilômetros percorridos naquele dia, ela já não tinha muita energia sobrando. Apesar disso, Katarina não estava preocupada, estava satisfeita por ter demolido uma das criaturas e com o ego inflamado por ter aterrorizado o resto delas. Mesmo que por apenas alguns minutos.

Capítulo 35

XXXV

Katarina recolheu o espectro e conseguiu chegar até a praia antes das criaturas a alcançarem. Pensou, naquele instante, que seu trabalho estava feito, conseguira atrair todas as coisas para bem longe, o que dava tempo de sobra para Isaac subir a porcaria daquela colina e encontrar ajuda.

Ao contrário de Isaac, Katarina tinha a certeza de que aquela, embora fosse uma missão difícil, para não dizer suicida, não era uma missão vazia. Boss não recebeu o apelido de uma das mulheres mais BADASS da história dos *videogames* sem motivo. Ela era forte, inteligente, astuta e dominadora como a própria The Boss, as únicas coisas que as diferenciavam eram a cor de pele e a ascendência. Enquanto uma era branca, russa e só existia nos sonhos molhados dos *nerds*, a outra era negra, judia e tão real e poderosa que faria qualquer pessoa parar de respirar na sua presença.

Em hipótese alguma aquela mulher mandaria alguém, até mesmo um desconhecido, em uma missão vazia, isso não era nem uma possibilidade.

Os barulhos ficaram mais altos e Katarina teve de aceitar a realidade. Estava ferrada. Ainda faltava muito para chegar a uma distância em que a simples presença do Legião afastaria as monstruosidades de pedra, e ela não tinha mais energia para conseguir despistar seus perseguidores.

Até onde ela conseguia ver, restavam apenas duas opções. A primeira, continuar correndo e torcer para conseguir ajuda antes de ser alcançada e abatida como um cão pelas criaturas de pedra, e a segunda, parar de desperdiçar energia correndo, visto que, no seu entendimento, já tinha terminado sua missão, e usar o resto de suas forças para transformar o maior número de criaturas em material de construção. Não era uma escolha difícil.

Katarina parou de correr e começou a controlar a respiração com o intuito de conseguir recuperar um pouco as forças. As criaturas também pararam de correr, pelo menos por alguns segundos, e logo começaram a caminhar e se espalhar ao redor dela com o objetivo de cercá-la. Katarina não fez nada para impedir que as criaturas a cercassem, pelo contrário, caminhou devagar até a areia da praia e ficou de costas para o mar. Tinha alguma esperança de que aquelas coisas não gostassem de água e, assim, não precisaria se preocupar com ataques vindos de trás, além de, é claro, ter uma rota de fuga.

As criaturas formaram um meio círculo ao redor dela e pararam de se mover. Contudo, mais criaturas saíram da água e fecharam completamente o círculo. "Claro que essas coisas vieram de algum lugar depois do mar", pensou Katarina, "se coisas primitivas como essas vivessem na região, elas estariam nos livros".

Eram muitos, muitos mesmo, e estavam imóveis, circundando-a como se fossem horríveis peças de xadrez bombadas, com tamanhos e formas bem irregulares entre si. Às dúzias, se espalhavam com algo próximo a um metro e meio de espaçamento umas das outras em uma simetria invejável, e esperavam alguma coisa para atacar com tudo o que tinham.

Katarina olhou para o céu e percebeu que era uma noite magicamente estrelada e a lua brilhava com uma intensidade sobrenatural. "O céu, longe da cidade, é realmente magnífico", pensou ela, "morrer aqui não seria tão ruim, não seria mesmo, eu posso fazer desta uma morte melhor do que a primeira".

— Coisinhas pavorosas — disse Katarina, enquanto libertava todo o seu espectro. — Vou dar a vocês um espetáculo inesquecível.

As criaturas não se moveram e Katarina não esperou que se movessem. Avançou e despedaçou a que estava mais perto com um belo chute.

Aquele foi o sinal que as criaturas esperavam e, assim que um de seus companheiros foi reduzido a escombros, outros três avançaram em direção a Katarina, formando um triângulo ao seu redor. As coisas de pedra eram fortes e ágeis, mas Katarina era ainda mais ágil e escapou saltando por cima de uma das criaturas, pisando e destruindo sua cabeça no processo.

Uma das criaturas, que estava parada, avançou como um míssil na direção de Katarina, chocando seu corpo pedregoso com o corpo dela e arremessando-a no chão. A sensação foi a de ter sido atropelada, de novo, e apesar daquele golpe ter lhe custado algumas costelas, conseguiu se levantar rápido, esquivou-se das outras duas criaturas e acertou em cheio a coisa que a atropelou com a mão que ainda não estava machucada.

O ataque teve dois efeitos. O primeiro foi o de quebrar alguns dedos da única mão que ainda estava boa, e o segundo foi o de vaporizar toda a parte esquerda da criatura, que não chegou a tombar e morreu de pé. Infelizmente, o único efeito a perdurar foi o da mão quebrada porque, quase instantaneamente, outra criatura se moveu para assumir o lugar da que fora derrotada, e Katarina teve que se esforçar muito para se esquivar e não ser atropelada de novo.

Katarina riscou na areia uma estrela de seis pontas e, com a voz de um trovador, rugiu "MAGUEN", puxou a mão de volta e trouxe consigo o símbolo do chão, e ele começou a orbitar em torno dela. O escudo de Davi era a técnica mais avançada que Katarina conhecia e consistia em uma combinação das três artes. A caligrafia para invocar, a trovoada para fazer funcionar no automático e a *abir* para suportar seu peso. Aquela era uma técnica de combate útil e poderosa em uma batalha contra muitos inimigos, pois o escudo protegeria seus pontos cegos, garantindo, assim, a sua sobrevivência; contudo, demandava muita energia para invocar e ainda mais para sustentar, e ela já não tinha muita energia sobrando.

Se tinha uma coisa que irritava profundamente Katarina eram os jogadores seguros. Não importava o jogo, os seguros eram um verdadeiro porre. Desde um *carry* que abraçava a torre como se fosse a sua namorada em um MOBA, um *camper* com uma *sniper* em algum FPS, ou o clássico que só defende e espera a hora certa de dar uma rasteira em um jogo de luta. Todos aqueles escrotos eram farinha do mesmo saco, achava ela. E, portanto, ela estava se odiando muito por agir como uma "segura" contra aquelas criaturas.

Sustentando o escudo de Davi, Katarina se esquivava, defendia e, quando possível, saltava por cima de alguma das criaturas. Não adiantava atacar, tudo o que ela conseguia era uma pilha de pedras mortas que logo era substituída por uma pedra inteira viva, e alguma parte do seu corpo machucada. Então, agir como uma "segura" era o melhor que podia fazer até pensar em uma estratégia melhor, e seu escudo estava sendo muito útil nesse objetivo.

Durante todo o combate, Katarina analisou o padrão de luta das criaturas. Logo achou estranho que apenas três a atacassem simultaneamente e chegou a supor que essa fosse uma estratégia do bando para não atrapalharem uns aos outros. Contudo, no decorrer do duelo, percebeu que as coisas miravam suas pernas e costelas e não a sua cabeça, estômago ou rins que, obviamente, eram pontos bem mais fatais no corpo humano. Pensou, por um instante, que as coisas eram estúpidas e nada sabiam sobre a anatomia humana. Entretanto, as coi-

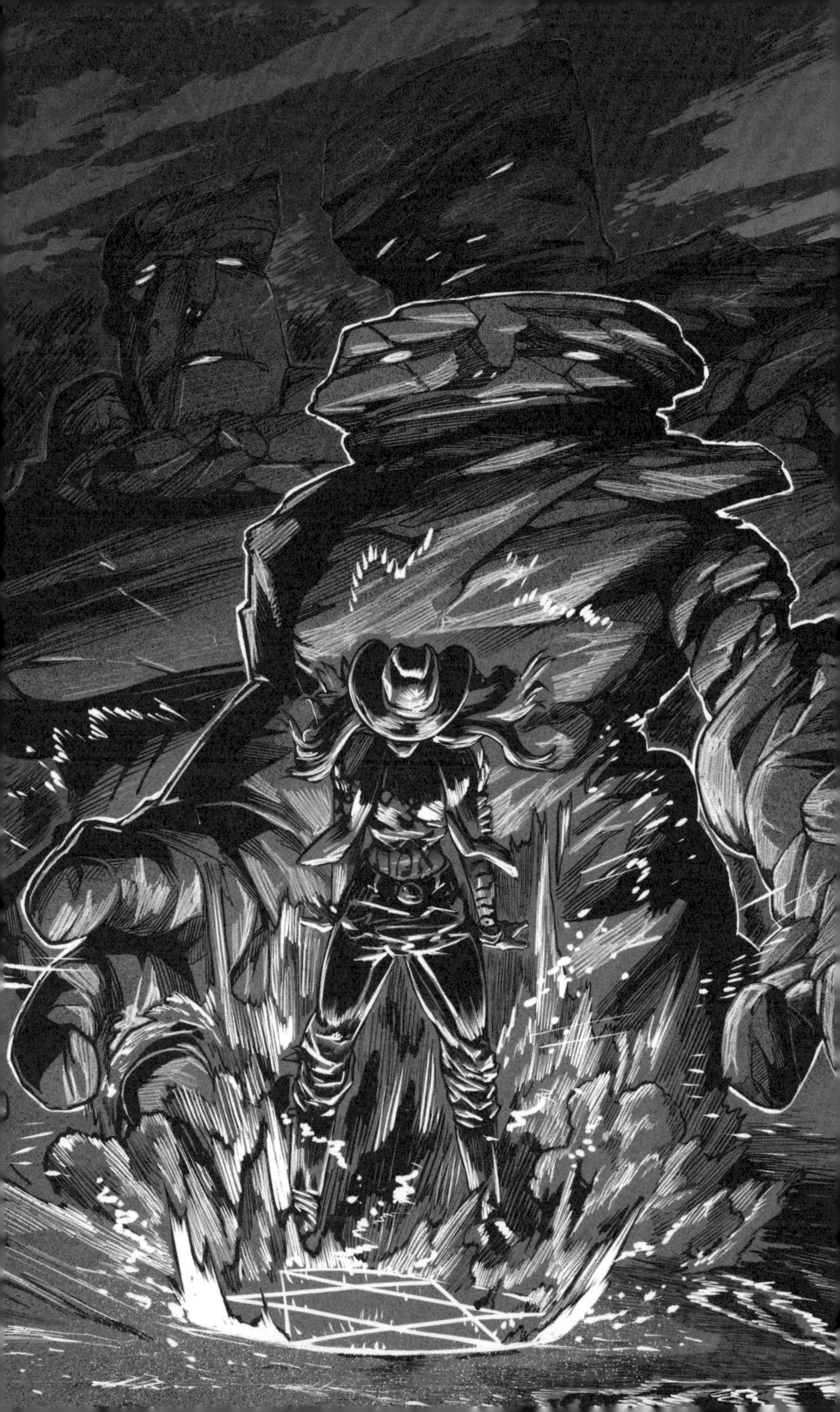

sas não agiam ou atacavam com estupidez, mas com precisão, e isso a fez perceber o evidente. Aquelas coisas não estavam tentando matá-la, e sim capturá-la viva.

Alguma outra existência estava puxando as cordas por trás dos bombadões de pedra, concluiu ela. Agora, o que essa outra coisa não sabia era que Katarina jamais aceitaria ser capturada. Assistira a muitos filmes e sabia que esse era um destino muito pior do que a morte, então resolveu tirar a sua carta da manga e fazer a jogada final.

Katarina desfez o escudo de Davi, agarrou uma criatura e a jogou com violência contra a outra, destruindo as duas no processo. Em seguida, afundou o punho machucado onde deveria estar o coração da terceira e, antes que outras três monstruosidades tomassem o lugar das que foram demolidas, ela se colocou exatamente no centro de todas aquelas coisas e começou a ferver.

Ferver consistia em uma habilidade de condensar o espectro e provocar a destruição daquele corpo e, por consequência, a do inimigo próximo. Era uma última cartada arriscada porque, caso o inimigo não fosse derrotado, o espectro ficaria enfraquecido e indefeso, contudo, se usado na hora certa, ganharia tempo para o usuário fugir até um local seguro. A força da explosão variava de acordo com a densidade do espectro que estivesse explodindo, e Katarina era um dos espectros mais densos que a Boss já viu, tão denso que assombrou por anos a livraria onde morreu e nenhum dos *Slenders* da cidade ousou chegar perto dela. Se Boss não tivesse aparecido lá um dia por acaso, talvez ainda estivesse vagando por aquele lugar.

"Se até o Vegeta fez desse um momento bonito", pensou Katarina, "eu vou fazer do meu um momento épico. A luz da explosão vai se alastrar por quilômetros e a cratera que se formar vai dar a impressão de que esses monstros de pedra foram extintos por um meteoro".

— Adeus, Trunks — gritou, enquanto três abominações saltavam sobre ela.

Capítulo 36

XXXVI

No ápice do grito inflamado que ela planejava dar desde que descobriu que podia se explodir, algo cortou o céu e acertou as três criaturas que estavam quase em cima dela.

— Voltei. — Katarina ouviu a coisa que acabara de chegar dizer. Estava de costas, tinha um longo e bonito cabelo cor de cobre e se vestia como um espião na guerra fria. — Para te salvar!

Em silêncio, Katarina amaldiçoava o estranho que apareceu do nada e a obrigou a cancelar sua autodestruição. Sua vontade era a de enfiar a mão naquela coisa abusada por ter acabado completamente com seu momento. Talvez tivesse mesmo feito isso se a coisa não tivesse virado e se revelado.

— Mas que, hummmm, que droga você está fazendo aqui? — Katarina grunhiu a pergunta para Isaac, controlando sua raiva. — Eu já ia resolver tudo e seria perfeito, mais que perfeito, mas agora não posso porque você está aqui e seria feito em farelos junto com essas coisas.

— *Miri Nigri* — respondeu Isaac, com um meio sorriso irônico. — É assim que eles se chamam.

Katarina levantou as mãos na direção de Isaac e teve de se controlar para não o esganar.

— Você não deveria estar procurando ajuda? — disse ela, por fim, abaixando as mãos.

— Eu vim com ajuda — respondeu Isaac, orgulhoso. — Na verdade, eu sou a ajuda.

— Ahn? Não é não! — disse Katarina, desdenhosa. — É só você mesmo, sem barba, com o cabelo diferente e roupas legais. Na verdade, você parece mais pálido.

Katarina percebeu que Isaac ia responder algo quando três dos monstros de pedra saíram da formação e atacaram. Ela se preparou para contra-atacar, mas Isaac fez um gesto para ela se acalmar e, então, moveu-se muito rápido, soltando faíscas pelo cabelo. Segurou um dos monstros e ele explodiu, passou a mão sobre outro, que também explodiu, e, por fim, socou o último de cima para baixo, afundando o braço inteiro no corpo de pedra e o removeu sem um único arranhão. Aquele tipo de poder não era comum, nem mesmo no Mundo Grande. As coisas de pedra, ou, como Isaac as tinha chamado, *Miri Nigri*, também deviam achar isso porque, ao contrário de antes, nenhuma das criaturas veio ocupar o lugar das que foram demolidas e todas continuaram imóveis.

— Bem, você realmente está diferente, admito — disse ela. — O que aconteceu na colina? — perguntou.

— Eu vou resumir para você — disse Isaac, sustentando um sorriso irritante no rosto, enquanto passava um pote para ela. — Passe um pouco disso nos seus machucados enquanto eu falo. Acredite, é milagroso.

Katarina passou a meleca verde milagrosa, Isaac contou o acontecido por cima e as coisas de pedra não se mexeram. Pelo menos não até aquilo aparecer.

Capítulo 37

XXXVII

— Certo, — disse Isaac após terminar o breve relato — mais dessas coisas podem estar na fazenda, é melhor a gente voltar para ajudar.

— Claro, — respondeu Katarina — mas não sei se você percebeu que o caminho não está, digamos, livre. Temos que lidar com esses aqui antes.

— Não deve ser difícil se trabalharmos juntos — disse Isaac, confiante. — Você atrai a atenção deles e eu os destruo com essa arma de energia.

— Ok — disse Katarina, enquanto dava uma tapinha na bunda dele. — Vamos ver se você está tão fodão quanto diz!

Isaac ficou tão sem jeito que não conseguiria responder mesmo se Katarina não tivesse saído correndo para cima das coisas de imediato. Então, ele se recompôs e partiu atrás dela, cuidando da retaguarda.

Os *Miri Nigri* estavam tão desnorteados que acabaram demorando um pouco para entender o que estava acontecendo. Katarina ia à frente atraindo a atenção, e Isaac vinha logo atrás, aproveitando-se do ponto cego para destruir as coisas com incrível facilidade. Tudo o que ele fazia era redirecionar a energia que era acumulada naturalmente em seu peito para a palma de sua mão e encostá-la nas coisas de pedra. Nesse instante, Isaac sentia, nesta ordem, o braço todo formigar, ficar rígido e estralar. Em seguida, um bom pedaço das criaturas explodia e o braço voltava ao normal.

Depois de explodir a décima criatura usando o ataque combinado com Katarina, Isaac começou a se sentir mal. Elas não estavam mais revidando, tudo o que faziam era tentar, inutilmente, se defender. Isaac estava prestes a agarrar Katarina e falar para eles irem embora dali, quando um som horrível e familiar irrompeu atrás deles.

Ambos, Isaac e Katarina, estacaram na hora por motivos diferentes, ela por curiosidade, e ele por medo. Isaac se considerava um sujeito valente e destemido, e diferente do medo irracional que sentiu na vila quando a janela se abriu na lua. Agora, sentia um medo totalmente racional, porque aquele som que não era nem um grito humano ou um bramir selvagem só poderia ser do maldito elefante que começou toda aquela insensatez.

— Você também está vendo um elefante de terno, certo? — perguntou Katarina.

— Ah sim! — respondeu Isaac, e, como estava nervoso, resolveu fazer uma piada. — Somos velhos amigos.

Katarina não respondeu, apenas sorriu. Todos estavam com os olhos cravados no elefante, até mesmo os *Miri Nigri*. O ponto é que não era bem um elefante, e não era nem porque tinha braços e pernas quase humanos. Era porque tinha mais presas do que um elefante, era mais escuro do que um elefante e, ao contrário dos elefantes tradicionais, que até parecem simpáticos, esse era terrivelmente assustador e mal-encarado. Comparar aquilo com um elefante era como comparar um golfinho com um tubarão, ambos vivem na água, são grandes e têm barbatanas, mas você não precisa olhar muito para perceber que eles não são nem de longe da mesma espécie.

A criatura soltou outro som estranho e os *Miri Nigri* que restavam saíram da estática e começaram a atacar Isaac e Katarina, e apesar de estarem em um número bastante reduzido, ainda eram bem perigosos.

Isaac não queria sair do lado de Katarina, mas eles não podiam enfrentar todas aquelas coisas de uma vez parados. Então, naturalmente foram se afastando enquanto defendiam, atacavam e se esquivavam. Apesar de Isaac estar com aquele corpo incrivelmente forte, resistente e armado com a bobina de Tesla, ainda estava passando tanta dificuldade quanto Katarina, em parte porque o dobro de *Miri Nigri* o atacava, mas isso meio que balanceava as coisas, porque ele tinha um corpo muito mais poderoso. A verdade era que ele não precisava se preocupar com ela, que lutava bem melhor do que ele.

Por sorte, foi a tempo que ele parou de se preocupar com Katarina, porque, sem nenhum aviso prévio, o maldito elefante investiu como um touro furioso em sua direção. Conseguiu se esquivar por pouco – e a coisa destruiu dois dos *Miri Nigri* como se eles fossem feitos de isopor – e se virou rápido, tentando segurá-lo com as patas que, na verdade, eram garras e brilhavam como diamantes negros, se é que existem diamantes negros; ele não tinha certeza.

Isaac conseguiu se afastar, mas não foi rápido o suficiente, e aquelas garras o arranharam no peito e cortaram as roupas e a carne como se estivessem cortando areia. Levando a mão esquerda até a ferida, Isaac não ficou surpreso quando percebeu que seu sangue agora era verde, mas isso não era o mais estranho. O mais estranho era que, embora ele tivesse sentido o corte e soubesse que estava machucado, aquela ferida não doía, apenas emitia um sinal de perigo.

O elefante não estava mais para brincadeira e não deixou Isaac refletir sobre o funcionamento daquele corpo, avançou junto aos *Miri Nigri* que restavam, tentando cortar ou agarrá-lo com aquelas garras de diamante. Do outro lado, Katarina estava passando sufoco com as últimas duas criaturas de pedra. Já destruíra quatro e quebrara de vez o braço direito, e não sentia mais confiança para atacar. Estava exausta.

Apesar de machucada e cansada, Katarina não estava preocupada com ela mesma, e sim com Isaac. Ele estava ficando mais lento e não conseguia mais explodir os *Miri Nigri* com a facilidade de antes. Agora, quando ele conseguia agarrar algum, só ocorria uma pequena explosão e a coisa continuava viva. Para piorar, o elefante estava em cima dele, e era rápido demais para aquele tamanho todo.

"Eu preciso fazer alguma coisa ou ele vai cair" pensava ela, mas estava difícil pensar em algo com aquelas coisas a atacando incansavelmente. Katarina amaldiçoou a sua própria fraqueza e cansaço, e um pensamento indesejado e sorrateiro brotou na sua mente: "Eu preciso de ajuda, nós precisamos de ajuda". Ela se odiou ainda mais por admitir isso, que não era forte o suficiente. Então, em um ato impensado e imprudente, para não dizer estúpido, afundou a perna esquerda em uma das criaturas de pedra e foi ao chão com uma horrível fratura exposta.

Katarina gritou, Isaac se virou e o elefante o agarrou nos ombros com aquelas enormes garras, colocando-o de joelhos. Isaac gritou ainda mais alto do que Katarina, mas não por dor, aquele corpo não sentia dor, gritou de desespero porque assistia impotente à última criatura de pedra avançar sanguinária em direção a sua amiga.

Como se suas preces tivessem sido atendidas, uma pessoa apareceu do nada e cortou o *Miri Nigri* ao meio com uma bonita espada.

— Will! — gritou Katarina, com esperança na voz. — Me ajuda a levantar, a gente tem que salvar o Isaac.

— Não — disse Will em um tom sério, enquanto olhava para Isaac. — Nós precisamos sair daqui agora.

— De jeito nenhum que eu saio daqui sem o Isaac! — esbravejou Katarina, enquanto passava o resto da meleca verde na perna, tentando colocar o osso de volta no lugar.

Will foi até ela e a levantou pelos ombros. Então disse:

— Ele não é o Isaac.

Capítulo 38

XXXVIII

Claro que é o Isaac, ele só está com o cabelo diferente — respondeu ela.

— Não é! — disse Will, seco, enquanto passava um celular para Katarina. — Quando nos encontramos ontem na vila, eu tinha acabado de voltar de uma missão que a Sarah me deu. A missão consistia em ir até a universidade e investigar um calouro vindo do interior chamado Isaac.

— Isso não faz sentido — disse Katarina com a voz trêmula. — De quando são essas fotos?

— De ontem à tarde. Consegue entender agora? — perguntou Will.

Katarina não respondeu, não conseguia responder, estava chocada e tremia tanto que quase não conseguia segurar o celular que exibia as fotos de um rapaz que vestia roupas bregas e estava saindo da universidade, e apesar daquele rapaz estar com o cabelo bem curto, ela o conhecia muito bem. Era Isaac.

— Você entende? — perguntou Will novamente. — O Isaac está vivo, está frequentando as matérias de literatura na universidade. Aquela coisa não é o Isaac. A gente tem que ir embora agora.

Isaac estava ajoelhado totalmente sobrepujado pelo elefante e cercado pelos últimos três *Miri Nigri* restantes. No entanto, não era isso que o assustava, o que o assustava era ter ouvido a conversa de Katarina com o tal de Will. Como assim ele não era o Isaac? Como assim o Isaac está na universidade frequentando as aulas de literatura? Será possível que a Sarah mandou forjar fotos dele para enganar Katarina e fazer com que ela o abandonasse? Será que isso era possível?

É claro que é possível, concluiu ele, a mulher consegue criar corpos a partir da terra. Forjar algumas fotos deve ser fichinha para ela. Por algum motivo, aquele pensamento foi reconfortante. Ele estava acabado e não tinha mais muito tempo, não era necessário que Katarina morresse com ele. A mentira que estavam contando para ela era o melhor a ser feito. Agora ela ia embora com esse tal de Will, e ele poderia ficar em paz.

Isaac observou o tal de Will se virar e começar a andar escorando Katarina nos ombros. Então, olhou para o elefante, que assistia à cena em silêncio, e disse:

— O que está esperando, coisa feia, faça logo o que tem que fazer.

O elefante levantou a tromba e a enrolou no pescoço de Isaac. Instantaneamente, ele começou a ver o buraco negro se abrir atrás da coisa. "Só espero que seja um lugar interessante", pensou ele, um pouco antes de fechar os olhos.

Não ficou com os olhos fechados muito tempo. Sentiu a tromba desenrolar de seu pescoço, as garras afrouxarem nos seus ombros. Não acreditou no que viu. Katarina estava ao seu lado, com a espada enfiada na barriga do elefante.

— Seu idiota — disse ela, sorrindo. — Não importa se o verdadeiro Isaac está curtindo a universidade, eu não vou deixar meu amigo para trás.

Isaac abriu a boca para responder, mas foi tarde demais. O elefante soltou as garras que prendiam o ombro esquerdo dele e, com violência, atacou Katarina, rasgando-a ao meio. O sangue jorrou e pintou Isaac de vermelho, enquanto Katarina se dividia em duas e caía morta como uma boneca rasgada.

Para Isaac, o tempo parou. Ele não conseguia acreditar, não conseguia entender, não conseguia aceitar. Por quê? Por quê? Por quê? Por que ela voltou? Por que não foi embora? Por que esse desgraçado a matou? Por que...

—AAAAH – GRRRRRRR— Isaac gritou ensandecido e o que saiu foi um som que não podia vir de um humano e muito menos de um animal. Era um som tão bestial e horroroso que fez a terra rachar e o vento enlouquecer, e quando o elefante tentou segurá-lo novamente, encontrou apenas uma carcaça vazia e quebrada.

O verdadeiro estava agora debruçado sobre o corpo morto de Katarina. Era grande, com olhos amarelos e a pele lisa e azulada. E por mais que ainda carregasse as feições e as roupas rasgadas de Isaac, muito pouco de humano tinha sobrado nele. Aquilo não era mais Isaac, aquilo voltou a ser Dagon.

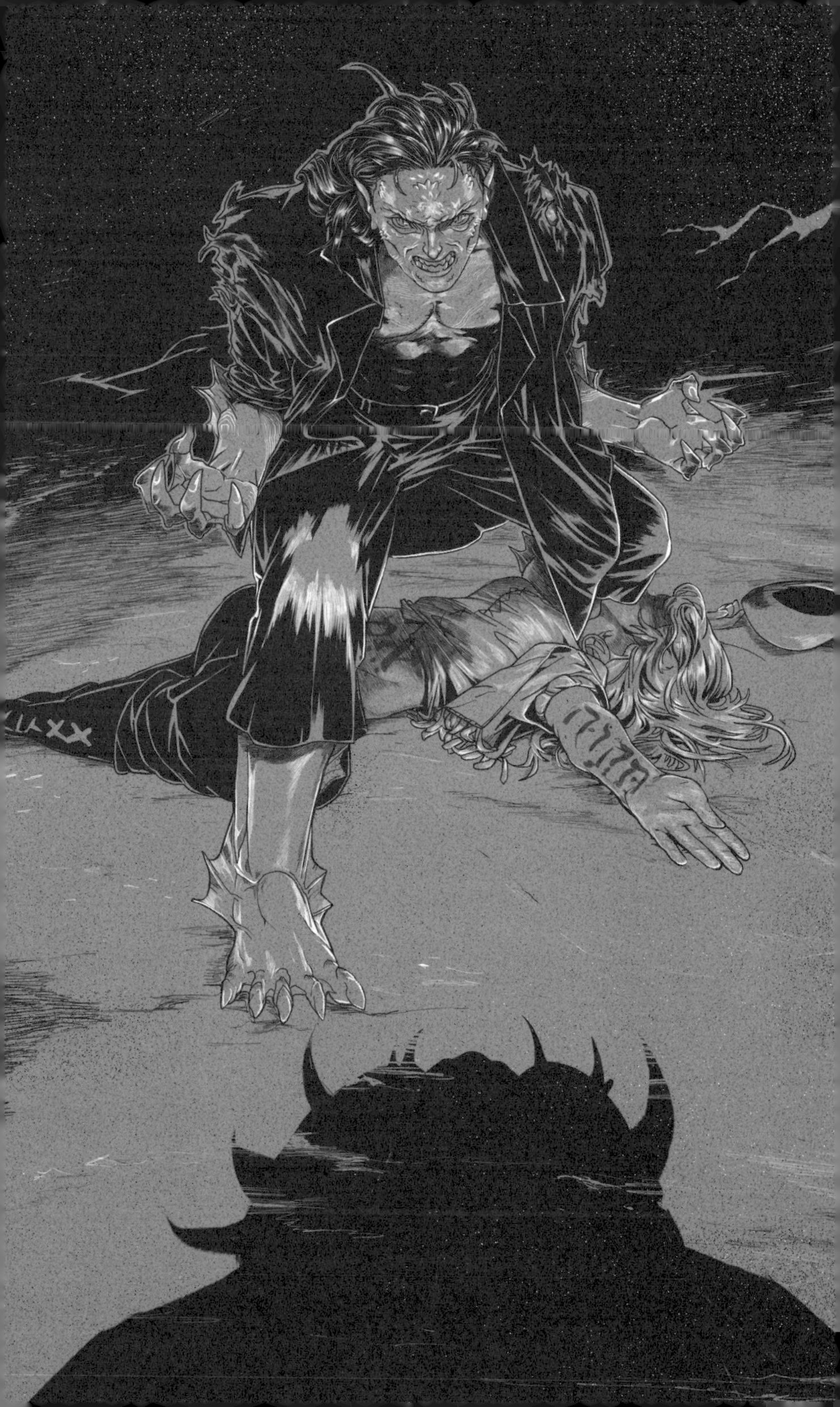

Parte 5

Capítulo 39

XXXIX

A vida de Dagon era o grande azul, e no grande azul ele vivia e guardava uma grande pedra branca. Não sabia o porquê de fazer isso, e também não contestava. Contestar as coisas é uma característica humana e Dagon estava muito longe de ser um humano. Ele também não era um animal irracional, embora seguisse existindo com base nos seus instintos.

Dagon era velho, muito velho, sentia que existia desde sempre e que para sempre continuaria existindo, mesmo que não compreendesse o conceito do sempre ou o do próprio tempo. Ele não se lembrava, mas nem sempre foi um guardião, um dia ele foi considerado um Deus. Não que ele fosse mesmo um deus, ou que deuses realmente existissem. Antes de ser aprisionado ao monólito como um cão de guarda, Dagon vivia tanto fora do azul quanto dentro dele, e acabou encontrando e ajudando uma espécie diferente da sua a sobreviver no deserto. Essa espécie o idolatrou por isso, fez canções em seu nome, deu a ele presentes, construiu imagens e ergueu cavernas para ele habitar.

Dagon gostava daquela espécie, mesmo que não devesse gostar, eles eram muitos e viviam juntos, enquanto os da espécie de Dagon eram poucos e viviam sozinhos. Dagon foi o primeiro grande antigo a despertar no oceano, e como todas as primeiras criações, nasceu deficiente, inacabado. Faltava-lhe propósito e talvez por isso tenha buscado significado junto a seres tão diferentes, mas isso foi antes, muito antes, e ele já não lembrava mais. Agora, ele era apenas a existência que guardava o pilar.

Ele não era o único guardião a habitar a terra, na verdade, não era o único a habitar sequer o Pacífico. Contudo, ele não era como os demais, era diferente, tinha uma história diferente, e suas diferenças fizeram com que ele reagisse de uma maneira diferente a dos seus irmãos guardiões àquela presença que, para ele, era familiar quando ela cruzou o seu caminho. O que aconteceu não foi um erro, e também não foi um acerto, tudo o que existe hoje só foi possível por meio de uma minuciosa combinação entre o acaso e o destino no passado, não existem erros ou acertos, certos e errados, as coisas simplesmente acontecem, sejam elas convenientes ou inconvenientes, tendo elas propósito ou não, levando elas à felicidade ou, como aconteceu com Dagon, à ruína.

O tempo e o sempre só importam quando se tem noção deles e, até aquele encontro, Dagon não tinha noção de horas, dias, anos, séculos ou milênios. Tudo o que existia era o eterno azul e o branco da pedra que, por algum motivo, ele guardava. Contudo, em meio à eternidade, algo chamou a sua atenção, e ele notou que existia mais além do azul, mais fora do azul, e embora não se lembrasse de ter saído do azul antes, sentiu uma necessidade de fazer isso naquele momento. Então, avançou rápido para fora, agarrou a pedra branca e contemplou, pela primeira vez na eternidade, outra existência além da sua e percebeu que a outra existência também o contemplava.

Algo aconteceu com Dagon nesse momento. Ele não sabia o que era, mas eram lembranças. Lembranças de um tempo em que viveu livre, lembranças de quando existências como aquela lhe faziam oferendas, lembranças de quando não vivia sozinho, guardando a pedra, e sim cercado e adorado por multidões.

E foi quando a outra existência partiu que Dagon percebeu a importância do tempo e o significado do sempre. Ele estava sozinho, sozinho como sempre esteve, mas agora era diferente, ele viu algo e se lembrou de uma vida que não era solitária e, a partir desse momento, a imensidão azul não era mais o suficiente. Então, Dagon descobriu-se fazendo algo novo, Dagon estava questionando a sua condição. Ao questionar, viu que era capaz de pensar e pensou em toda a eternidade que deveria suportar naquele lugar.

Aquele pensamento quase o enlouqueceu e o fez destruir a pedra branca que era o motivo de tudo aquilo. No entanto, ele não fez isso, o que ele fez foi sair completamente do grande azul e ir atrás da outra existência que ali estava. Era a única coisa que ele podia fazer, porque descobriu, após pensar, que não queria mais ficar sozinho.

Foi durante o percurso que fez atrás da outra criatura, naquele mundo estranho que não era azul, que Dagon descobriu a curiosidade. "O que é esta coisa?", pensava ele. "Por que é tão familiar? Para onde vai? Por que não me olha mais? Por que está deitada nessa coisa? Por que não se mexe? Por que parece tão frágil? E, a pergunta principal, o que eu devo fazer?"

Dagon, que sempre esteve saudável, não sabia o que era doença ou o mal-estar, e não se lembrava de como aqueles seres eram delicados e passageiros. Contudo, após observar a criatura deitada e imóvel, percebeu que ela não duraria a eternidade como ele, que poderia desaparecer em um piscar de olhos se ele não fizesse nada. Decidiu que aquele lugar estava fazendo mal à outra existência e resolveu tirá-la dali e levá-la por cima do grande azul até que ela ficasse melhor.

Empurrando a coisa com a pequena criatura deitada dentro, Dagon não demorou a encontrar uma coisa parecida com a que ele empurrava, só que maior. Foi naquele instante que Dagon descobriu mais dois sentimentos, a felicidade e a decepção. Primeiro, ficou feliz ao perceber que a coisa maior estava abarrotada de outras existências que muito pareciam com a que ele empurrava. Depois, ficou decepcionado ao entender que aquelas criaturas, embora fisicamente iguais à outra, tinham algo de diferente, elas não contemplavam Dagon como ele as contemplava.

As pequenas criaturas passavam os olhos sobre Dagon e viam algo que não era Dagon, e não lhe davam a mínima atenção, nem mesmo quando ele subiu na coisa e, por consequência, quebrou aquele frágil material. As existências simplesmente arrumavam o que ele quebrava e seguiam ignorando a sua existência. Nesse momento, Dagon descobriu a ira e, em um inexplicável acesso de fúria, agarrou duas daquelas criaturas que, imediatamente, vazaram um líquido vermelho do corpo e pararam de se mexer. Nesse instante, Dagon percebeu que fizera muito mal àquelas frágeis existências, e que nem assim elas o notaram. Então, Dagon resolveu não mais se enfurecer e permanecer ao lado da única criatura que reconhecia a sua existência, mesmo que aquela criatura continuasse deitada imóvel.

O efeito de perceber o tempo começou a atingir Dagon, e ele descobriu o que era a impaciência. A criatura não levantava, nem mesmo quando saíram de cima do grande azul e foram para um lugar enorme, com tantas criaturas iguais que Dagon teve de aprender a contar. No entanto, mesmo aquele local contendo duzentas e trinta e cinco mil novecentos e dezessete existências, nenhuma delas percebeu Dagon.

Após um tempo, que para Dagon foi maior do que a eternidade, a criatura se levantou. Contudo, apesar de Dagon ficar feliz, ela não parecia feliz com a presença dele e, por algum motivo, se recusava a encará-lo. Ela logo começou a andar sempre em frente e sem nunca olhar para trás. Foi então que Dagon conheceu a rejeição.

Mesmo se sentindo rejeitado, Dagon não se deixou enfurecer, pelo contrário, descobriu o que era perseverança e resolveu seguir a criatura aonde ela fosse, mesmo que isso levasse o dobro da eternidade.

Durante a jornada atrás da criatura, Dagon aprendeu o que era refletir enquanto tentava entender o porquê daquela existência não olhar para ele. Chegou à conclusão de que era por causa de sua aparência, porque Dagon era muito diferente de todas aquelas criaturas. Então, Dagon começou a mudar para ficar parecido com aquelas existências. Infelizmente, ele não podia mudar completamente, e algo de um ser nascido e criado no grande azul ainda fazia parte dele. Contudo, o tamanho, o formato, os pelos na cabeça e até seu rosto foram modificados para combinar mais com as outras existências. Ainda tinha uma cor diferente, o azul nunca sairia dele, mas ele conseguiu deixá-lo mais claro.

Então, quando aquela existência se virou e contemplou as novas feições de Dagon, ele ficou muito feliz e atribuiu aquele fato a sua mudança corporal. Infelizmente, Dagon percebeu que a alegria, embora fosse um sentimento poderoso, durava pouco e, de maneira repentina, aquele ser se virou novamente e saltou por um buraco.

Dagon saltou atrás, mas aquela criatura estava deitada novamente e, dessa vez, contorcida em um líquido vermelho. Naquele momento, Dagon soube que aquele ser nunca mais levantaria.

Não importava se ele ia ou não levantar. Dagon já estava decidido a seguir aquela existência pela eternidade, e foi o que ele fez. Acompanhou a criatura imóvel até quando outras criaturas a colocaram em um buraco no chão, e ali ficou por um tempo tão longo que fez toda a eternidade anterior não passar de um abrir e fechar de olhos.

Dagon, que um dia viveu no grande azul e guardou uma grande pedra branca, agora vivia sob o verde e guardava uma pequena pedra escura, que era só mais uma em meio a milhares de outras. Entretanto, aquela minúscula pedra tinha para ele mais significado do que a outra e ao lado dela ficou e de lá observou o cinza tomar conta do verde, e criaturas, tão iguais em sua ignorância quanto a existência dele, erguerem ciclópicas construções por todos os lados, mas não ali, não onde Dagon guardava; aqueles seres, mesmo que ignorassem a sua existência, sabiam que algo guardava as pedras, então, aquele pouco verde foi tudo o que restou.

Muitas criaturas vinham visitar as pedras e, às vezes, colocar outras criaturas imóveis sobre elas. Com o passar do tempo, Dagon percebeu que a maior parte delas se sentia como ele, e foi quando descobriu a tristeza. E triste ficou por muito, muito tempo, tanto tempo que Dagon já não lembrava mais dos outros sentimentos, então, quando viu aquela minúscula criatura falando com ele, não soube como reagir.

— Você também está sozinho? — perguntou a pequena criatura.

Por algum motivo, Dagon entendeu o que a criatura disse, mas não conseguia responder, não sabia o que era preciso para conseguir se comunicar. Então, fez alguns sons que para ele significavam "sim, eu estou sozinho há muito, muito tempo", contudo, não achou que a pequena criatura fosse compreender, mas ela compreendeu.

— É, eu também estou — disse a pequena criatura. — Estão enterrando meus pais ali, acidente de carro, sabe. Esse aqui é o seu pai?

"Não", respondeu Dagon, grunhindo sons estranhos e, ao mesmo tempo, surpreso por aquela pequena existência entendê-lo.

— Um amigo, então? — perguntou novamente a pequena criatura.

"Um amigo", pensou Dagon, nunca tinha ouvido a palavra e, mesmo assim, sabia o que significava. "Sim, um amigo", respondeu ele.

— Eu não tenho amigos — disse a pequena criatura. — Eu vou morar com os meus tios, sabe, foi o que me disseram. Eles vivem num rancho no interior, quase não têm crianças por lá, foi o que eu soube.

Dagon sentia a tristeza vinda da pequena criatura, mas ele mesmo foi tomado por felicidade. "Eu posso ser seu amigo", disse, grunhindo sons alegres.

— É mesmo? — disse a pequena criatura, ficando tão feliz quanto Dagon. — Você vai comigo para o rancho?

"Vou", respondeu Dagon, grunhindo um som longo que pareceu uma canção.

— E nós vamos ficar sempre juntos? — perguntou a criatura.

"Sempre", cantou Dagon, aproximando-se muito da pequena criatura.

— Isaac — falou a criatura, aproximando-se ainda mais e estendendo uma parte do corpo para Dagon. — Qual o seu nome?

Ele não tinha um nome. Um dia, quando viveu no grande azul, foi Dagon, mas, agora, não vivia no azul e não queria mais ser Dagon, queria ser... "Isaac". Cantou seu novo nome e tocou na pequena criatura a sua frente, e se descobriu sendo Isaac, vendo o mundo pelos olhos de Isaac. Então, mergulhou no poço que existia dentro daquela criatura, que muito se assemelhava ao seu antigo azul e, finalmente, descobriu o que era paz. Nesse instante, tudo o que era Dagon passou a dormir, e tudo o que sobrou foi Isaac.

Agora, os dois seres eram apenas um, vivendo em uma simbiose quase perfeita. Quase porque, durante a noite, quando Isaac dormia, algo se levantava, e isso porque, apesar de não lembrar mais, parte dele não era mais humano, era algo mais antigo, era um guardião. Então, nasceu o ser resplandecente de luz.

O ser resplandecente de luz foi o alter ego criado pelo inconsciente de Dagon para se libertar, durante o sono, daquela forma humana e proteger a região como um verdadeiro guardião. Mesmo que não soubesse que estava protegendo a região ou que um dia fora um guardião, era um ser nascido da simbiose e para a simbiose sempre retornaria. Vagava pela noite em guarda, buscando sempre um hospedeiro, não suportava a solidão, sentia-se exposto, sentia-se incompleto.

Era uma personalidade nova que não compartilhava as lembranças e a identidade de Dagon. Agia por instinto e experimentava tudo o que aquele mundo novo podia oferecer. Era como uma criança travessa e atuava livremente, contudo, mantinha uma ligação forte com o corpo de Isaac, e só podia existir se ele estivesse dormindo. Isaac era sua morada, sua caverna, sua segurança, sua outra metade. Para ele, sempre retornaria. Até o dia que foi impedido.

O ser resplandecente de luz ficou extasiado quando se viu naquela cidade nova. Ela era magnífica e repleta de outras existências poderosas, então, seguindo seu instinto de guardião, traçou boa parte daquele novo local como seu território e acabou enfurecendo os outros seres que viviam ali. Mesmo contra tantos inimigos, o ser estava confiante, não conhecia outro sentimento que não fosse a confiança, sobrepujara todas as existências de seu antigo território e acreditava que nada poderia fazer frente a ele. Infelizmente, descobriu que estava enganado.

Tamanha foi a confusão que o ser resplandecente de luz criou naquele lugar que conseguiu chamar a atenção de existências que já não viviam mais nesse plano. Existências que tinham tanta consideração para com aquela cidade quanto um humano tem para com um formigueiro. Existências que só olharam para aquele lugar naquele momento porque sentiram algo familiar ali e perceberam que o filho pródigo retornara após tanto tempo. Então, resolveram vir buscá-lo.

No momento em que a janela para a outra terra, uma terra de sonhos, foi aberta na lua, o ser resplandecente de luz descobriu o que era o perigo e sentiu, pela primeira vez, o medo. Esses sentimentos novos e aterrorizantes fizeram-no fugir e se esconder no alto de uma grande torre e entrar na primeira caverna que encontrou. O ser não pretendia ficar naquele lugar, era um esconderijo temporário usado apenas para escapar daquele que desceu da lua. Contudo, Isaac, que dormia no outro lado da cidade, foi forçado a acordar por alguns paramédicos que foram acionados por um grupo de universitários que voltavam de uma festa e o encontraram desmaiado na porta do prédio. E com Isaac acordado, a ligação que mantinha a existência do ser resplandecente de luz foi desfeita, e ele voltou a ser o que era, Isaac, ou melhor, o grande e antigo Dagon que acreditava ser Isaac.

Capítulo 40

XL

Agora o grande e antigo Dagon despertou, e ele não era um alter ego como Isaac ou o ser resplandecente de luz, era a soma dos dois e mais, muito mais. Era o guardião do pilar, o primeiro filho do mar, o deus do povo do deserto, o sobrinho do tio Ben, um rancheiro que queria ser professor, uma entidade travessa e briguenta que só se sentia completa na simbiose, um *golem* na nova Ulthar, um títere de Ka, um amigo, um aluno e um admirador daquela que jazia morta a sua frente. Dagon era, principalmente, nesse momento, alguém com o coração partido, alguém sofrendo, alguém desesperado, alguém com raiva, alguém que precisava muito se vingar.

Dagon estava furioso, tão furioso que parecia que ia explodir. Então, ele rugiu como um trovão, colocando para fora toda a sua raiva e tristeza. Aquilo não foi o suficiente, não chegou nem perto de ser o suficiente. Dagon afundou as garras na areia e levantou os olhos para o responsável por sua perda. A criatura nada tinha do grande azul, nela se viam os traços duros e frios das montanhas de fogo e, mesmo assim, Dagon a reconheceu como um parente.

Aquele ser era mais próximo de Dagon do que Dagon jamais seria dos humanos, e aquilo pouco importava agora. Tudo o que sentia era ódio, e tudo o que queria era sangue, sangue do responsável, mesmo que o responsável fosse seu irmão. Então, em um movimento rápido e selvagem, Dagon avançou agarrando a criatura e a arremessou para longe, não queria aquela coisa a menos de uma dezena de metros do corpo de Katarina.

Antes de avançar na direção do elefante, Dagon notou que ainda restavam três dos pequenos servos de pedra e destruiu todos com um balançar das suas garras. Percebeu ainda que Will estava assistindo a tudo e tentou se desculpar, mas as palavras não saíram, ele não tinha mais um corpo humano e não sabia como, ou se podia falar como um humano. Decidiu mostrar seu arrependimento com ações destruindo um de sua espécie por vingança.

Aproximou-se do elefante e um nome veio a sua mente, *Chaugnar*. Dagon já ouvira o nome antes pronunciado por Sarah quando ainda era Isaac, contudo, agora era diferente, era como se o próprio elefante estivesse se apresentando enviando a mensagem direto para a sua mente. É assim que os da sua espécie se comunicam então, concluiu Dagon, e enterrou um desejo irracional de se apresentar também. Ele tinha uma vingança para completar.

Dagon avançou com as garras em direção à cabeça de Chaugnar e foi surpreendido quando este aparou o golpe com o braço esquerdo, que agora estava duas vezes mais comprido e três vezes mais largo do que antes. O corpo da criatura também ganhou volume e rasgou completamente as roupas que ela estava usando, mas não tanto quanto os braços, o que deixou Chaugnar com um formato desproporcional para os padrões humanos. Uma vez, Dagon foi uma criatura que nada tinha de familiar com um humano, mas isso foi há muito tempo e ele não queria se lembrar de como era. Destruiria a coisa com a forma que escolheu para si, a forma que era o mais perto que ele podia ser de um humano.

O problema era que essa não era uma tarefa fácil, se é que era uma tarefa possível. Chaugnar agora estava mais forte, mais rápido, seus socos abriam fendas no chão e ele atacava com a tromba, que estava comprida como uma serpente marinha e se abria na ponta como uma mão cravejada de dentes negros enormes. Dagon não conseguia se esquivar de todos aqueles ataques, Chaugnar o socava, cortava e parecia beber o sangue que espirrava com aquela tromba.

Apesar da grande desvantagem, Dagon se deu conta de que a coisa lutava com irracionalidade bestial e que poderia tirar vantagem disso se usasse técnicas de combate e estratégia. E ele usou. Dançou em volta de Chaugnar, acertando alguns golpes, e formulou um plano que logo colocou em prática.

Esforçou-se para esquivar dos socos poderosos e se aproximou, deixando o pescoço desprotegido e ao alcance da tromba. Aconteceu como ele imaginou, Chaugnar cravou todos os dentes daquela tromba no seu pescoço e começou a drenar seu sangue como qualquer criatura estúpida faria. No mesmo instante, Dagon segurou a tromba com a mão esquerda, saltou para trás para deixá-la esticada e, com as garras da mão direita, a decepou. Tudo aconteceu tão rápido que Dagon pôde ver o espanto nos olhos de Chaugnar se transformar em dor.

A criatura levou as duas mãos à ferida e gritou um som horrível. No instante em que tirou os olhos de Dagon, ele avançou pisando com violência na perna esquerda de Chaugnar, dobrando-a de forma antinatural. A criatura gritou ainda mais e caiu de joelhos, mas Dagon já estava atrás dela e, com a mão direita estendida como uma lança, atravessou o pescoço do elefante e viu os gritos morrerem junto com ele. O que era Chaugnar agora não passava de uma grande estátua de pedra.

Dagon estava cansado e machucado, mas não teve tempo para descansar. Olhou para o céu e viu que uma figura pálida o observava de um buraco na lua. Não poderia mais fugir, teria de enfrentar o seu criador.

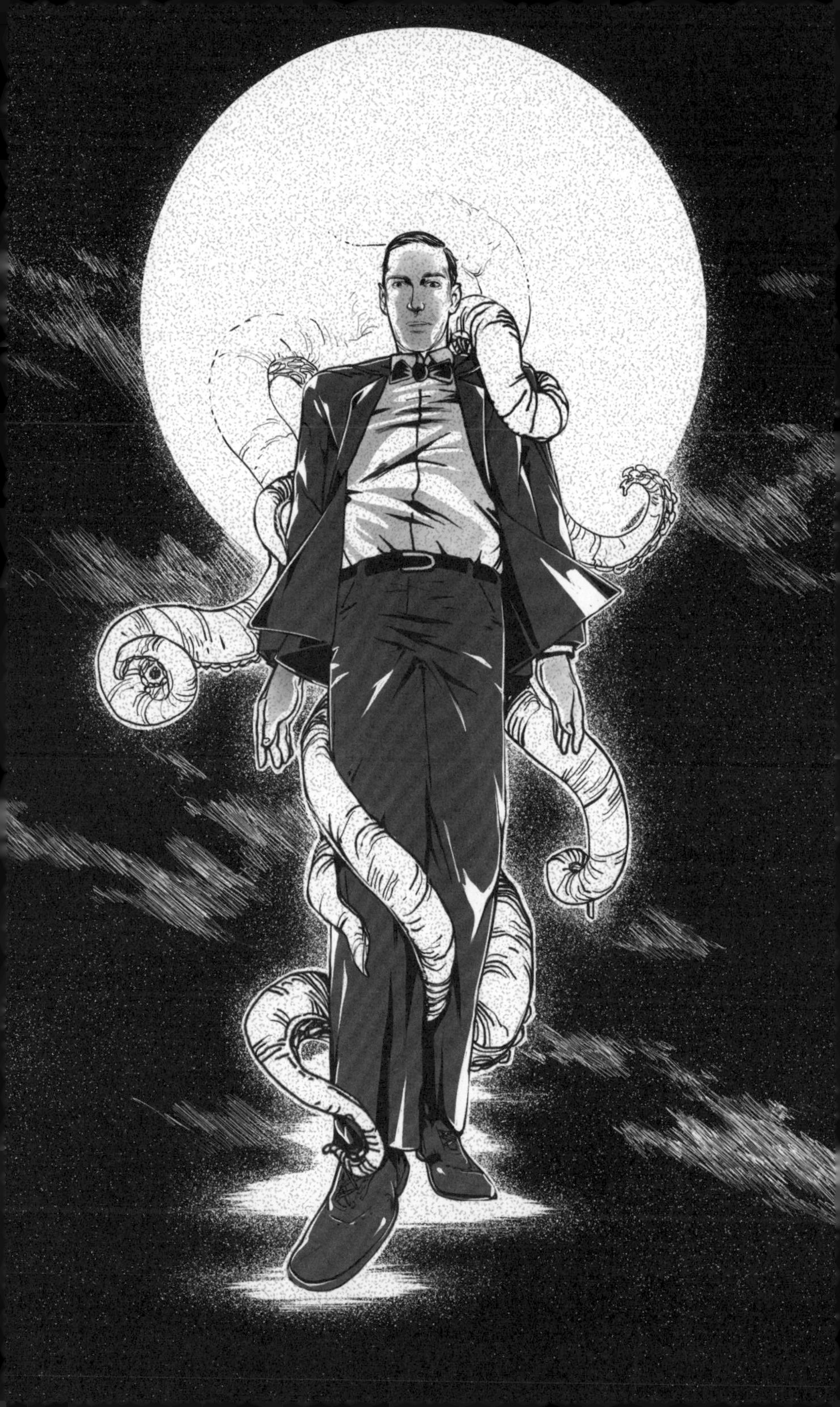

Capítulo 41

XLI

— Bravo, bravo! — disse a criatura que parecia humana, batendo palmas enquanto descia do buraco no céu por uma escada que era construída por raízes à medida que a coisa avançava. — Não esperava menos do primogênito. Tão selvagem, tão indiferente, tão cósmico que não hesitou em destruir nem mesmo um familiar. Por onde andou, criança?

Dagon não sabia o que responder, se é que devia responder. Nunca conheceu seu criador, nem imaginava que ele possuía uma forma física, ainda por cima, uma forma humana.

— Não precisa responder agora — disse a coisa, chegando ao solo e ficando completamente visível. Era um homem branco e muito magro, de cabelos curtos, escuros e bem penteados. Tinha algo entre trinta e quarenta anos e vestia um terno negro que remetia ao século passado. — Você não imagina a confusão que arrumou, filho. Sem ninguém guardando a passagem, os mundos se conectaram e milhares de existências se aventuraram em mares que não deveriam.

Dagon estava prestes a tentar dizer alguma coisa, mas aquela pessoa o interrompeu.

— A nau branca se foi — disse o homem, com consternação no rosto. — Pouco depois que você abandonou a passagem, ela avançou para este mundo e acolheu um humano na sua tripulação. UM HUMANO. Você entende? Só imaginar uma dessas criaturas menores, que mais parecem símios, manchando o solo de Zar ou admirando as maravilhas de Talarion faz meu corpo todo tremer. Agora, levar tamanha mediocridade humana para viver nas terras de Sona-Nyl foi demais, e a mandei junto daquele ser inferior para o entre-mundos, onde não existe nada além de vazio, mas confesso que sinto falta da minha bela nau branca.

"Quem é você?" - Dagon tentou enviar a pergunta para a mente do homem, e quando este interrompeu aquele relato afetado e o fitou, percebeu que foi bem-sucedido, e então continuou. "Você parece humano".

— Humano? Ho Ho Ho! — disse o homem, espantado e com uma risada afetada. — Eu tenho muitos nomes e já fui muitas coisas, este que vos fala é o corpo de Randolph Carter, embora acredite que ele não se chamasse assim neste mundo. Uma vez, eu tentei ser um humano sabe? Viver com eles, ensinar-lhes algo, mas como fui tolo! São criaturas estúpidas e primitivas! Teria obtido mais sucesso se tentasse civilizar os crocodilos que habitavam o rio.

— Se bem me lembro, sua ideia de viver com os humanos consistia em escravizar noventa por cento da população e forçá-la a construir uma réplica patética do seu antigo mundo — disse Ka, enquanto tirava os sapatos e ficava descalço na areia da praia.

— Será possível que esse negroide imundo ainda caminha pela terra? — disse a coisa no corpo de Randolph Carter, fazendo um sinal de repulsa com as mãos. — Xô! xô! Não tenho nada para tratar com uma criatura inferior como você.

— Ah, mas eu também não tenho assuntos com você, Nyarlathotep — respondeu Ka com um sorriso. — Só vim aqui garantir que você não cause nenhum problema.

— Ora, eu poderia varrer toda esta costa do mapa se quisesse, e você não poderia fazer nada para impedir — disse a coisa no corpo de Randolph Carter a qual Ka chamou de Nyarlathotep. — Você não passa de um primata arrogante e não vou lhe dar mais atenção. Vamos, Dagon, você tem um pilar para guardar.

A coisa começou a subir as escadas e demorou um pouco para perceber que Dagon não a seguia, então disse:

— O que foi, criança? Eu já disse os problemas que você causou. Você não pode ficar aqui, seu irmão Cthulhu, aquele que guarda a outra passagem do Pacífico, está acordado desde que você partiu. Você sabe como ele é perigoso, nem eu sei o que ele está fazendo todo este tempo. Ele não pode ficar acordado. Você precisa voltar. Eu estou ordenando que volte comigo agora.

Dagon não queria ir, e não era nem porque não queria ficar sozinho no grande azul guardando a pedra branca, claro que ele não queria fazer isso, mas o problema não era só esse. Era porque sentia um medo irracional daquela coisa que parecia humana e não queria nem chegar perto dela, quanto mais ir embora com ela. No entanto, Dagon a reconhecia como um superior e não conseguia contrariar uma ordem direta. Então, devagar e com relutância, começou a subir nas escadas feitas de raízes, só que não eram bem raízes, eram tentáculos vivos e se mexiam sob os pés dele.

— Você não precisa ir — disse Ka, quando Dagon começou a subir.

Dagon estacou e olhou para Ka como se quisesse ter certeza de que foi ele quem disse aquilo.

— Isso mesmo — continuou Ka. — Você pode ficar se quiser, não precisa fazer o que ele manda.

— Quem esse negroide pensa que é para falar assim com Dagon! — exclamou a coisa no corpo de Randolph Carter a qual Ka chamou de Nyarlathotep. — Não sabe a sorte que tem por ele não descer aí e lhe separar a cabeça dos ombros. Vamos, Dagon, não lhe dê atenção.

Dagon, porém, não se mexeu, não queria subir e seguir aquela coisa. Não queria voltar a guardar a pedra.

— Eu não tenho tempo para essa rebeldia — disse a coisa no corpo de Randolph Carter a qual Ka chamou de Nyarlathotep e levantou uma das mãos. Imediatamente, centenas daqueles tentáculos pegajosos subiram pelas pernas de Dagon e o envolveram completamente. Ele não conseguia se soltar, mesmo usando toda a sua força, e quando os tentáculos começaram a levá-lo para cima, para perto da coisa e da porta na lua, descobriu o que era o verdadeiro desespero.

— Isaac! — gritou Ka. — Você não tem que ir, diga-me que não quer ir e eu faço você ficar.

"Isaac?", pensou Dagon. Será que ele podia continuar sendo Isaac agora que voltou a ser Dagon?

— Vamos, Isaac — continuou Ka. — Diga que quer ficar.

Dagon tentou enviar a mensagem para a mente de Ka, mas foi interrompido por ele.

— Não assim, Isaac, não desse jeito. Como um humano, fale como um homem que você quer ficar.

"Falar", pensou Dagon, "ele não podia falar". Falar era a forma de os seres humanos se comunicarem, e ele não era humano, mas ele já foi humano uma vez, e queria muito voltar a ser. Ele não queria partir.

— EU QUERO FICAR! — gritou Dagon, com uma voz humana. E ele sentiu que era muito mais Isaac do que Dagon, que apesar do parentesco com a criatura de cima, se identificava muito mais com o humano lá embaixo.

— Então você vai ficar, meu amigo — gritou Ka de volta.

Imediatamente, um brilho vermelho rasgou o céu, cortou os tentáculos que o prendiam e explodiu com uma luz roxa a ponte que levava à lua.

— Eu sabia que você não ia me deixar aqui sozinha, xuxu.

— Katarina? Mas, como? — questionou Isaac Dagon, enquanto caía da ponte junto de Katarina e corria para perto de Ka.

— Seu amigo aqui — respondeu ela, tocando o ombro de Ka. — Ele estava assistindo a tudo do forte e me puxou no instante em que o elefante ia absorver meu espectro, e ainda me deu uns brinquedinhos interessantes. Sujeito maneiro!

Isaac Dagon não conseguiu conter a alegria de ver Katarina viva, mas como ela parecia dar mais atenção para as lâminas retráteis dos seus braços do que para ele, disse:

— Eu conheci um sujeito com uma dessas, acho que ele se chamava Blake. — E se espantou com a naturalidade com que as palavras saíam de sua boca agora.

— Eu conheci ele também, sujeito sinistro e caladão — respondeu ela, virando-se para encarar Isaac Dagon. — O Ka me explicou tudo sobre esse lance de Dagon e grande antigo, mas, na moral, você está parecendo um elfo marinho, isso sim.

Isaac Dagon não conseguia parar de se surpreender com a capacidade daquela mulher em tratar tudo como uma grande piada. Então disse:

— Não precisa fazer deboche, você deve me achar um monstro.

— Eu estou te achando um gato — respondeu ela, aproximando-se e passando as mãos no peito dele. — Sempre gostei de homens depilados.

Isaac Dagon era azul e, mesmo assim, conseguiu ficar muito vermelho.

— Que bom que vocês estão felizes, crianças! — disse Ka. — Agora se afastem um pouco, na verdade, é melhor se afastarem muito, e deixem os adultos resolverem esse impasse.

Capítulo 42

XLII

Isaac Dagon olhou para a coisa no corpo de Randolph Carter a qual Ka chamou de Nyarlathotep, e ela estava medonha de tão assustadora. Ele notou que as raízes que formavam a escada, que, na verdade, eram tentáculos vivos, não vinham da porta na lua, mas da própria coisa e saíam de dentro da barra da calça. Agora, novos tentáculos saíam revoltos da gola no pescoço e da manga da camisa enquanto a coisa assistia em silêncio à conversa dos três.

— Ele é o meu criador? — perguntou Isaac Dagon a Ka.

— Criador! Não diga bobagens! — respondeu Ka. — Acredito que a sua espécie sofra da ignorância quanto à origem tanto quanto a nossa. Contudo, penso que vocês são do mesmo panteão, e acredito que foi ele quem lhe colocou para guardar a passagem para a terra dos sonhos. Ouvi dizer que, desde que ele assumiu o controle daquele mundo, não permite que ninguém chegue até lá com um corpo físico.

— A Boss já me falou sobre a terra dos sonhos — disse Katarina. — É um dos doze mundos espelhos do nosso e, por consequência, sofre interferência da Terra e a Terra sofre interferência dele.

— Isso mesmo — concordou Ka. — Quanto mais perto os mundos estão, mais parecidos acabam ficando, sendo possível até acessá-los por locais específicos aqui na Terra, ou pelo menos era até Nyarlathotep colocar guardiões em todas as passagens. Entretanto, você ainda pode chegar até esses mundos pelos sonhos, e ele não pode fazer nada para impedir isso. O problema é que, sem os recursos de um corpo e das armas adequadas, você acaba ficando em uma puta desvantagem lá.

— Eu não me lembro de alguém me mandar guardar a pedra, eu simplesmente a guardava e só — contestou Isaac Dagon.

— Ora, Isaac. Mandar, desmandar, obedecer, não obedecer, isso são expressões humanas, e você, até então, não era humano. Sua espécie é dotada de relações próprias e misteriosas. Então, como poderia agir ou se lembrar como um humano? Tudo o que você conhece hoje é filtrado através da consciência humana que, de alguma forma, adquiriu. — respondeu Ka.

— Então você está dizendo que agora eu sou um humano? — perguntou Isaac Dagon, confuso.

— Uma parte sua, a maior parte eu diria, pensa que é e age como se fosse. Então, você é tão humano quanto qualquer humano poderia ser — respondeu Ka, com um largo sorriso. — Se não fosse, eu não estaria aqui, e nem ela.

- Yeap — disse Katarina.

Isaac Dagon sorriu e ia dizer algo estúpido e manhoso, mas a coisa que ainda estava parada no alto da escada gritou:

— BASTA! — E seus tentáculos se alongaram até tocarem o chão, e ele desceu rápido como uma aranha, se aproximando muito dos três.

— Eu precisava ver para poder acreditar, e mesmo ouvindo essa conversa patética, ainda não acredito. Dagon, o grande e antigo Dagon, reduzido à mediocridade humana. Isso é pior, muito pior do que perder a nau branca. Mandá-los todos para a borda do universo não será suficiente, terei de pensar em um destino pior, em um castigo mais terrível.

— O grande faraó malvado pode tentar — disse Ka com deboche. — Vocês dois, me deem espaço agora, escondam-se no bosque.

— Ninguém vai sair daqui — falou a coisa no corpo de Randolph Carter a qual Ka chamou de Nyarlathotep. Em seguida, centenas de tentáculos avançaram como um bando de animais famintos na direção deles.

Capítulo 43

XLIII

Os tentáculos não terminaram o ataque e estacaram a um metro deles, como se temessem algo. Ka estava com o braço direito estendido, segurando um longo bastão na horizontal. O bastão parecia feito de uma estranha madeira negra que era entalhada de maneira peculiar. Uma das extremidades era cônica, bem trabalhada e tinha a circunferência similar à de um punho, enquanto a outra era tão fina como a ponta de um alfinete, mas sem parecer frágil. Na verdade, a arma, se é que era mesmo uma arma, exalava imponência como se fosse o adorno de um rei.

— Juddjustrix! — falou, com um tom surpreso na voz, a coisa no corpo de Randolph Carter a qual Ka chamou de Nyarlathotep.

— AH! — exclamou Ka. — Ela já foi chamada assim antes, mas eu prefiro usar o seu nome mais atual. Bastão ju-ju. Volte para o seu mundo, Nyarlathotep, seus assuntos aqui acabaram. O grande antigo Dagon já não existe mais, e não há nada que você possa fazer quanto a isso.

— Patético! — disse Nyarlathotep de volta. — Você não possui a linhagem sacerdotal, Juddjustrix não é seu servo e você não pode manejá-lo como aquele escravo fujão o fez quando abriu o Mar Vermelho e me baniu desse mundo.

— Isso é verdade — concordou Ka. — Não tenho parentesco com aquele povo. Mas não se engane. Eu estive com o bastão mais tempo do que qualquer outro e sou muito, muito curioso.

— Ridículo! — desdenhou Nyarlathotep e atacou novamente com os tentáculos.

Ka gritou e do estranho bastão saíram luzes vermelhas, muito similares às dos *mizos* mecânicos do forte, que barraram os tentáculos. Dessa vez, foi a coisa que gritou enquanto se contorcia como se estivesse sendo eletrocutada.

— Agora é a hora de vocês saírem daqui — disse Ka sem olhar para trás.

— Não — contestou Katarina. — Nós vamos ajudar.

— Ajudar? Ha Ha! — desdenhou Ka, virando-se. — Vocês crianças só vão atrapalhar. Eu tenho um plano.

— Vamos — disse Isaac Dagon, segurando Katarina pelo braço. — Eu confio nele, vamos deixá-lo trabalhar.

Katarina puxou com força o braço que Isaac Dagon segurava e, sem nem olhar para ele, disse:

— Ok, mas não vamos muito longe.

— Pelo amor de Rá, parem de enrolar e saiam já daqui! — suplicou Ka. — Segurar o canalha desse jeito consome muita energia.

Isaac Dagon e Katarina não falaram mais nada e entraram uma centena de metros adentro do bosque. Isaac Dagon queria continuar correndo e se afastar o máximo daquela coisa. Não conseguia entender o medo que sentia, era algo totalmente irracional, como se um arquétipo de temor e submissão para aquela coisa estivesse esculpido no seu âmago. Contudo, Katarina não queria ir muito longe e logo subiu em uma grande árvore, de onde podia ver e até ouvir o que acontecia na praia. Isaac Dagon não tentou impedir, pois sabia que não conseguiria, e, em vez de continuar correndo, subiu na árvore e ficou junto de Katarina.

Das árvores, viram que Ka já não segurava a coisa que ele chamava de Nyarlathotep com as luzes vermelhas que saíam do cajado, e sim com o próprio cajado, na verdade, lutando com o cajado. Ka era habilidoso com a arma, e sim, aquilo era uma arma das mais poderosas. Sempre que os tentáculos colidiam com o bastão, um estranho brilho vermelho emanava dele e o tentáculo era decepado.

— Ele é um Jedi! — disse Katarina, eufórica. — Eu sabia que eles existiam, a Boss disse que não, mas eu sempre soube.

Isaac Dagon nunca foi um grande apreciador da Sétima Arte e sequer tinha ido a um cinema na vida, entretanto, nesse caso, nem precisava. Todos conhecem Star Wars, até mesmo o mais caipira dos caipiras sabe o que é um Jedi. Então, ousou dizer:

— Quase, porque não é uma espada laser e sim um bastão laser.

— Não seja um bocó! — respondeu ela, ainda eufórica. — Darth Maul usa uma arma semelhante, na verdade, eles lutam de forma bem parecida, embora Ka se pareça mais com o mestre Mace Windu.

— É verdade. — respondeu Isaac Dagon, colocando fim ao assunto. Não fazia ideia do que ela estava falando e não queria parecer ainda mais bocó. — Você tem razão.

Ficaram em silêncio, admirando Ka duelar com aquela coisa que parecia ter tentáculos infinitos. Em determinados momentos, Ka se movia tão rápido que Isaac Dagon e Katarina o perdiam de vista. Infelizmente, a coisa não o perdia e sempre se esquivava ou contra--atacava. Criando grossos tentáculos pelas pernas, elevou-se a mais ou menos vinte metros de altura. De alguma forma, Ka correu pelos tentáculos na vertical, isso mesmo, na vertical, e quase conseguiu empalar o corpo humano da coisa com a ponta fina do bastão. Contudo, aquela coisa ainda tinha truques e, com estranhas asas negras, que surgiram do nada, conseguiu evitar o ataque mortal e acertou Ka na cabeça com um tentáculo que saiu de dentro da sua camisa.

— Ho, Ho, Ho! — ouviram a coisa rir com a estranha afetação na voz de antes. — Que divertido! Se eu soubesse que você ainda caminhava por essa terra e que tinha melhorado tanto suas habilidades, eu teria visitado esse mundo só para lhe procurar. Há séculos não sou desafiado assim.

— Que honra! — respondeu Ka, visivelmente cansado. — Mas não precisa vir aqui só por minha causa.

— Não se preocupe com isso — respondeu a coisa, ainda no ar. — Você não vai ficar aqui por mais que alguns segundos.

— Eu achei mesmo que conseguiria enfrentá-lo por mais tempo, mas parece que esse é o meu limite — disse Ka, cravando o bastão no chão e apoiando as duas mãos nele.

— Você lutou bem para um símio negroide — disse a coisa, com desdenho na voz. — Mas, se eu estivesse no meu verdadeiro corpo e não nesse receptáculo imundo, você teria virado poeira em segundos.

— Não conte com conjecturas — respondeu Ka, sorrindo. — Você sabe muito bem que não pode vir a esse mundo com a sua verdadeira forma.

– Ho, Ho, Ho, Ho! — riu a coisa histericamente. — Não posso? Ou ainda não posso? Ho, Ho, Ho!

Ka aproveitou que a coisa estava distraída deleitando-se em uma risada frenética e arremessou o bastão como uma lança contra ela. Foi por pouco, ah, foi por muito pouco! A coisa era rápida e se esquivou a tempo, e o cajado passou arranhando o seu rosto.

— Inútil! — disse Nyarlathotep em um tom sério. — Você não é da linhagem, não conseguiria usar todo o poder de Juddjustrix, nem mesmo com todo o tempo do mundo.

— Você tem razão. Eu não sou da linhagem sacerdotal e não posso extrair todo o poder do bastão ju-ju — respondeu Ka, com um sorriso maior que uma ferrovia. — Mas ela pode.

A coisa chamada Nyarlathotep olhou para trás e Isaac Dagon e Katarina seguiram seu olhar. Sarah estava do outro lado da praia, segurando o cajado acima da cabeça, e ele brilhava uma luz que era quase branca demais para ser apenas branca.

— A herdeira do rei! — exclamou a coisa com um tom alarmado.

— Dê lembranças a meu pai no outro mundo! — bradou Sarah, e cravou o cajado brilhante no chão.

Algo parecido com um raio, só que maior, mais branco e mais rápido foi atraído do céu para o cajado e refletiu direto para a coisa no corpo de Randolph Carter a qual Ka chamou de Nyarlathotep. Ele não teve a mínima chance, só conseguiria evitar aquele ataque se fosse mais rápido do que a luz e, pelo visto, não era. Foi desintegrado e incinerado até o último tentáculo.

— Por que demorou tanto para jogar o bastão? — perguntou Sarah, com mau humor na voz. — O que, diabos, estava querendo provar?

— Não seja ranzinza, princesa — respondeu Ka, com o bom humor habitual. — Não culpe um velho por querer se divertir um pouco.

— Você estava querendo impressionar a minha pupila — disse Sarah, aproximando-se de Ka. — Eu te conheço bem!

— Ha, Ha.— riu Ka. — E se quisesse? Tem medo que eu a roube de você?

— Só nos seus sonhos, velho! — respondeu Sarah com um sorriso.

— Veremos — disse Ka, e beijou o rosto de Sarah várias vezes. — Há quanto tempo, velha amiga?

— Muito tempo — respondeu Sarah, apertando a mão dele. — Desculpa por te colocar nesta confusão, eu precisava do cajado.

— Não se preocupe com isso — respondeu Ka. — Estava mesmo precisando de um pouco de animação, as coisas andam quietas, não é mais como antigamente.

— Infelizmente, o tempo de paz acabou — falou Sarah.

— É o que parece — concordou Ka, e, então, virou-se na direção em que estavam Isaac Dagon e Katarina. — Vocês dois já podem vir aqui, ele não é mais um problema.

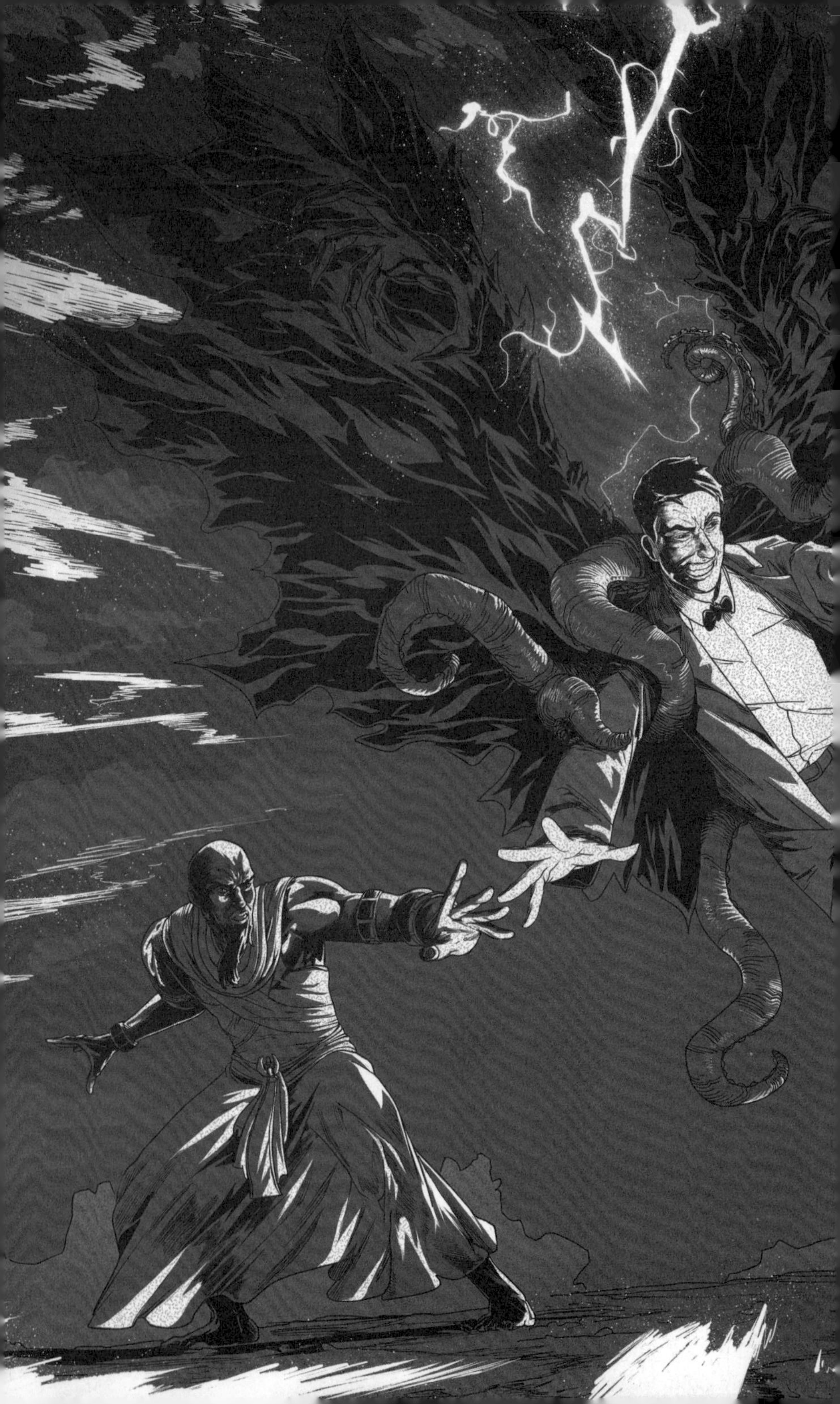

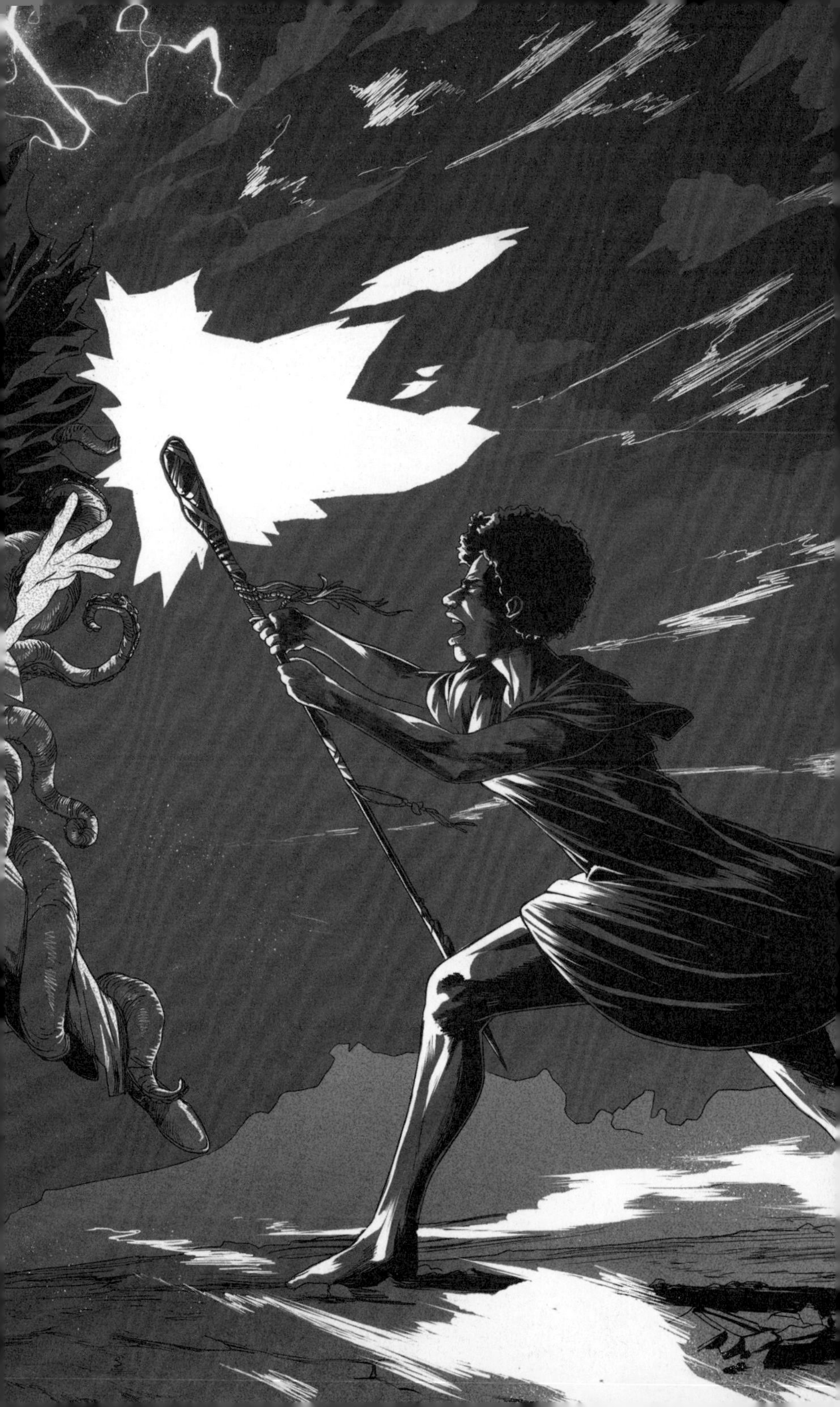

Capítulo 44

XLIV

Antes de Isaac Dagon conseguir descer da árvore, Katarina saltou em direção à praia, tão rápida quanto uma bala, soltando faíscas pelos cabelos, e ele ficou para trás. Aquilo não fazia sentido, e ele perguntou para Ka, quando chegou à areia:

— Você não disse que me deu seu melhor títere, um protótipo? Então, por que ela está ainda mais rápida e letal do que eu estava?

— Ah, não seja manhoso! — respondeu Ka, sorrindo. — Eu sempre construo dois protótipos, um masculino e um feminino. Meus títeres não são automodelados como os *golens* da Sarah e não é certo aprisionar uma alma masculina em um corpo feminino, e vice-versa.

— Bem, isso faz sentido — disse Isaac, balançando a cabeça. — Mas não explica por que ela está mais rápida, com mais energia e equipada com essa lâmina retrátil.

— Lâminas são muito úteis, e todos os meus títeres as têm. Você saiu correndo tão desesperado que não o pude ensinar a usá-la — disse Ka, aproximando-se de Katarina e acionando as lâminas no braço dela. — O sistema de energia baseado na bobina de Tesla também é o mesmo, mas ele foi projetado para ser combinado com o espectro, e você, meu caro amigo azul, não é um, por isso não pode extrair o potencial máximo desse corpo e acabou ficando sem energia bem rápido.

— Não se preocupe, docinho — disse Katarina. — Eu pego leve com você nos treinos, pode deixar.

— Ninguém vai pegar leve com ninguém em treino nenhum — disse Sarah, com um tom firme de voz. — Vamos voltar para a vila e eu vou tirar você dessa marionete pagã. Você não pode usar as artes nesse corpo herege.

— Quanto a isso, princesa — disse Ka, passando o braço ao redor dos ombros de Sarah. — Tenho certeza de que podemos chegar a um acordo. Vamos discutir enquanto a acompanho até a fazenda do Legião. Os dois precisam de um tempo sozinhos para se despedirem.

— Não tem acordo, artesão — respondeu Sarah. — Você sabe como isso é perigoso. Não se esqueça de levar o cajado. Eu não o quero.

— Eu sei que não quer, princesa, mas pense, com o perigo vem também a oportunidade. Aqueles três estão soltos nesse mundo há muito tempo, e você tem tanta culpa nisso quanto eu.

— Você, por acaso, quer criar um quarto problema? — balbuciou Sarah. — Minha consciência não suportaria. Isso não vai acontecer.

— O que esses dois estão falando? — perguntou Isaac Dagon a Katarina, enquanto observava Ka e Sarah se afastarem deles.

— Não faço ideia — respondeu ela. — Por que nós temos que nos despedir? Você vai ficar um tempo com o Ka enquanto a Boss conserta as coisas na vila?

— Ah não, não, não! — respondeu Isaac Dagon, sorrindo. — Aquele velho é meio maluco. Tenho certeza de que ele acabaria me dissecando se eu passasse um tempo com ele, e o pior é que, com aquela lábia, ele acabaria me convencendo de que essa é uma ótima ideia.

Isaac Dagon teve certeza de que a piada foi muito boa, mas Katarina não sorriu.

— Então, o que ele quis dizer com isso? — perguntou ela, olhando para ele.

— Que eu não posso ficar aqui. Não agora, não assim — respondeu ele.

— A coisa que estava atrás de você morreu. Você viu, não sobraram nem cinzas dele — argumentou Katarina.

— Ele não morreu, na verdade, não acho que ele possa morrer, pelo menos não do jeito que nós conhecemos a morte. Sarah o baniu, mas ele não é o único motivo para eu não poder voltar com você — respondeu Isaac Dagon. — Você sabe que os *Zi-gos* me atacaram na praça. Isso aconteceu porque eu causei uma bagunça danada quando cheguei à cidade, e o pior é que não foi só com eles. Eu devo ter arrumado briga com todas as existências que vivem lá, e eles não vão levar numa boa.

— Por que você fez uma coisa dessas? — perguntou Katarina, incrédula. — É burrice e suicídio!

— Bem, não era eu. Quer dizer, era, mas também não era. É complicado — tentou responder Isaac Dagon. — E antes que você pergunte, sim, eu também arrumei confusão com o Legião. Então, nada de fazenda para mim.

— Para onde você vai então? — perguntou ela.

— Para o oceano — respondeu ele. — Eu preciso juntar todas essas memórias fragmentadas e entender quem ou o que eu sou. Minha cabeça parece um cubo mágico todo embaralhado, e sinto aqui dentro que vai ser mais fácil colocar tudo no lugar se eu estiver na água. Sabe, por um tempo.

— Então, isso é um adeus? — perguntou Katarina, fitando aqueles olhos amarelos.

— Adeus? Claro que não! — respondeu ele, aproximando-se muito dela e tocando seus braços. — Um até logo. Eu vou voltar assim que resolver essas coisas. Você vai me esperar?

— Esperar? — disse Katarina, aproximando-se ainda mais dele. Então, o empurrou. — Claro que eu não vou te esperar, eu tenho meus próprios planos, sabia?

— Mas eu vou voltar, eu prometo — disse Isaac Dagon, tentando se aproximar dela de novo.

— Não preciso das suas promessas — respondeu ela, afastando-se e indo em direção à água da praia. — Talvez nos encontremos de novo, sabe, por aí. Esse mundo é grande, mas tudo é possível.

— Talvez — disse ele triste, enquanto olhava para as costas dela. Ela fitava o mar. — Eu não vou te esquecer.

— Claro que não vai! — respondeu ela, sem olhar para ele. — Eu ainda tenho uma promessa para cumprir.

— Qual promessa? — perguntou ele, confuso.

— Você é muito lerdo mesmo — respondeu ela, olhando para ele e sorrindo. — Esqueceu que nós iríamos nadar pelados quando toda essa confusão acabasse?

Isaac Dagon não respondeu. Katarina não esperou que ele respondesse. Tirou toda a roupa e ficou nua sob a luz brilhante da lua. Ele não ficou vermelho, na verdade, ficou ainda mais azul.

— Você não vem? — perguntou Katarina, entrando na água.

— Claro que eu vou! — respondeu ele, arrancando toda a roupa e correndo atrás dela. Ele nunca correu tão rápido, ou tão feliz.

Epílogo

Algumas semanas depois:

— Então, doutor, eu não estou dizendo que o vazio sumiu por completo, e sim que está suportável sem os remédios.

— Essa é uma ótima notícia, Isaac, mas você sabe que não deveria parar de tomar os remédios por conta própria.

— Eu sei, doutor, é só que estava difícil me concentrar com eles, eu ficava meio aéreo, sei lá, e eu quase levei bomba em morfologia. Foi por pouco.

— Esse é um dos efeitos colaterais, você sabia que isso podia acontecer.

— É. O que eu não sabia é que a universidade fosse ser tão difícil. Olha, eu estou melhor mesmo, quer dizer, conheci algumas pessoas do curso e elas estão ajudando e me fazendo companhia, pode acreditar.

— Eu acredito em você, Isaac, e fico feliz que você esteja começando a se abrir para as outras pessoas. Nós, humanos, somos seres sociais por natureza e precisamos de outras pessoas, precisamos de amigos.

— Sabe, é que nunca precisei de amigos antes de vir para a cidade, quer dizer, eu me sentia completo sozinho. Mas agora eu entendo, doutor, e acho de verdade que tudo vai melhorar, já está melhorando, para falar a verdade.

— Ótimo, Isaac, então não precisa voltar a tomar os remédios. Só peço que me avise caso aconteça alguma mudança, mesmo se for uma mudança bem pequena. Tudo bem?

— Claro, doutor! Pode deixar comigo!

— Tudo bem então. Semana que vem voltamos a conversar. E mais uma coisa: não precisa ficar me chamando de doutor. Eu já falei que prefiro que me chame de Noah.

Glossário

Bastão ju-ju – Arma usada pelo puritano Solomon Kane nas histórias escritas por Robert E. Howard, autor de Conan, o Bárbaro. Solomon recebeu o bastão de presente do feiticeiro africano Juju N'Longa no conto "As colinas dos Mortos", publicado em 1932. É dito nas histórias que o bastão pertenceu ao rei Salomão e a Moisés, contudo, ele é muito mais antigo e sua origem é sobrenatural.

Bolha de realidade – Mecanismo genético presente no corpo humano que bloqueia percepções da realidade. Não se sabe se a bolha de realidade foi adquirida por meio da seleção natural ou artificial. É consenso que ela nem sempre esteve presente e que humanos interagiam com outras existências em um passado remoto.

Chaugnar – Grande antigo que compõe o universo expandido dos *Mitos de Cthulhu*. Criado pelo escritor Frank Belknap na década de 1930, fez sua primeira aparição no romance seriado *"Horror na Colina"*, publicado em 1931. Chaugnar Faugn é uma entidade vampírica hiperdimensional que reside em forma de estátua em um complexo de cavernas localizado no Platô de Tsang, uma fronteira montanhosa entre a China e o Tibet. Chaugner é venerado por uma raça não humana chamada *Miri Nigri*, e necessita de oferendas periódicas de sangue.

Criadores – Existências capazes de criar corpos artificiais para receberem um ou mais espectros. Essas existências podem ou não ser humanas.

Dagon – Divindade venerada pelos Filisteus, ou povo de Canaã. O templo de Dagon aparece em passagens bíblicas importantes envolvendo a arca da aliança e Sansão. Dagon foi um dos primeiros contos do autor H.P. Lovecraft. Publicado originalmente em 1919, ele apresenta o primeiro vislumbre do que seria o horror cósmico e os *Mitos de Cthulhu*.

Espectro – É um termo científico para a representação das amplitudes e intensidades, o que pode ser traduzido como energia. No livro, o termo é utilizado para designar uma massa de energia invisível aos olhos humanos, que carrega todas as informações do que um dia foi uma pessoa.

Golem – Um ser artificial mítico ligado à tradição judaica. No Talmud, Adão é descrito inicialmente como um *golem*. Assim como Adão, todos os *golens* são criados a partir da lama por uma pessoa santa que é muito próxima a deus. Contudo, os *golens* criados por tais pessoas santas sempre serão incompletos, se comparados à criação de Deus, o Homem.

Legião – No Mundo Pequeno: coletividade de demônios exorcizada por Jesus Cristo nos evangelhos de Marcos e Lucas. É dito na Bíblia que a pessoa possuída pelo Legião era tão forte que ninguém era capaz de prendê-la, e por isso ela vagava liberta pela cidade. No Mundo Grande: criatura extremamente poderosa, criada a partir de uma grande coletividade de espectros que morreram juntos com um mesmo assunto pendente.

Miri Nigri – Raça de seres serviçais criada por Chaugnar a partir de criaturas anfíbias. Dotados de uma inteligência rudimentar, os *Miri Nigri* vivem apenas para servir o seu mestre.

Mizus – Conjunto de criaturas subterrâneas, não hostis, capazes de produzir bioluminescência. Estima-se que 90% dos seres vivos que vivem nos túneis sejam capazes de produzir bioluminescência, contudo, muitos são hostis e não são categorizados como *Mizus*.

Mundo Pequeno e Mundo Grande – Denominações usadas por Mefistófeles para dividir o mundo em dois tipos nos livros "Fausto, uma tragédia", publicado em 1808, e "Fausto. Segunda parte da tragédia, em cinco atos", publicado em 1832, do autor alemão Johann Wolfgang von Goethe. Durante a jornada de Isaac, vários personagens utilizam os mesmos termos para se referirem ao mundo limitado pela bolha de realidade (pequeno) e ao mundo completo (grande).

Mitos de Cthulhu – É o termo utilizado para referenciar um conjunto de obras e um panteão de seres fantásticos ligados ao horror cósmico. O principal expoente e criador do horror cósmico foi o autor H.P. Lovecraft, contudo, o trabalho do autor atraiu a atenção de muitos escritores, que passaram corresponder-se com ele e a orbitar ao seu redor. Alguns desses escritores são: Robert E. Howard, autor de Conan; Frank Belknap, autor de Horror nas Colinas; Robert Bloch, autor de Psicose, dentre outros. Todos esses autores foram os responsáveis pela criação dos Mitos de Cthulhu.

Nyarlathotep – Também conhecido como deus das mil formas ou caos rastejante, é uma divindade criada por H.P. Lovecraft e compõe os Mitos de Cthulhu. Nyarlathotep se destaca das demais divindades que compõem o panteão lovecraftiano por apresentar vários avatares, e também por interagir com humanos, inclusive como faraó no antigo Egito. Sua estreia foi no poema intitulado Nyarlathotep, em 1920. Tornou a aparecer em 1926, na novela A Procura de Kadath, em que confronta o protagonista Randolph Carter na Terra dos Sonhos. Em histórias subsequentes, Nyarlathotep sempre aparece com uma forma diferente, que pode ou não ser humana.

Randolph Carter – Um alter ego do próprio escritor H.P. Lovecraft e personagem recorrente em suas obras. Randolph Carter apareceu pela primeira vez no conto "O depoimento de Randolph Carter", publicado em 1920, que foi baseado nos próprios sonhos do autor.

Slender – *Slender Man* é um personagem sobrenatural fictício originado na internet. É descrito como muito alto, magro, sem cabelo, sem rosto e com braços desproporcionalmente longos. O *Slender* é considerado o primeiro grande mito da internet e suas narrativas são muito variadas, indo de simples ataques e sequestros à indução de suicídio. Em 2014, nos EUA, duas meninas de doze anos esfaquearam 19 vezes uma colega de também doze anos para agradar o *Slender Man*. A vítima sobreviveu e suas colegas foram presas e condenadas à internação em um hospital psiquiátrico.

Terra dos Sonhos – Universo fantástico criado por H.P. Lovecraft. A Terra dos Sonhos se encontra em uma dimensão paralela e pode ser acessada por pontos específicos no planeta, ou através dos sonhos, bastando a pessoa encontrar uma escada durante o sonho e se provar digna para os guardiões. A Terra dos Sonhos é um mundo colossal e bem detalhado repleto de maravilhas e horrores. Muitos contos e novelas do autor se passam nessa terra, e ao conjunto dessas obras se dá o nome de Ciclo dos Sonhos.

Títere – Marionete, fantoche. Hieróglifos egípcios datados de 2000 a.C descrevem estátuas caminhando e bonecos articulados de marfim foram encontrados em tumbas egípcias.

Ulthar – Cidade fictícia criada por H.P. Lovecraft que apareceu pela primeira vez no conto "Os Gatos de Ulthar", publicado em 1920. Uma curiosidade sobre a cidade é a sua lei máxima que diz que ninguém pode matar um gato na cidade de Ulthar.

Vermes da Terra – Título de um conto homônimo escrito por Robert E. Howard, publicado em 1932. O conto mostra uma espécie humana que se refugiou em túneis subterrâneos por séculos e acabou evoluindo para criaturas medonhas e degeneradas. Robert explorou essas criaturas e seus túneis em vários de seus contos, contudo, a ideia não era original. Robert era leitor ávido do britânico Arthur Machen, que já havia escrito sobre tais criaturas no século XIX; inclusive, em um conto de Robert chamado "O Povo Pequeno", de 1932, a protagonista aparece lendo "A Pirâmide Brilhante", de Arthur Machen, publicado em 1895.

Zi-gos – Criaturas insectoides de origem desconhecida que habitam o parque central da cidade. Os *Zi-gos* não interagem com humanos ou com qualquer outra existência do Mundo Grande e ficam muito agressivos quando se sentem ameaçados.

Agradecimentos

Muitas pessoas foram fundamentais para que esse livro fosse escrito e publicado, e é necessário agradecer a todas elas.

Primeiramente aos meus pais, que apoiaram até mesmo meus projetos mais loucos e inconsequentes. Eu não poderia desejar família melhor.

À minha primeira leitora, uma pessoa que, inclusive, nunca conheci. Vivian H. Alamo foi uma profissional com quem entrei em contato por meio do Clube dos Autores, para um serviço de revisão simples em um rascunho que havia acabado de escrever, nada de leitura beta ou crítica – no final de 2017, eu nem sabia que tais coisas existiam. Era a minha primeira tentativa de escrever algo por iniciativa própria, minha primeira ficção. O rascunho se chamava Noah, e Vivian se tornou a minha primeira leitora, ainda que sem querer. Vivian realizou um belíssimo trabalho de revisão e mais: escreveu um e-mail que nunca irei esquecer. Um e-mail que me deu coragem e confiança para publicar aquele trabalho de maneira independente e continuar escrevendo. Muitas coisas aconteceram desde então, e eu nunca mais tive contato com a Vivian. Nunca vi seu rosto, não sei sua idade, não sei onde mora e nem o que faz, e isso não importa. Vivian, você me ajudou mais do que imagina. Obrigado, de coração.

Gostaria de agradecer também aos booktubers. Essas pessoas que, por vezes, são tão injustiçadas por falácias envenenadas, proporcionaram aos autores independentes um alcance absurdo. Graças a vocês eu consegui uma excelente editora apenas um ano após começar a escrever aquele rascunho chamado Noah. Então, faço questão de citar todos vocês aqui. Duda Menezes, a primeira a me abrir as portas, algo que nunca vou esquecer; Tati Feltrin, a mais importante no meio e, infelizmente, a mais injustiçada de todas; Adriana

Cecchi, inteligente, política, ácida, enfim, o que dizer dessa mulher incrível?; Melina Souza, a pessoa mais fofa e solícita da face da Terra, eu não tenho como agradecer a você o suficiente; Reniére, a primeira booktuber que conheci pelo Instagram, uma pessoa incrível e atenciosa; Victor Almeida, provavelmente a pessoa mais empática do Youtube, que sujeito bacana!; Tamirez Santos, a rainha da fantasia e a única booktuber que me deu um frio na barriga na hora de enviar a versão beta do Isaac D.; por último, um booktuber que eu já considero um amigo, Gustavo Domingues – o Rei Grifo –, esse é o cara da fantasia, e se não fosse por ele, o Isaac D. não estaria sendo lançado pela editora Avec. O Gustavo leu uma versão bem crua do livro e me ajudou, diretamente, a transformá-lo no que ele é hoje. Obrigado a todos vocês, obrigado mesmo.

Quero agradecer muito ao meu editor, Artur Vecchi, que abriu as portas da editora Avec para o Isaac D. Obrigado por ser essa pessoa incrível, solícita, prestativa, e acreditar em nós, autores nacionais. Você e a editora Avec fazem um trabalho que nenhuma outra editora faz. Quero agradecer também à Lígia Colares, social mídia da editora Avec; ao Levi Tonin, o ilustrador do Isaac D e artista incrível; à Gabriela Coiradas, revisora fantástica; ao Vitor Coelho, diagramador do Isaac D. e designer incrível.

Por último e mais importante de todos, a vocês, apoiadores do Catarse. Obrigado a todos. Vocês não compraram um livro, vocês financiaram um sonho. Esse livro só existe porque vocês acreditaram, e por isso eu serei eternamente grato. Obrigado mesmo!

Apoiadores

- Ádrian Ferreira Oliveira
- Adriano Tiegs
- Adriene de Souza
- Alessandra de Paiva Wanderley
- Alexandre Ferreira Rodello
- Allan Carlos da Silva
- Ana Beatriz Soares Alves
- Ana Caroline Rocha de Oliveira
- Ana Cláudia Duarte
- Ana Luiza Diniz Oliveira
- Ana Paula Palmeira
- Ana Paula Pires Rodrigues Duarte
- Anderson Iuri
- Andre Ferreira Rodello
- Andressa Costa
- Andreza Mata
- Antonio Carlos Nabuco Caldas
- Aparecida Malaquias
- Ariel Rodrigues
- Átila José da Motta
- Barbara Padoan
- Brena Gentil Resende
- Bruna Jacomelli
- Bruno Avila Rauber
- Bruno de Oliveira S. P. Nogueira
- Camila Alvarez Garcia
- Carla Capilé
- Carlos Eduardo R. T. G. Mareco
- Cícero de Souza Gomes
- Cintia Daflon
- Claudia Valéria de Souza Pereira
- Claudio Barbosa do Nascimento
- Claudio Barbosa do Nascimento
- Cris Seares
- Cristiane de Almeida
- Cristina Ferreira Rodello
- Daniele Pileggi Engenhari Ferreira
- Danilo de Rossi
- Danilo Shiroma de Miranda
- Diego Morais
- Dinei Júnior Rocha do Nascimento
- Dulcineia Mendes dos Santos
- Edilan Patrick Evangelista
- Edinei Chagas
- Ediney Fernando Schmidt
- Eduardo Troli
- Elen Maria de Castro A. Martins
- Eliana Cristina Pileggi Ferreira
- Erick Souza
- Fatima Pastorello
- Fernanda Araújo
- Fernanda Menna Barreto
- Fernando Aparecido L. de Moraes
- Flávia Camargo
- Franciely Bortoski
- Francine de Matos
- Gabriela Santiago
- Gabrielle Dias
- Gabriel Pileggi Engenhari Ferreira
- Gabriel Pileggi Engenhari Ferreira
- Gilvano Bronzoni
- Giovanna Martins Viana
- Giuliana dorval
- Giuliane Josende Coelho
- Giullia Palmeira Pileggi Ferreira
- Graciele Santos
- Guilherme Perosa
- Guilherme Vicari Vieira
- Gustavo Melo Czekster
- Gustavo Moscardo Domingues
- Helaine Cristina de Jesus
- Helen Rosa do Amaral
- Hélison Carvalho
- Hudson Pileggi de Camargo
- Iloiva Hadlich
- Isis Saide
- Ivan G. Pinheiro
- Januario Rebelatto
- Jéssica Marques da Silva Rodrigues
- Jéssica S. F. Echeverria
- Jhony Felipe
- João Pedro
- Joelson Silva
- José Augusto de Moraes Fonseca
- José Sanches Josende Ll
- José Tertuliano Oliveira
- Julia Assuncao B. Gregório Morais
- Juliana Aparecida Ramos
- Juliana Machado
- Jurema Cabral
- Karina Lucien
- Kelly Letícia Lima de Sousa
- Leandro da Costa da Cruz
- Lorena Santana
- Luan Cota Pinheiro
- Luan Luigi
- Lucas Santiago Barbosa
- Luciane Nascimento
- Luiz Arnaldo Menezes
- Marcelle Marques Flôres Acosta
- Marcia Regina Lima
- Marcio Goulart Otavianp

Marco Antonio Paiva
Marcos Almeida
Marcos Paulo Morais
Margaret M. da Costa Faria
Maria Angélica
Maria Luzineti Diniz Silva
Marina Voigt
Mariucha Vieira Leite de Jesus
Marlon Pileggi
Matheus Nunes de Souza Lopes
Matheus Perinazzo
Matteo Libardoni
Mauricio Lourenço Ferreira
Mayra Motta
Mekinho Cardoso
Melina Souza
Moabe Tomaz
Myriã Oliveira
Naiá Oribici Santos
Natália Costa
Natalia Walesiuk
Nathália Pileggi
Nelson Alvaro Frazão
Nicole Pereira Barreto Hanashiro
Niége Casarini Rafael
Oran Takezo Kalil
Páblo Carcheski de Queiroz
Patricia de Cassia S S Brum
Patrícia Moura Zwonok
Paulo Cesar Bonine
Paulo Vinicius F. dos Santos
Priscila Abreu Santos
Priscila Mantovani
Raissa Barbosa
Raquel Vendeling
Regina Andrade de Souza
Renata Oliveira
Rodrigo Bobrowski
Rogério Pileggi
Rosa Ida Davalo
Rosana Maria Pileggi
Rosemeire Castro Rosa Ferrarezi
Sabrina Porfirio Santana Silva

Samir Elian
Sandra Maria
Sandro Neves da Silva
Silvana Mari Brembati Insaurralde
Susana de Lourdes P. Soken
Talita Cardoso
Tatianny Menezes
Tauly Tonatto
Teresa Maria Alves Lira
Thales Luiz Pinheiro de Almeida
Thamyres Gehlen
Thaynara Albuquerque Leão
Tiago dos Santos Oliveira
Valter Rodello
Vanessa Machado
Victtor Sansão
Vilma Sumako Murakami
Vinícius Braga de Paula
Vinicius Pileggi Ferreira
Vitor L. Silva
Vitor Marçal
Willyara dos Santos Amorim
Wladimir Barroso G. de A. Neto
Yago Tsuboi Salicio
Zélia Aparecida dos Santos Aguiar

AVEC
EDITORA